本書出版得到國家古籍整理出版專項經費資助

朱淑真集校注

上

〔宋〕朱淑真 著
〔宋〕鄭元佐 注
任德魁 校注

上海古籍出版社

圖書在版編目(CIP)數據

朱淑真集校注 /（宋）朱淑真著 ；（宋）鄭元佐注 ；任德魁校注. -- 上海 ：上海古籍出版社，2024. 12.
（中國古典文學叢書）. -- ISBN 978-7-5732-1360-0

Ⅰ. I222.744

中國國家版本館 CIP 數據核字第 20244C9E06 號

中國古典文學叢書

朱淑真集校注

［宋］朱淑真　著　［宋］鄭元佐　注

任德魁　校注

上海古籍出版社出版發行

（上海市閔行區號景路 159 弄 1-5 號 A 座 5F　郵政編碼 201101）

（1）網址：www.guji.com.cn

（2）E-mail：guji1@guji.com.cn

（3）易文網網址：www.ewen.co

常州市金壇古籍印刷有限公司印刷

開本 850×1168　1/32　印張 21.75　插頁 12　字數 468,000

2024 年 12 月第 1 版　2024 年 12 月第 1 次印刷

印數：1—1,300

ISBN 978-7-5732-1360-0

I·3866　定價：138.00 元

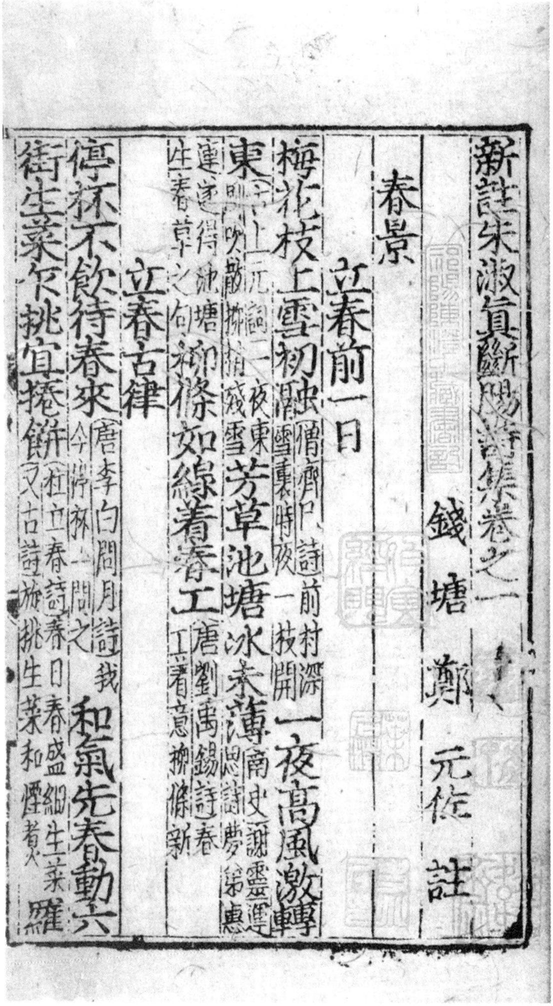

新註朱淑眞斷腸詩集卷之一

錢塘鄭元佐註

春景

立春前一日

梅花枝上雪初融（僧齊己詩：前村深雪裏，昨夜一枝開。）一夜高風激轉東（宋上元詞：一夜東風吹散柳梢殘雪。）芳草池塘冰未薄（南史：謝靈運詩思夢惠連，遂得池塘生春草之句。）柳條如線着春工（唐劉禹錫詩：春工着意撥條新。）

立春古律

停杯不飲待春來（唐李白問月詩：我今停杯一問之。）和氣先春動六街。生菜乍挑宜捲餅（杜立春詩：春日春盤細生菜。又古詩：旋挑生菜和煙煮。）羅

陳清華藏明初刻遞修本《新注朱淑真斷腸詩集》書影

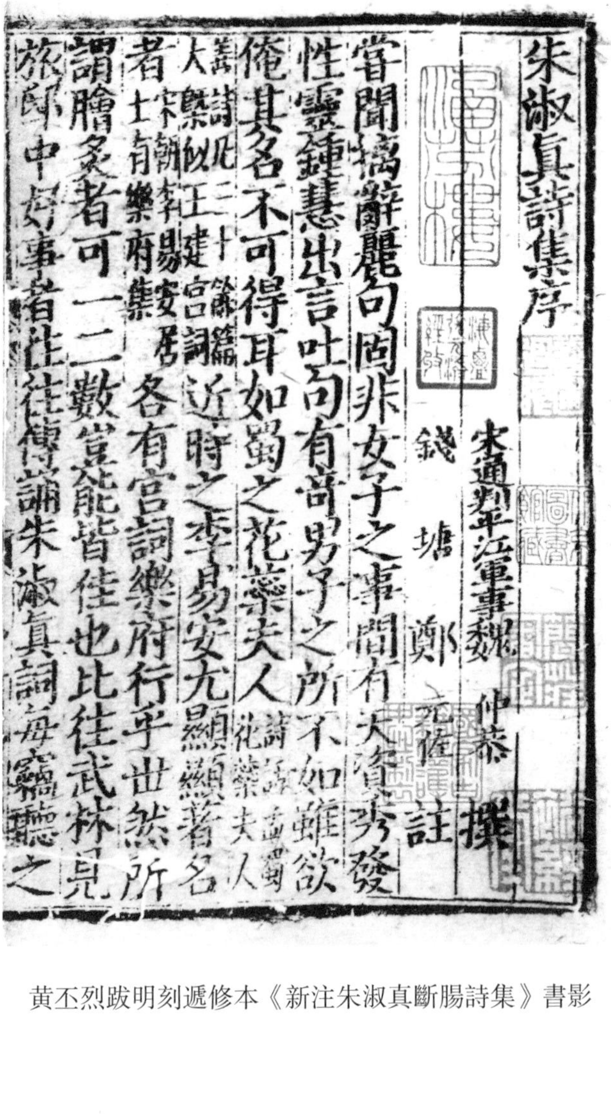

朱淑真詩集序

宋通判平江軍事魏仲恭撰

錢塘鄭元佐註

嘗聞摛辭麗句固非女子之事間有天資秀發性靈鍾慧出言吐句有奇男子之所不如雖欲掩其名不可得耳如蜀之花蕊夫人詩話孟蜀花蕊夫人蓋詩凡三十餘篇大槩似王建宮詞近時之李易安尤顯顯著名宋朝李易安居士有樂府集者各有宮詞樂府行乎世然所謂膾炙者可一二數豈能皆佳也比往武林見旅邸中好事者往往傳誦朱淑真詞每竊聽之

黄丕烈跋明刻遞修本《新注朱淑真斷腸詩集》書影

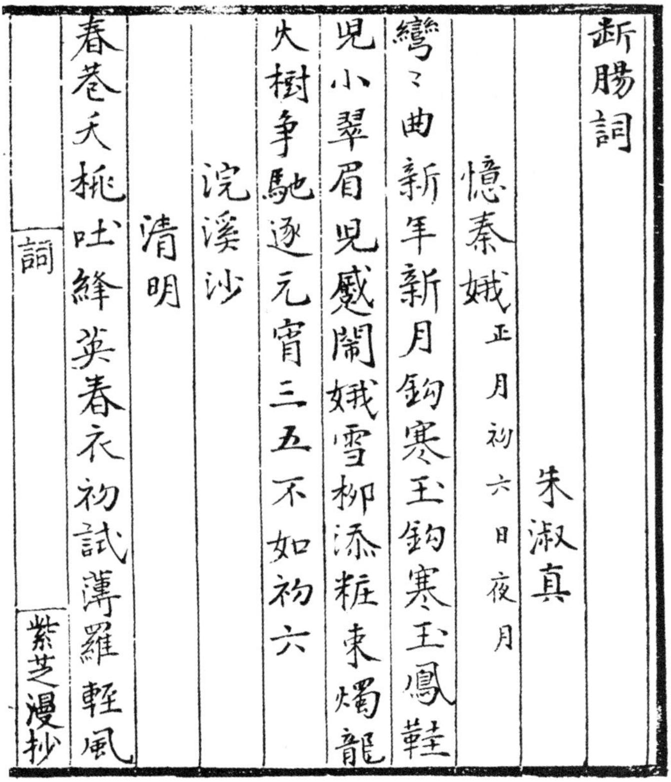

斷腸詞

朱淑真

憶秦娥　正月初六日夜月

彎彎曲，新年新月鈎寒玉。鈎寒玉，鳳鞋兒小，翠眉兒蹙。鬧蛾雪柳添粧束，燭龍火樹爭馳逐。元宵三五，不如初六。

浣溪沙

清明

春巷夭桃吐絳英，春衣初試薄羅輕，風

詞

紫芝漫抄

明抄《紫芝漫抄》本《斷腸詞》書影

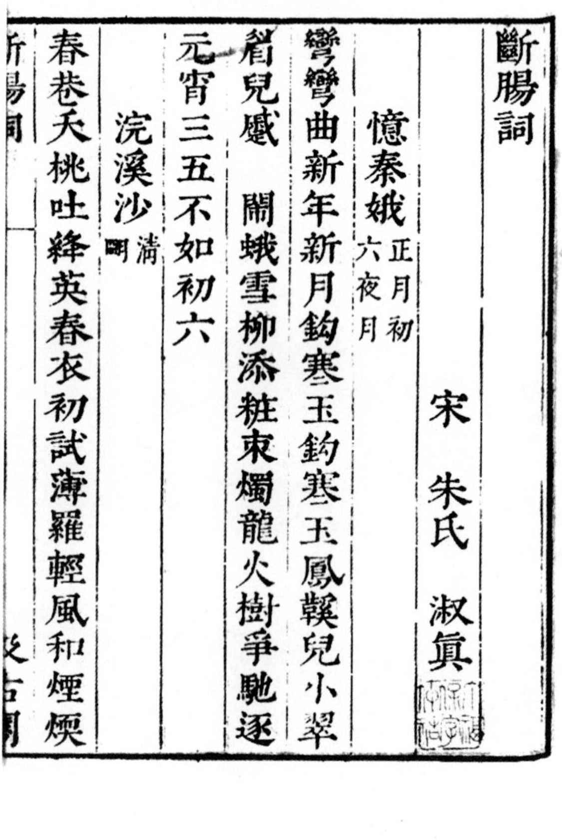

斷腸詞

宋　朱氏　淑眞

憶秦娥 正月初六夜月

彎彎曲新年新月鈎寒玉鈎寒玉鳳鬟兒小翠眉兒蹙　鬧蛾雪柳添粧束燭龍火樹爭馳逐元宵三五不如初六

浣溪沙 清明

春巷夭桃吐絳英春衣初試薄羅輕風和煙煖

斷腸詞　汲古閣

明汲古閣刻《詩詞雜俎》本《斷腸詞》書影

前言

宋代女詩人以李清照、朱淑真最爲翹楚，堪稱雙璧。李清照家世通顯，工於詩詞，其生平行實尚多記載。相較之下，朱淑真除了一篇南宋魏仲恭所撰《朱淑真詩集序》，别無記載，即便魏序所述，也是語焉不詳。然而，在作品保存的完整性上，朱淑真又堪稱幸運。李清照别集早佚，今人所見作品主要從總集、類書、筆記中輯佚而得，朱淑真所著《斷腸詩集》《斷腸詞》則較爲完整地流傳到了今天。

朱淑真以其「清新婉麗，蓄思含情，能道人意中事」的作品和傳説中「一生抑鬱不得志……每臨風對月，觸目傷懷」以至悒悒抱恨而終的身世，深爲後人歎惋。她的作品在當時流傳甚廣，「旅邸中好事者往往傳誦朱淑真詞」（並見魏仲恭《朱淑真詩集序》），並且在托名爲劉克莊編選的《分門纂類唐宋時賢千家詩選》中入選頗多。至於那首又被選入啓蒙讀本《千家詩》的《惜春》詩「連理枝頭花正開，妒花風雨苦相催。願教青帝長爲主，莫遣紛紛落翠苔」，更可謂是膾炙人口。但是朱淑真生活的時代、字號、籍貫等信息均無可信記載，明清所謂號幽棲居士、居寶康巷種種説法，多是無稽之談。其生平史料匱乏到令人生疑的地步，但這恰恰是古代女詩人的常態——既缺史料記載，又乏社會交往。這樣的狀態，也引起了繆鉞、孔凡禮、冀勤、黄嫣梨、鄧紅梅等學者的興趣，對其生平做了多方探討和推測。特别是繆鉞先生所撰《朱淑真生活年代考辨》《朱淑真生卒年再考索》《論朱淑真生活年代及其〈斷腸詞〉》（分别見於《文獻》期刊一九九一年第二期、第四期以及《四川大學學報》一九九一年第三期）諸文，引證詩文，掘微發隱，澄清了前人流傳中的許多謬談。今天，根據前輩學者研究成果大致可以認識到：朱淑真爲錢塘（今浙江杭州）人，主要生活在宋高宗紹興（一一三一—一一六二）年間，出身於仕宦之家。她的丈夫亦任職爲官，朱淑真婚後從宦東西，每有思親之作。顯然並非如魏仲恭序所言「嫁爲市井民家妻」。

據魏仲恭序，在朱淑真去世之後，「并其詩爲父母一火焚之，今所傳者，百不一存」。經他多方搜求，於淳熙九年（一一八二）輯爲《斷腸詩集》。今傳《斷腸詩集》依時序、内容分類編排，《前集》十卷，卷一至卷二春景，卷三春景、花柳，卷四夏景，卷五至卷六秋景，卷七冬景，卷八吟賞，卷九閨怨，卷十雜題；《後集》八卷，卷一春景，卷二夏景，卷三秋景，卷四冬景，卷五花木，卷六至卷七雜題，卷八雜詠。有錢塘鄭元佐爲之作注。目前傳世的早期注宋集僅王安石、蘇軾、黄庭堅、陳與義等數家，寥若晨星。鄭元佐注《斷腸詩集》尤具獨特面貌，其以詞注詩的方式契合了朱淑真的文學成就與讀者的接受心理，具有較高的文學價值，其所徵引的文獻亦具有重要的輯佚價值，但是長期以來尚未得到有效的利用。而《斷腸詩集》本身的版本流傳狀況亦較爲複雜，尚存在很多懸而未決的問題。下面分别從朱淑真詩歌的文學成就、鄭元佐注的價值與缺陷、本書整理的版本與校勘問題三方面進行介紹。

一、朱淑真詩歌的文學成就

無論朱淑真的生平如何撲朔迷離，《斷腸詩集》都真實體現了特定的時代風尚、創作旨趣和藝術成就。例如對杜甫、蘇軾詩歌的化用與推崇，就和渡江之後蘇、黄詩學的影響息息相關。

朱淑真詩化用杜詩之處比比皆是。以《前集》爲例，其顯然可見者，如《前集》卷一《春霽》詩「瘦不勝衣怯杜鵑」句化用杜甫《秋日夔府詠懷奉寄鄭監審李賓客之芳一百韻》詩：「他日辭神女，傷春怯杜鵑。」《前集》卷一《春日即事》詩「躍藻白魚翻玉尺」句，化用杜甫《絶句六首》其四：「隔巢黄鳥並，翻藻白魚跳。」《前集》卷二《晚春會東園》詩「蝶趁落花盤地舞，燕隨狂絮入簾飛」一聯，脱化自杜甫《絶句漫興九首》其五：「顛狂柳絮隨風舞，輕薄桃花逐水流。」《前集》卷三《小桃葉去偶生數花》詩「迴作新花發舊叢」，脱化自杜甫《老病》詩「花發去年叢」句。《前集》卷三《柳》詩「絆煙留霧市橋東」句，化用杜甫《西郊》詩「市橋官柳細」句。《前集》卷八《夜留依緑亭》

詩題中的「依緑」亭名亦取自杜詩《陪鄭廣文遊何將軍山林十首》其一「名園依緑水」句。《前集》卷十《自責》其二「悶無消遣只看詩」句，化用自杜甫《江亭》詩「排悶强裁詩」句。

朱淑真詩之學杜往往有别開生面之處。如上引「躍藻白魚翻玉尺」一句，將杜詩與葉夢得所批評的晚唐刻削之語融合爲一。葉夢得《石林詩話》云：「詩語固忌用巧太過，然緣情體物，自有天然工妙，雖巧而不見刻削之痕。老杜『細雨魚兒出，微風燕子斜』，此十字殆無一字虚設。……使晚唐諸子爲之，便當入『魚躍練波抛玉尺，鶯穿絲柳織金梭』體矣。」顯然是有意牽合，與古人爭勝，興味盎然。又如《前集》卷四《夏雨生涼三首》其二「雨催涼意詩催雨」，將自然之一雨生涼書寫爲詩人的雅意，愈見巧思。杜甫《陪諸貴公子丈八溝攜妓納涼晚際遇雨》詩云：「片雲頭上黑，應是雨催詩。」朱淑真反用其意。而他人化用往往直承杜意，如蘇軾《遊張山人園》詩「颯颯催詩白雨來」，范成大《雨涼二首呈宗偉》其二「説與騷人須早計，片雲催雨雨催詩」，鄧深《晚坐散花之室》詩「吹徹角聲巫峽晚，片雲催雨更催詩」。直至宋末仇遠《七月丙辰迎土山龍王入郭》詩「昔時曾説雨催詩，今朝還要詩催雨」，方與朱詩同一機杼。故而《古今女史・詩集》卷五稱其「翻得新奥」。而朱淑真的巧思或是受到了廣泛流傳的北宋丁注的催雪《無悶》（風急還收）詞的啓發，並且朱淑真自己也寫了《念奴嬌・催雪》（冬晴無雪）詞。

朱淑真對蘇詩的化用，尤可見其爛熟於心、心摹手追之迹。如《前集》卷七《雪》二首，多處化用東坡詩，或運用東坡詩所用典故，足見東坡影響之鉅。第一首「凍雀藏身宿畫簷」句，鄭元佐注引坡詩「寒雀喧喧凍不飛」，出自蘇軾《次韻楊公濟奉議梅花十首》其八「寒雀喧喧凍不飛，遶林空啅未開枝」。「野外易尋東郭履」句，見蘇軾《謝人見和前篇二首》（指《雪後書北臺壁二首》）其二「敗履尚存東郭足，飛花又舞謫仙簷」。第二首首句「誰剪飛花六出尖」、第六句「寒蓑宜擁釣翁髯」，用上引同詩的另一聯「漁蓑句好應須畫，柳絮才高不道鹽」出句。第五句「凍筆想停詩客手」，用東坡同詩「書生事業真堪笑，忍凍孤吟筆退尖」。甚至朱詩同爲二首，連韻部都與蘇一致，韻字更多相同之處。又如《前集》卷四《納涼桂堂二首》其二「先自桂堂無暑氣，那堪人唱雪堂詞」聯，顯然指的是蘇軾之詞。宋神宗元豐五年（一〇八二）春，蘇軾在黄州（今湖北黄岡），寓居臨皋亭，就東坡築雪堂，作《雪堂記》云：「蘇子得廢圃於東坡之脅，築而垣之，作堂焉，號其正曰雪堂。堂以大雪中爲之，因繪雪於四壁之間，無容隙也。」又作《江城子》（夢中了了醉中醒）詞：「雪堂西畔暗泉鳴。北山傾。小溪横。」

在學杜、學蘇之外，朱淑真詩往往創新使用語彙，運用日常詞語入詩。例如前人詩中幾不使用「套」字，僅因詞作接近口語，偶有用者。而《前集》卷五《秋日登樓》詩云「梧影蕭疏套晚晴」，創新性地運用「套」這一動詞。以至於經過元明清三代，到清末丁丙刊刻《斷腸詩集》時，校勘者仍不敢相信該字的正確性，硬是校改爲「弄」。但是由本書校勘記可以看出，從最早的刊本到鐵琴銅劍樓舊藏抄本，各版本都是「套」字，足見朱淑真大膽運用口語語彙入詩的獨創性。

由於詞體應用場景的特殊性，詞中往往使用口語、俗語，所以朱淑真以口語、俗語入詩，甚至可以視爲「詞」語入詩，這可能恰恰是鄭元佐注大量以詞注詩的出發點。例如「寧耐」一詞，朱淑真之前唐宋詩人幾無運用，朱淑真後直到宋末詩人許棐等人始偶有用之者。而在詞中，南宋中期及後期的丘崈、石孝友、趙師俠、郭應祥、劉克莊、陳著等人運用則更爲廣泛。再如《前集》卷九《清瘦》詩末句「可憐禁駕許多愁」，「禁駕」即「禁架」，意謂承受、忍耐，向來僅有元曲、明詞例證。又如《前集》卷十《自責》其二「添得情懷轉蕭索，始知伶俐不如癡」，運用俗語「伶俐不如癡」，也是到宋末許棐方有運用，其《贈術士張癡》詩：「伶俐不如癡，從來吾亦知。才吟詩好日，便是命窮時。」此外，「風姨」入詩，朱淑真詩也是較早運用的，再早僅有陳與義《中秋不見月》詩「高唐妬婦心不開，招得風姨同作難」用之。

朱淑真詩還擅長運用尖新的比喻。如《前集》卷三《偶得牡丹數本移植窗外將有着花意二首》其二「香玉封春未啄花」句，前人僅能寫出鳥啄花，却從未形象地用「啄」比擬花態。又如《前集》卷五《秋夜聞雨三首》其三「似篾身材無事瘦」句，也是前人從未有過的。

朱淑真詩還有很多通感的運用。例如《前集》卷五《中夜》詩「水光天影接清芬」句，通過視覺與嗅覺的通感，展開富有神話色彩的想象，摹出中秋夜皓月當空、玉宇無塵、河漢邈遠之景，而在那天水相接、灝灝茫茫之中，詩人似乎感受到了氤氳在天宇之間的月宫仙桂的清芬。自古中秋吟詠佳作甚多，此篇亦堪稱傑構。又如《前集》卷六《寓懷二首》其二「醉霜危葉墜江寒」句，將視覺與膚覺相連接。唐人白居易《醉中對紅葉》詩云「醉貌如霜葉，雖紅不是春」，用霜葉比醉顔。朱淑真則反之，用醉顔擬霜葉。一個「醉」字，把霜釀如酒、難以自主之感寫出，以喻後二句「孤窗鎮日無聊賴，編緝詩詞改抹看」情感之無所因依寄托之感。一個「寒」字，既是霜葉之寒，也是體感之寒、精神之寒。

朱淑真詞亦有較高的成就。其《生查子》（年年玉鏡臺）詞，被元人列爲世傳大曲十首之第八，足見傳唱之廣。其中「人遠天涯近」一句，被《西厢記》直接運用：「繫春心，情短柳絲長；隔花陰，人遠天涯近。」南宋劉過《蝶戀花》詞云：「寶鑑年來微有暈。懶照容華，人遠天涯近。」朱淑真詞大概率早於劉過。從選調來看，朱詞亦有過人之處。《月華清》一調，《全宋詞》僅存四首，朱詞之外，僅有無名氏、馬子嚴、洪瑹詞各一首。且其他三詞内容均與調名《月華清》相關，惟朱淑真一首借調詠梨花，雖説容有月下梨花之想象，亦極貼切，但較之無名氏詞詠調名本意，馬子嚴詞寫秋夜月下懷人，洪瑹詞寫春夜對月，朱淑真詞疏離更遠，愈見其可貴。此調除無名氏外，可考最早作者爲由宋入金的蔡松年，足見朱淑真亦爲《月華清》一調較早之作者。從選本選録情況來看，明代《天機餘錦》選七首，《花草粹編》選二十五首（僅計作者題爲「朱淑真」者），前者開創性地收録朱淑真詞作，後者收録近乎全部朱詞，且有出於《斷腸詞》之外者。到了清代康熙間，朱彝尊編《詞綜》選録五首（含《生查子》「去年元夜時」詞），奠定了朱淑真在詞史上的地位。其選詞數量在兩宋女性詞人中僅次於李清照，堪稱易安流亞。

朱淑真的詩詞創作不僅體現了女性詩人特有的細膩情感和巧思，也拓展了女性文學的表現領域和話語體系。如其直接書寫對父母的依戀之情，就是男性詩人極少着墨的題材。《斷腸詩集》和《斷腸詞》堪稱李清照《漱玉集》之後宋代女性文學史上又一重要的里程碑。

二、《斷腸詩集》鄭元佐注的價值

宋代蘇軾、黄庭堅、王安石、陳師道等詩人的詩集皆有宋人作注。清人徐康説：「宋人注宋人集，如李壁注《荆公集》，王、施之注《蘇集》，任、史之注《黄集》《陳後山集》，皆風行海内，後世奉爲圭臬，傳本極多。去年見宋刻《簡齋集》，係宋人注宋本，已絶無僅有，昨無意中又得《斷腸集》鄭元佐注，共十八卷，真希世之珍也。」雖説鄭元佐是否爲宋人，並無有力證據，但所出不會太晚。鄭元佐注較爲粗疏，徵引不全，訛舛滿目，但是仍有獨到價值，我們可以從文獻學角度舉其輯佚價值爲例。

鄭元佐引用了大量的古詩、古詞爲朱淑真的詩作注，其中有不少是已經散佚了的作品，由於鄭注的引用而存其吉光片羽。《全宋詩》《全宋詞》就從《新注朱淑真斷腸詩集》鄭元佐注中輯出不少散佚的作品。《全宋詞》根據《斷腸詩集·後集》卷一《春園小宴》詩鄭元佐注收録無名氏殘句：「共雙雙飛入，亂紅深處。」實際上該詞尚存全篇：

粉蝶兒

粉翼香鬚，輕強盡是天付。弄情攜、等閒飛舞。向名薗，花徑裏，□細庭户。愛雙雙，飛（争）入亂紅深處。莊周夢中，當初是誰元藹。更那堪、牡丹嬌妬。正芳菲，栩栩戲，沾風惹露。小橋邊，隨趕賣花人去。

拙文《失落的文學語碼——宋金元佚詞九闋輯考》提到：「此詞書於宋版《吕觀文進莊子義》紙背，見《俄羅斯科學院東方研究所聖彼德堡分所藏黑水城文獻①漢文部分》『俄TK6V』。……南渡詞人朱敦儒《浪淘沙》（白菊好開遲）詞云：『冷蝶空迷。沾風惹露也隨時。』南宋石孝友《好事近》（微雨灑芳塵）詞云：『準擬亂紅深處，化一雙蝴蝶。』二者均當由此《粉蝶兒》一詞化出。」

又如《後集》卷一《春日有作》詩「鶯嬌巧囀簧」句下，鄭元佐注引：「古《喜遷鶯》詞：芳春天曉，聽緑樹數聲，如簧鶯巧。」《全宋詞》亦據輯爲無名氏詞殘句。但筆者根據《古今合璧事類備要・别集》卷七十三輯出了全篇：

喜遷鶯

芳春天曉。聽緑樹數聲，黄鸝嬌巧。粉蝶雙雙，飛小橋邊，尤待賣花人到。豔歌妙舞陌上，是處遊人歡笑。對媚景，嘆韶華倏忽，相催年少。　情悄。深院静，争奈玉人，一去無音耗。水遠山遥，鱗鴻誰托，思愛負我多少。畫樓倚紅偎翠，忘却枕前低告。怎得箇、巧唇舌底，説與花殘鶯老。

殊爲巧合的是，這首詞化用了《粉蝶兒》詞意，同樣書寫了蝴蝶、小橋、賣花人的場景。在宋元文學作品中，這三個意象經常組合在一起，成爲一種固定的表達，被賦予特定的含義。北宋謝逸詠蝴蝶詩：「江天春晚暖風細，相逐賣花人過橋。」潘汾《孟家蟬》詠蝶詞：「向賣花擔上，落絮橋邊，春思難禁。」以至於元人王和卿《醉中天・詠大蝴蝶》曲云：「彈破莊周夢，兩翅駕東風。……輕輕飛動，把賣花人扇過橋東。」這種翻新出奇的幽默，其基點恰恰是當時人耳熟能詳的《粉蝶兒》詞。足見鄭元佐注仍須深入研究。

當然，鄭元佐注往往依據舊注和類書，反映出其坊本性質，其承襲舊注、類書錯誤之處，尤其值得警惕。如《前集》卷四《青蓮花》詩「向人無語鄙風蒲」句，鄭元佐注云：「《選》詩：『風蒲亂曲渚。』」然而遍檢《文選》不見此句。但這也不是鄭元佐杜撰，該條實出於蘇軾詩集注。《東坡詩集注》卷十七《乘舟過賈收水閣收不在見其子三首》其二：「娟娟風蒲亂，猗猗水荇長。」孫倬注云：「《選》詩：『風蒲亂曲渚。』」

鄭元佐注還有引用杜詩注而誤歸爲杜甫的情況。《前集》卷九《傷別》詩注：「杜詩：風簾入雙燕。」實際上出自南齊謝脁《和王主簿怨情》詩：「花叢亂數蝶，風簾入雙燕。」但是宋人注杜甫詩引「謝玄暉：風簾入雙燕」，鄭元佐注誤引爲杜詩。

鄭元佐注還有因見於杜集而誤以爲杜詩的情況。《後集》卷一《春園小宴》詩「萬木初陰鶯百囀」句注：「杜《雨》詩：萬木雲深。又，《和賈至》詩：百囀流鶯遶建章。」後者見於唐賈至《早朝大明宮呈兩省僚友》詩：「千條弱柳垂青瑣，百囀流鶯遶建章。」賈至此詩杜甫有和作，鄭元佐注誤以賈至原詩爲杜甫所作。

錢鍾書先生《容安館札記》稱鄭元佐注「陋劣空疏，令人笑來」，洵然。其致誤類型非常多，本書通過新注予以糾正，此處不煩縷舉。

三、《斷腸詩集》《斷腸詞》的版本與校勘問題

目前傳世的《新注朱淑真斷腸詩集》早期版本可分爲兩個體系：一爲葉號每卷重排本，僅存《續修四庫全書》影印的國家圖書館藏明初刻遞修本《前集》八卷，是書鈐有「大興朱氏竹君藏書之印」「葉名澧潤臣印」「祁陽陳澄中藏書記」諸印，迭經清中期朱筠、清後期葉名澧、民國間陳清華收藏（以下簡稱「陳藏本」）；一爲葉號全書連排本，存有徐乃昌舊藏刻本《前集》十卷《後集》八卷，鈐有「積學齋徐乃昌臧書」印（以下簡稱「徐藏本」）。國家圖書館藏馬氏道古樓舊藏刻本《前集》十卷與徐藏本屬同一體系，書末有黃丕烈、繆荃孫、張元濟長篇跋語（以下簡稱「黃跋本」）。兩個體系的版本過去均稱爲元刊本，但根據國家圖書館對陳藏本和黃跋本的鑒定，前者爲明初刻遞修本，後者爲明刻遞修本。二者行款雖同，但版片各異，有一個典型的區別特徵：

前者每卷葉號單獨起訖，後者從《前集》到《後集》全書連排葉號，共計七十四葉。晚出的各種清代抄本，大多源自後者。清末藏書家丁丙亦據源自後者的抄本刊成《武林往哲遺著》叢書本《新注朱淑真斷腸詩集》（以下簡稱「丁刊本」），訛脱尤甚。

此前已出版的朱淑真集整理本，《前集》部分亦以後者相關版本爲依據。如張璋、黄畬校注《朱淑真集》「以南陵徐氏影印元刊本爲底本」，冀勤輯校《朱淑真集注》「以清汪氏藝芸書舍影元鈔本爲底本」，二本同源，所缺亦同。另外尚有《杭州文獻集成》排印《武林往哲遺著》叢書本《新注朱淑真斷腸詩集》，由張新朋點校，目的在於呈現丁丙刊本原貌，未作校注。故而《斷腸詩集·前集》的前八卷，我們選擇版本最爲精善的陳藏本爲底本（所缺卷九、卷十今以黄跋本補齊）。此本存有大量宋末以來慣用的簡體字，版式亦存元刊特徵。一九六五年，在周恩來總理親自指示和過問下，經文化部從旅居香港的著名藏書家陳清華處購歸，入藏北京圖書館。陳清華，字澄中，因藏有宋本《荀子》，命名藏書處爲「郇齋」。此本即爲與宋本《荀子》同時購歸的十八種國寶之一。

陳藏本的優點可以從其與其他版本相校的例子看出來。《前集》卷一《立春絶句二首》「柳眼藏嬌雪影埋」句鄭元佐注，汪氏藝芸書舍抄本（以下簡稱「藝芸本」）缺二字，作：「古《水龍吟》詞：□□含嬌眼。」即因其所據之本原缺二字。今檢徐藏本、黄跋本同缺二字，作墨丁。冀勤先生校本以藝芸本爲底本，作「□□含嬌態」，則又訛「眼」爲「態」，實與丁丙刊本相同。惟有陳藏本文字完整，詳審細辨，實爲「柳困含嬌眼」五字。當然，校勘至此並不意味着問題完全解決，此句實爲蘇軾《水龍吟》（似花還似非花）詞「困酣嬌眼」句，詳見本書正文。

相較於陳藏本，黄跋本和徐藏本存在多處卷末脱葉却强行終卷且彌合葉碼的情況。故而清代著名版本家黄丕烈爲道古樓舊藏刻本《前集》十卷作跋云：「此係補修之本，非特少《後集》，即《前集》卷中時有脱葉闕文，硬以煞尾卷數終之，此爲謬妄。」如《前集》卷二自《春歸五首》至卷末，黄跋本均闕，藝芸本借抄本校補，末附識語云：「此兩頁第二卷後，元本所無，借得黄復翁處抄本校補之。」檢黄跋本、徐藏本，於《恨春五首》末句「不是愁人也斷腸」下鎸「二卷終」。檢陳藏本可知實則其後尚有一整葉内容，共計二十行，存有《春歸五首》《惜春》《春睡》等七首詩。丁刊本僅録存《春歸五首》，以之終卷。未録之《惜春》《春睡》二詩據「振綺堂舊鈔本增」，録於《補遺》之内。蓋其所據底本與藝芸本同，不過將所缺的《春歸五首》補録於《前集》卷二之末而已。又如《前集》卷六，黄跋本於《秋夜牽情三首》後，僅録「彈壓西風擅衆芳」一句，即强行標爲卷六終。陳藏本則多出「彈壓西風擅衆芳」「移根蟾窟不尋常」等詠木犀詩四首及《堂下巖桂秋晚未開作詩促之》《白菊》二詩，恰多一整葉，二十行。黄跋本、徐藏本卷二、卷六、卷八較之陳藏本均缺末葉却葉號連貫，很可能是坊估射利，有意爲之。現將二者葉號對比如下：

陳藏本、徐藏本《前集》前八卷葉號對照表

卷次	卷一	卷二	卷三	卷四	卷五	卷六	卷七	卷八
陳藏本葉號	1－6	1－5	1－7	1－5	1－5	1－3	1－4	1－4
徐藏本葉號	1－6	7－10	11－17	18－22	23－27	28－29	30－33	34－36
徐藏本葉數	6	4	7	5	5	2	4	3
徐藏本缺詩		缺七首				缺六首		缺二首

可見，選用陳藏本《前集》作底本，能够避免後出諸本遮掩缺葉、佚失篇目、訛脱文字的問題，最大程度上恢復舊本原貌。遺憾的是該版本體系僅存《前集》八卷。《續修四庫全書》影印的國家圖書館藏明初刻遞修本《新注朱淑真斷腸詩集》含《前集》八卷、《後集》八卷。《前集》就是上述陳藏本，每卷葉號單獨排序。《後集》則爲另一體系，全書連排葉碼，與徐藏本相同，《後集》首葉即爲第四十五葉。亦即《續修四庫全書》影印的《前集》《後集》實際上分屬不同的版本體系。而且《後集》未鈐陳清華藏印，從其所鈐「休寧朱之赤珍藏圖書」「乾隆五十有七年遂初堂初氏記」「昌平王氏北堂藏書」「寒雲秘笈珍藏之印」「密均樓」諸印来看，迭經清初朱之赤，清中

葉初彭齡，清後期王萱齡，民國間袁克文、蔣汝藻遞藏，書後有袁克文撰長篇跋文，以下簡稱爲袁跋本。

我們今天看到的袁跋本、徐藏本《後集》均屬同一版片，都存在卷七卷帙割裂的現象，也存在很多共同的文字錯誤。例如《後集》卷一《春晴》詩「最宜吟詠入詩篇」句鄭元佐注，袁跋本、徐藏本作「■詩亭今詠情＝」，首字作墨釘，第三字訛謬難辨，末字爲重文符號。藝芸本作「古詩亭吟詠情＝」，丁刊本作「□詩篇吟詠情」，均難以卒讀。幸而藝芸本有前人眉批校語，改「古」爲「毛」，爲我们提供了理校綫索，從而辨識出實爲「《毛詩序》：『吟詠情性』」，首次恢復了注文原貌。又如《前集》卷一《約遊春不去二首》第二首「只應滿眼是春愁」句，鄭元佐注引杜詩「五陵花滿眼」，各本均缺「陵」字，今據杜甫詩補之。而丁丙刊本臆改爲「看花滿眼愁」。又如《前集》卷三《荼蘼》詩「白玉體輕蟾魄瑩，素紗囊薄麝臍香」一聯，冀勤校本「瑩」字作「□」，然檢其所據底本藝芸書舍抄本不缺，明初刻遞修本、黄跋本此字均不缺，故此處當是誤據丁丙刊本。以上數例亦可證丁刊本訛脱尤甚，其臆改之處，不足爲憑。

朱淑真《斷腸詞》一卷，向以鈔本流傳，晚至明末方有毛晉汲古閣刊本，但次序淆亂，真僞羼雜，已非舊本面目。其後以鈔本流傳的《汲古閣未刻詞》本《斷腸詞》更是踵謬增訛。這次整理，以明抄《紫芝漫抄》本爲底本，依據能够體現《斷腸詞》原始編次的明代中期戴冠和詞恢復了舊本次序，並考明僞詞，詳加校注。

朱淑真的詩集、詞集傳世日久，舛訛較多。儘管我們作了很多努力，試圖恢復舊本原貌，但囿於學殖，仍存在很多不足和謬誤，期待廣大讀者予以批評駁正。本書的出版尤其要感謝上海古籍出版社杜東嫣、彭華諸位編輯長期耐心指導和理解包容，謹致謝忱！

任德魁

二〇二四年六月

整理説明

一、本書以《新注朱淑真斷腸詩集》（下文簡稱爲《斷腸詩集》）幾個主要版本爲依據，以《分門纂類唐宋時賢千家詩選》《全芳備祖》《詩淵》《宋元詩・斷腸詩集》《名媛彙詩》《名媛詩歸》《古今女史・詩集》等重要選本參校，系統整理朱淑真詩作，附以首次還原舊本編排次序的《斷腸詞》，並且新加注釋、集録評語、彙輯資料，力求爲讀者提供較爲準確、完備的朱淑真詩詞作品以及研究資料。

二、《斷腸詩集》（含《前集》十卷、《後集》八卷）校勘所據主要版本爲：

（一）《續修四庫全書》影印國家圖書館藏「明初刻遞修本」《前集》八卷（闕卷九、卷十）、《後集》八卷。該本《前集》葉號每卷單獨排序，《後集》葉號全書連排，《前集》與《後集》版本來源、體系均不相同。《前集》有陳清華藏印，簡稱爲「陳藏本」，《後集》有袁克文跋語，與下列徐乃昌舊藏本屬同一體系，簡稱爲「袁跋本」。

（二）國家圖書館藏黄不烈跋明刻遞修本《前集》十卷，簡稱爲「黄跋本」。

（三）我國臺北「國家圖書館」藏徐乃昌舊藏明刻遞修本《前集》十卷、《後集》八卷，簡稱爲「徐藏本」。

（四）國家圖書館藏汪氏藝芸書舍抄本，簡稱爲「藝芸本」。

（五）國家圖書館藏鐵琴銅劍樓舊藏抄本，簡稱爲「鐵琴本」。

（六）丁丙輯刻《武林往哲遺著》叢書本，簡稱爲「丁刊本」。

其中刻本以具有代表性的藏家或刊刻者姓氏爲簡稱，抄本以藏書樓名爲簡稱，以便區别。

三、《斷腸詩集》的校勘，《前集》以陳藏本爲底本，所闕卷九、卷十據黄跋本補齊。雖然陳藏本《前集》闕兩卷，但其卷二、卷六、卷八各處較之明刻遞修本（黄跋本、徐藏本）多出詩作十五首，具有最完整的内容體系，更多地反映了《斷腸詩集》的全貌。明刻遞修本《前集》則多處存在删落卷末版面的現象，顯係書坊商估爲節約成本有意爲之，故不用作底本。《後集》以袁跋本爲底本，該本與徐藏本屬於同一體系。

四、《斷腸詩集》整理保留所有鄭元佐注文及原夾注格式，爲免繁瑣，注文不以引號標注，僅加簡單標點。鄭元佐注簡省節略之處較多，且存在大量誤記和訛文，均於注釋中作出補證，不在校勘記中體現。

五、本書校勘記根據版本體系與源流先後，選擇關鍵性異文出校。鐵琴本、丁刊本同屬明刻遞修本系統，且訛脱、臆改尤甚，僅用作參校，普通訛脱一般不出校。

六、《斷腸詩集》刻本使用了不少簡體字、俗字，今徑改爲通行繁體字。異體字亦作必要的統一，能够體現版本特徵、涉及校勘或文意相關之處，酌情保留。

七、《斷腸詩集·後集》卷一《春夜感懷》詩、《後集》卷二《夏日遊水閣》，分别爲韓偓、花蕊夫人所作，誤入已久，又存有鄭元佐注，不便徑直删去，特於校勘記中注明。

八、《斷腸詞》校勘以《紫芝漫抄》本（簡稱爲「紫芝本」）爲底本，依據明人戴冠和詞還原舊本編次，並以《詩詞雜俎》本、《汲古閣未刻詞》本、胡慕椿輯本、《四印齋所刻詞》本（分别簡稱爲「雜俎本」「未刻詞本」「胡輯本」「四印齋本」）以及重要選本《花草粹編》《詞綜》等參校。

原序

宋通判平江軍事魏仲恭撰
錢塘鄭元佐注

嘗聞摛辭麗句，固非女子之事。間有天姿秀發，性靈鍾慧，出言吐句，有奇男子之所不如，雖欲掩其名，不可得耳。如蜀之花蕊夫人，詩話：孟蜀花蕊夫人善詩，凡三十餘篇，大概似王建《宫詞》。近時之李易安，尤顯顯著名者，宋朝李易安居士，有樂府集。各有宫詞、樂府行乎世，然所謂膾炙者，可一二數，豈能皆佳也。

比往武林，見旅邸中好事者，往往傳誦朱淑真詞。每竊聽之，清新婉麗，蓄思含情，能道人意中事，豈泛泛者所能及，《遯齋閒覽》謂，韓偓編《香奩集》，偓富於才，能道人意外事，固非知者所能及。未嘗不一唱而三歎也。《禮記》：一唱三歎，而有遺音矣。蚤歲不幸，父母失審，不能擇伉儷，《左·成十一年》：已不能庇其伉儷而亡之。乃嫁爲市井民家妻。一生抑鬱不得志，故詩中多有憂愁怨恨之語。每臨風對月，古《漢宮春》詞：争似我隨時，臨風對月，暢飲更高歌。觸目傷懷，皆寓於詩，以寫其胸中不平之氣。竟無知音，《列子》：伯牙死，以爲世無足知音者。悒悒抱恨而終。自古佳人多命薄，東坡詩全句，又《瑞鶴仙》詞：恨佳人命薄。似春雲無定，楊花飄泊。豈止顔色如花命如葉耶！古詞：須信道，顔色如花，命如秋葉。觀其詩，想其人，風韻如此，乃下配一庸夫，固負此生矣。其死也，不能葬骨於地下，如青塚之可吊，杜《詠懷古迹》詩：獨留青塚向黄昏。注：昭君死，單于葬之。胡中多白草，此塚獨青。并其詩爲其父母一火焚之。今所傳者，百不一存，是重不幸也。嗚呼冤哉！予是以歎息之不足，援筆而書之，唐王勃援筆成篇。聊以慰其芳魂於九泉寂寞之濱，未爲不遇也。如其叙述始末，自有臨安王唐佐爲之傳，姑書其大概爲别引云。乃名其詩爲《斷腸集》。杜子美詩：梅花滿枝空斷腸。後有好事君子，當知予言之不妄也。

淳熙壬寅二月望日醉□居士宛陵魏仲恭端禮書

目録

前言……一
整理説明……一
原序……一
前集卷一
春景
立春前一日……一
立春古律……二
立春絶句二首……四
春霽……八
新春……一〇
晴和……一二
春陰古律二首……一四
春陰絶句……一八
問春古律……一八
訴春……二〇
傷春……二一
春日感懷……二三
中春書事……二四
中春書事絶句……二六
春半……二七
春日即事……二八

春詞二首……三〇
春色有懷……三四
約遊春不去二首……三五
喜晴……三六

前集卷二

春景

春日雜書十首……三九
晚春會東園……五〇
晚春有感……五二
暮春三首……五四
恨春五首……五九
春歸五首……六七
惜春……七二
春睡……七四

前集卷三

春景

春日閑坐……七五
春夜……七六
春宵……七七
元夜三首……七九
元夜遇雨……八三
雨中寫懷……八四
夜雨二首……八六
膏雨……八八
阻雨……九〇
清晝……九一

花柳

惜花……九三
看花……九五
移花……九五
小桃葉去偶生數花……九六
窗西桃花盛開……九八
杏花……九九
梨花……一〇一

海棠……一〇二
荼蘼……一〇五
偶得牡丹數本移植窗外將有着
花意二首……一〇七
瑞香……一一〇
柳……一一二
柳絮……一一三
聞子規有感……一一五

前集卷四

夏景

初夏二首……一一九
日永……一二二
端午……一二四
苦熱聞田夫語有感……一二五
納涼桂堂二首……一二八
梅蒸滋甚因懷湖上二首……一三〇
納涼即事……一三三
夏雨生涼三首……一三四
雨過……一三八
喜雨……一四〇
夏夜……一四四
新荷……一四五
青蓮花……一四六
水梔子……一四八
羞燕……一五〇

前集卷五

秋景

早秋……一五三
秋日登樓……一五四
秋日雜書二首……一五五
秋夜二首……一五七
秋夜聞雨三首……一五九
秋夜有感……一六三
中夜……一六四

月夜……一六五
長宵……一六七
對景謾成……一六八
七夕……一六九
中秋……一七一
中秋值雨……一七三
獨坐……一七四
悶懷二首……一七六
湖上閑望二首……一七八
中秋聞笛……一八〇

前集卷六

秋景

九日……一八三
寓懷二首……一八五
秋日述懷……一八七
秋日偶成……一八八
秋日晚望……一八九
秋夜牽情三首……一九〇
木犀四首……一九三
堂下巖桂秋晚未開作詩促之……一九八
白菊……一九九

前集卷七

冬景

冬日梅窗書事四首……二〇一
二色梅……二〇五
山脚有梅一株地差背陰冬深初結蕊作絶句寄之……二〇六
雪夜對月賦梅……二〇七
欲雪……二〇八
雪……二〇九
雪晴……二一三
圍爐……二一六
除日……二一七
除夜……二一八

前集卷八

吟賞

湖上小集……二二一
下湖即事……二二三
西樓寄情……二二四
書窗即事……二二六
夜留依緑亭 二首……二二九
閑步……二三一
聞鵲……二三三
試墨……二三五
燈花 俗謂燈有財花，有客花，故成末句……二三五
書王庵道姑壁……二三七
東馬塍……二三八
墨梅……二三九
月臺……二四二
雲掩半月……二四三

前集卷九

閨怨

傷別 二首……二四五
訴愁……二四九
愁懷 二首……二五二
舊愁 二首……二五四
供愁……二五七
恨別……二五七
寄恨……二五八
寄情……二六〇
無寐 二首……二六二
酒醒……二六四
睡起 二首……二六五
清瘦……二六七
悶書……二六八

前集卷十

雜題

掬水月在手……二七二
弄花香滿衣……二七四
會魏夫人席上命小環妙舞曲終求詩於予以飛雪滿群山爲韻作五絶……二七六
讀史……二八四
圓子……二八六
即事……二八八
自責 二首……二八九
浴罷……二九一
宴謝夫人堂……二九二
吊林和靖 二首……二九四
答求譜……二九七
得家嫂書……二九八

後集卷一

春景

新春二絶……三〇一
春日有作……三〇四
早春喜晴即事……三〇六
春晴……三〇九
春日行……三一一
春遊西園……三一五
春園小宴……三一七
春日書懷……三一九
春日亭上觀魚……三二二
春晝偶成……三二三
春日雜興……三二四
立春日妝成宜春花……三二七
春曉雜興……三二八
寒食詠懷……三三〇
春燕……三三一

春夜感懷……三三三
獨坐感春……三三四
暮春有感……三三五

後集卷二

夏景

夏日作……三三七
暑月獨眠……三三八
暑夜……三三九
夏夜有作……三四〇
夏夜乘涼……三四一
夏枕自詠……三四二
遊湖歸晚……三四四
西樓納涼……三四六
夏日遊水閣……三四七

後集卷三

秋景

秋日晚望……三四九
秋日行……三五一
秋日偶題……三五六
早秋偶筆……三五七
七夕口占……三五九
新秋……三六一
初秋雨晴……三六三
早秋有感……三六四
秋樓晚望……三六六
對秋有感……三六七
秋夜舟行宿前江……三六八
中秋夜家宴詠月……三六九
中秋夜不見月……三七〇
中秋月……三七二
中秋翫月……三七三
湖上詠月……三七五
秋夜感懷……三七六
小閣秋日詠雨……三七八

秋日得書……三八〇
秋深偶作……三八一
莫秋……三八二

後集卷四

冬景

新冬……三八五
初冬書懷……三八六
冬日雜詠……三八八
霜夜……三九〇
長宵……三九一
探梅……三九二
冬至……三九三
冬夜不寐……三九六
詠雪……三九七
觀雪偶成……四〇〇
雪夜賡筆……四〇一
江上雪霽……四〇二
對雪一律……四〇三
賞雪……四〇五
圍爐……四〇六
除夜……四〇七

後集卷五

花木類

海棠……四一一
芍藥……四一二
牡丹……四一四
黄芙蓉……四一五
長春花……四一七
薔薇花……四一八
芙蓉……四一九
櫻桃……四二〇
梅花二首……四二一
詠直竹……四二四
荷花……四二五

臘月躑躅一枝獨開……四二七
後庭花……四二八
乞蘭……四三〇

後集卷六

雜題

詠史十首
項羽二首……四三三
韓信……四三六
張良……四三七
陸賈……四三八
賈生……四三九
董生……四四一
晁錯……四四二

後集卷七

劉向二首……四四五
題王氏必興軒……四四八
題余氏攀鱗軒……四五〇
賀人移學東軒……四五二
送人赴試禮部……四五五

後集卷八

雜詠

代送人赴召司農……四五九
次韻見贈兼簡吴夫人……四六一
題四并樓……四六三
題斗野亭……四六五
舟行即事七首……四六七
寄大人二首……四七四
和前韻見寄……四七八
卧龍……四八〇
代謝人見惠墨竹……四八二

斷腸詩集補遺

詠竹一律……四八九
對竹一絶……四九〇
江上阻風……四九一

雪晴……四九二
又……四九三
謝人惠雙筆……四九三
遊西湖聞鶯……四九五
畫眉……四九五
詠柳 二首……四九六
桃花……四九八
李花……四九八
又……四九九
詠梅……五〇〇
夏夜彈琴……五〇〇
蠟梅……五〇一
夏螢……五〇二
觀燕……五〇三
遊曠寫亭有作……五〇三
三月三日……五〇四
清明遊飲少湖莊……五〇六
黃花……五〇七
佚句……五〇八
存目詩……五〇九
惜花……五〇九
送燕……五一〇
斷腸詞……五一一
憶秦娥 正月初六日夜月……五一一
浣溪沙 清明……五一二
生查子……五一三
謁金門 春半……五一五
西江月 賞春……五一六
江城子 賞春……五一七
浣溪沙 春夜……五一九
減字木蘭花 春怨……五二〇
眼兒媚……五二一
鷓鴣天……五二二
清平樂 春暮……五二三

點絳脣　聞鶯……五二五
蝶戀花　送春……五二六
清平樂　夏日遊湖……五二八
菩薩蠻　秋……五二九
又……五三〇
鵲橋仙　七夕……五三一
菩薩蠻　木樨……五三二
點絳脣　冬……五三三
念奴嬌　催雪……五三五
又　雪……五三七
卜算子　詠梅……五三九
菩薩蠻　詠梅……五四一
月華清　梨花……五四三
生查子……五四五
斷句……五四六
存目詞……五四七
柳梢青　詠梅三首……五四七
生查子　元夕……五四八
絳都春　梅花……五四九
阿那曲　春宵……五五〇
采桑子……五五〇
酹江月　詠竹……五五〇
附録……五五三
存目文……五五三
明戴冠《和朱淑真〈斷腸詞〉》……五五五
題詠……五六二
評論……五七四
序跋……五九七
書目題識……六〇五
引用書目……六三一

前集卷一

春景

立春前一日①

梅花枝上雪初融〔一〕，僧齊己詩：前村深雪裏，時夜一枝開②。一夜高風激轉東〔二〕。古上元詞：一夜東風，吹散柳梢殘雪。芳草池塘冰未薄〔三〕，《南史》：謝靈運思詩，夢弟惠連，遂得「池塘生春草」之句。柳條如綫着春工〔四〕。唐劉禹錫詩：春工着意柳條新。

【校】

①又見於《分門纂類唐宋時賢千家詩選》卷三、《宋元詩·斷腸詩集》卷四、《名媛彙詩》卷十、《名媛詩歸》卷二十。

②「時夜」，鐵琴本作「特放」，丁刊本作「昨夜」。

【注】

〔一〕「梅花」句：唐釋齊己《早梅》詩：「萬木凍欲折，孤根暖獨回。前村深雪裏，昨夜一枝開。」

〔二〕激轉：猛烈地迴轉。宋晁沖之《傳言玉女》詞：「一夜東風，吹散柳梢殘雪。」

〔三〕芳草池塘：南朝宋謝靈運《登池上樓》詩：「池塘生春草，園柳變鳴禽。」《南史》卷十九載，謝靈運「每有篇章，對惠連輒得佳語」，「嘗於永嘉西堂思詩，竟日不就，忽夢見惠連，即得『池塘生春草』，大以爲工」。謝惠連爲謝靈運族弟。

〔四〕春工：春季造化萬物之工。唐吴融《賦雪十韻》詩：「臘候何曾爽，春工是所資。遥知故溪柳，排比萬條絲。」

【集評】

「如綫」，人能言之。「着春工」，梨雨蘭風，并同一致。媚絶！幽絶！（《名媛詩歸》卷二十）

立春古律①

停杯不飲待春來〔一〕，和氣先春動六街②〔二〕。生菜乍挑宜捲餅〔三〕，羅幡旋剪稱聯釵〔四〕。

〔一〕唐李白《問月》詩：我今停杯一問之。

〔三〕杜《立春》詩：春日春盤細生菜。又，古詩：旋挑生菜和煙煮。

〔四〕《符川·立春》詞：剪新幡兒，斜插真珠髻。坡詩：年年幡勝剪宫花。古人詩：要知双彩勝，併在一金釵。休論殘臘千重恨，管入新年百事諧〔五〕。古鞦韆詞：但入新年，願百事，皆如意。從此對花并對景，盡拘風月入詩懷〔六〕。杜詩：風雲入壯懷。

【校】

①又見於《分門纂類唐宋時賢千家詩選》卷三（録前四句）、《宋元詩・斷腸詩集》卷三、《名媛彙詩》卷十五、《名媛詩歸》卷十九、《古今女史・詩集》卷八。詩題，《宋元詩》、《名媛彙詩》、《名媛詩歸》、《古今女史》作「立春」。

②「動」，《千家詩選》作「滿」。

【注】

〔一〕「停杯」句：唐李白《問月》詩：「青天有月來幾時，我今停杯一問之。」

〔二〕六街：京城街道。唐韋莊《長安春》詩：「長安二月多香塵，六街車馬聲轔轔。」

〔三〕「生菜」句：古代風俗，於立春日細切生菜，盛于盤中用餅捲食。唐杜甫《立春》詩：「春日春盤細生菜，忽憶兩京梅發時。」鄭元佐注引古詩「旋挑」句，出自唐末杜荀鶴《山中寡婦》詩「時挑野菜和根煮，旋斫生柴帶葉燒」，與立春無關。

〔四〕羅幡：立春日佩戴或懸綴的幡狀裝飾，用彩色的絹、羅製成。《錦繡萬花谷・後集》卷四：「立春日，士夫之家剪彩爲小幡，謂之春幡。或懸於佳人之頭，或綴於花枝之下。又剪爲春蝶、春錢、春勝以爲戲。」宋蘇軾《次韻曾仲錫元日見寄》詩：「蕭索東風兩鬢華，年年幡勝剪宮花。」聯釵：連綴在釵頭。《事物紀原》卷八：「《續漢書·禮儀志》曰：『立春之日，京都立春幡。』……今世或剪彩錯緝爲幡勝。雖朝廷之制，亦鏤金銀或繒絹爲之，戴於首。……或於歲旦刻青繒爲小幡樣，重累凡十餘，相連綴以簪之，此亦漢之遺事也。俗間因又曰年幡，此亦其誤也。」唐陸龜蒙《人日代客子》詩：「遥知雙彩勝，併在一金釵。」

〔五〕殘臘：農曆年底。宋秦觀《元日立春三絶》其一：「直須殘臘十分盡，始共新年一併來。」

〔六〕「盡拘」句：唐韓愈《送石處士赴河陽幕》詩：「風雲入壯懷，泉石别幽耳。」風月，清風明月，泛指美好的景色。

【集評】

「待」字情深。（《名媛詩歸》卷十九）

「生菜」二句：上句幽事，下句媚事，合寫作聯，質文俱奥。（同上）

「管入」句：俗句。（同上）

立春絶句二首①

自折梅花插鬢端，韭黄蘭茁簇春盤〔一〕。韓《馬君墓》詩：蘭茁其牙。坡詩：青蒿黄韭試春盤。潑醅酒軟渾無力②〔二〕，花蕊夫人《宮詞》：潑醅初熟五雲漿。作惡東風特地寒〔三〕。坡詩：明朝特地東風惡。

【校】

①又見於《分門纂類唐宋時賢千家詩選》卷三、《宋元詩・斷腸詩集》卷四、《名媛彙詩》卷十、《名媛詩歸》卷二十、《古今女史・詩集》卷五。詩題，原作《又絶句二首》，《宋元詩》《名媛彙詩》作《立春二首》，《名媛詩歸》《古今女史》作《立春》，爲便於稱引，今依前詩《立春古律》補足爲「立春絶句二首」。

②「軟」，陳藏本、黄跋本、徐藏本、藝芸本、《宋元詩》作「[illegible]」，今據鐵琴本、丁刊本、《千家詩選》、《名媛彙詩》、《名媛詩歸》、《古今女史》改。

【注】

〔一〕韭黄：韭菜根在避光環境中生長形成的嫩葉，顔色淺黄，宋代已在冬季大量培育。宋蘇軾《送范德孺》詩：「漸覺東風料峭寒，青蒿黄韭試春盤。」蘭茁：蘭草初生的嫩芽。唐韓愈《殿中少監馬君墓誌》：「幼子娟好静秀，瑤環瑜珥，蘭茁其芽。」春盤：立春日以韭黄等生菜細切堆盤爲食，名爲春盤。

〔二〕潑醅：經重釀之後未過濾的酒，又作「醱醅」。唐李白《襄陽歌》：「遥看漢水鴨頭緑，恰似蒲萄初醱醅。」五代前蜀花蕊夫人《宮詞》：「酒庫新修近水旁，潑醅初熟五雲漿。」酒軟：此處指酒力不足，難以禦寒。宋陳克《鷓鴣天》詞：「禁瘆餘寒酒半醒。蒲萄力軟被愁侵。」

〔三〕作惡東風：形容春風料峭，寒冷尖利。宋蘇軾《月夜與客飲酒杏花下》詩：「明朝卷地春風惡，但見緑葉棲殘紅。」宋陳師道《春興》詩：「東風作惡不成寒，野水穿沙自作灘。」

【集評】

「潑醅」二句：酒力不勝，却罵東風作惡，女人情想，大約如此。（《名媛詩歸》卷二十）

自攜孤緒，轉使助愁。（同上）

用字新特。（《古今女史·詩集》卷五）

喜勝春幡裊鳳釵①〔一〕，《拜星月》詞：盡帶春幡春勝。新春不換舊情懷。草根隱緑冰痕滿②〔二〕，柳眼藏嬌雪影埋〔三〕。古《水龍吟》詞：柳困含嬌眼③。

【校】

①「喜」，《宋元詩》《名媛彙詩》《名媛詩歸》《古今女史》作「彩」，丁刊本作「嘉」。

②「草根隱緑」，《宋元詩》《名媛彙詩》《名媛詩歸》《古今女史》作「草汀新緑」。

③「柳困」，黃跋本、徐藏本作墨釘，藝芸本、鐵琴本、丁刊本同闕。「嬌眼」，丁刊本作「嬌態」。

【注】

〔一〕喜勝春幡：即幡勝，立春日剪紙、絹、金銀箔成旛、人、燕、蝶等形狀，挂在花下、貼在屏風上或簪在頭上，亦互爲饋贈。參見本卷《立春古律》詩注。宋張耒《立春三首》其一：「懶將白首簪幡勝，壽酒三杯慰逐臣。」　裊：搖曳，顫動。宋周紫芝《立春日雨中三絶》其三：「春光先已到誰家，風裊釵頭小燕斜。」

〔二〕隱緑：草根尚未萌發，緑意潛藏未顯。唐馬懷素《奉和立春遊苑迎春應制》詩：「映水輕苔猶隱緑，緣堤弱柳未舒黄。」

〔三〕柳眼：早春柳葉初生，如人睡眼初展。唐元稹《酬樂天雪中見寄》詩：「撼落不教封柳眼，掃來偏盡附梅株。」宋歐陽修《玉樓春》（沈沈庭院鶯吟弄）詞：「緑楊嬌眼爲誰回，芳草深心空自動。」鄭元佐注引古《水龍吟》詞「柳困含嬌眼」句，「含」實爲「酣」之訛，見宋蘇軾《水龍吟·次韻章質夫楊花詞》（似花還似非花）詞：「縈損柔腸，困酣嬌眼，欲開还閉。」

【集評】

「不換舊情懷」：語甚非。（《名媛詩歸》卷二十）

「新春」句：詞簡情多。（《古今女史·詩集》卷五）

春霽①

淡薄輕寒雨後天②〔一〕，古詞：雨後輕寒。柳絲無力妥朝煙③〔二〕。古《柳》詞：春斷暖柔無力。弄晴鶯舌於中巧〔三〕，着雨花枝分外妍〔四〕。杜《對雨》詩：林花著雨胭脂落。消破舊愁憑酒盞④〔五〕，古《酒》詩：消却胸中萬斛愁。去除新恨賴詩篇。年年來到梨花月〔六〕，宋晏殊詩：梨花院落溶溶月。瘦不勝衣怯杜鵑〔七〕。杜詩：傷春怯杜鵑。又，《浣溪沙》詞：沈郎多病不勝衣。

【校】

①又見於《分門纂類唐宋時賢千家詩選》卷五、《宋元詩·斷腸詩集》卷三、《名媛彙詩》卷十五、《名媛詩歸》卷十九、《古今女史·詩集》卷八。詩題，《千家詩選》作「春晴」。

②「淡薄」，《宋元詩》《名媛彙詩》《名媛詩歸》《古今女史》作「淡淡」。

③「妥」，陳藏本、《千家詩選》、《宋元詩》、《名媛彙詩》、《名媛詩歸》、《古今女史》作「帶」，今據黄跋本、徐藏本、藝芸本、鐵琴本、丁刊本改。

④「憑」，《千家詩選》作「還」。

【注】

〔一〕「淡薄」句：宋釋仲殊《柳梢青》（岸草平沙）詞：「雨後寒輕，風前香軟，春在梨花。」

〔二〕妥：頹下之貌，此處形容柳絲下垂之狀。五代毛文錫《酒泉子》（緑樹春深）詞：「柳絲無力裊煙空。金盞不辭須滿酌。」

〔三〕弄晴：禽鳥在雨晴後歡快地鳴叫。宋强至《和司徒侍中清明會壓沙寺詩》：「野寺尋芳二月殘，弄晴幽鳥自關關。」鶯舌巧：指鶯聲宛轉動聽。唐温庭筠《醉歌》：「樹色深含臺榭情，鶯聲巧作煙花主。」

〔四〕「着雨」句：唐杜甫《曲江對雨》詩：「林花著雨燕脂濕，水荇牽風翠帶長。」

〔五〕「消破」句：唐韓愈《贈鄭兵曹》詩：「杯行到君莫停手，破除萬事無過酒。」宋范浚《次韻端臣七夕》詩：「舉瓢更取天漿酌，一洗胸中萬斛愁。」

〔六〕「年年」句：宋晏殊《寓意》詩：「梨花院落溶溶月，柳絮池塘淡淡風。」

〔七〕瘦不勝衣：形容身體瘦弱到連衣服之重都承擔不起。語出《荀子・非相》：「葉公子高微小短瘠，行若將不勝其衣。」宋蘇軾《浣溪沙》詞：「風壓輕雲貼水飛。乍晴池館燕争泥。沈郎多病不勝衣。」　杜鵑：鳥名，又名杜宇、子規，相傳爲古蜀王杜宇之魂所化。春末夏初，常晝夜悲鳴，鳴聲若云「不如歸去」。因其鳴聲哀切，舌呈紅色，古人傳説啼至血出乃止。唐杜甫《秋日夔府詠懷奉寄鄭監審李賓客之芳一百韻》詩：「他日辭神女，傷春怯杜鵑。」

【集評】

「淡薄」句：妙在寫雨後輕霽輕陰光景。（《名媛詩歸》卷十九）

「於中」字新轉,「分外」則板而腐。(同上)

「來到」字好。(同上)

別是鮮妍,不似尋常癡膩。(《古今女史·詩集》卷八)

新春①

樓臺影裏蕩春風〔一〕,《符川集·南鄉子》詞:樓臺裏、東風淡蕩。協氣融怡物物同②〔二〕。《前·司馬相如傳》:協氣橫流。又《香奩集·多情》詩:春牽情緒更融怡。草色乍翻新樣緑〔三〕,花容不減舊時紅〔四〕。鶯唇小巧輕煙裏③〔五〕,蝶翅輕便細雨中〔六〕。聊把新詩記風景,休嗟萬事轉頭空〔七〕。唐白樂天詩:百年隨手過,萬事轉頭空。

【校】

①又見於《分門纂類唐宋時賢千家詩選》卷一、《宋元詩·斷腸詩集》卷三、《名媛彙詩》卷十五、《名媛詩歸》卷十九、《古今女史·詩集》卷八。詩題,《千家詩選》作「春」。

②「協」,《千家詩選》作「叶」。

③「輕」,《千家詩選》作「微」。

【注】

〔一〕蕩春風：指春風融和駘蕩。宋張耒《上元日駕回登樓二首》其一：「天白華燈交皓月，樓寒朱幕蕩春風。」

〔二〕協氣：和氣。《漢書》卷五十七《司馬相如傳》：「懷生之類，沾濡浸潤，協氣橫流，武節猋逝。」融怡：温暖和洽。唐韓偓《多情》詩：「酒蕩襟懷微叵我，春牽情緒更融怡。」

〔三〕新樣：新鮮樣式。唐張祜《送走馬使》詩：「新樣花文配蜀羅，同心雙帶蹙金蛾。」

〔四〕「花容」句：宋王安石《菩薩蠻》（數間茅屋閑臨水）詞：「花是去年紅，吹開一夜風。」

〔五〕鶯脣：鶯嘴，亦代指鶯聲。宋釋惠洪《余自太原還匡山道中逢澤上人與至海昏山店有作》詩：「鶯脣清滑柳困頓，醉人春色初醇釅。」又，宋史浩《滿庭芳・立春》詞：「梅萼冰融，柳絲金淺，緒風還報初春。……便安排歌舞，蝶翅鶯脣。」

〔六〕輕便（pián）：輕盈自在。宋汪元量《鷓鴣天》（瀲灩湖光緑正肥）詞：「輕便燕子低低舞，小巧鶯兒恰恰啼。」

〔七〕「休嗟」句：唐白居易《自詠》詩：「百年隨手過，萬事轉頭空。」

【集評】

「影裏蕩」，甚遠，甚媚。（《名媛詩歸》卷十九）

「草色」句：貼「草」字，微甚。（同上）

「鶯唇」二句：圓聲欲接，輕影同移，覺新春景事，湛然入懷。（同上）

「記風景」，文人妝點韻事如此。（同上）

「休嗟」句：此句何以遂敗？（同上）

晴和①

海棠深院雨初收〔一〕，古《燭影摇紅》詞②：海棠開後，燕子來時，黄昏庭院③。苔徑無風蝶自由〔二〕。百結丁香誇美麗〔三〕，《類説》：百結丁香幾樹開。三眠楊柳弄輕柔〔四〕。《漫叟詩話》注：漢苑中有柳，狀如人形，一日三起三倒。小桃酒膩紅尤淺〔五〕，杜：桃花舒小紅。芳草寒餘緑漸稠。寂寂珠簾歸燕未④〔六〕，坡詞：寂寂珠簾蛛網遍。又《符川集・南鄉子》：乍捲珠簾新燕入。子規啼處一春愁〔七〕。杜詩：終日子規啼。

【校】

①又見於《宋元詩・斷腸詩集》卷三、《名媛彙詩》卷十五、《名媛詩歸》卷十九、《古今女史・詩集》卷八。此詩首聯與尾聯，又被引作一首絶句，見於《彤管新編》卷八、《名媛彙詩》卷十、《名媛詩歸》卷二十、《古今女史・詩集》卷五。

②「燭」，陳藏本作「臅」，鐵琴本缺，今據黃跋本、徐藏本、藝芸本、丁刊本改。
③「院」，陳藏本作「完」，今據黃跋本、徐藏本、藝芸本、鐵琴本、丁刊本改。
④「寂寂珠簾」，《名媛彙詩》《古今女史》作「寂寂朱簾」。

【注】

〔一〕「海棠」句：宋周邦彥《燭影搖紅》（芳臉勻紅）詞：「海棠開後，燕子來時，黃昏深院。」

〔二〕苔徑：長着苔蘚少有人走的小路。唐杜甫《春歸》詩：「苔徑臨江竹，茅簷覆地花。」

〔三〕百結丁香：古人稱丁香花蕾爲丁香結，因其花蕾衆多，故稱百結。《韻府群玉》卷六：「江南謂丁香爲百結花。」宋謝邁《如夢令》詞：「人似已圓孤月。心似丁香百結。」宋蘇軾《留題顯聖寺》詩：「幽人自種千頭橘，遠客來尋百結花。」

〔四〕三眠：傳説漢苑中柳樹一日三起三倒，如人一日三眠。實即檉柳的枝條在風中時時伏倒。《苕溪漁隱叢話・前集》卷二十二引《漫叟詩話》：「嘗見曲中使柳三眠事，不知所出。後讀玉溪生《江之嫣賦》云：『豈如河畔牛星，隔歲止聞一過；不比苑中人柳，終朝剩得三眠。』注云：『漢苑中有柳，狀如人形，號曰人柳，一日三起三倒。』」宋歐陽修《夜意》詩：「惟應牆外柳，三起復三眠。」宋晏幾道《臨江仙》詞：「旖旎仙花解語，輕盈春柳能眠。」

〔五〕「小桃」句：唐杜甫《江雨有懷鄭典設》詩：「寵光蕙葉與多碧，點注桃花舒小紅。」

〔六〕「寂寂」句：唐李白《怨情》詩：「請看陳后黃金屋，寂寂珠簾生網絲。」

〔七〕子規：即杜鵑鳥，參見本卷《春霽》詩注。唐杜甫《子規》詩：「兩邊山木合，終日子規啼。……客愁那聽此，故作傍人低。」

【集評】

「寒餘」粘著「芳草」上，静氣通微。（《名媛詩歸》卷十九）

作絶句，有絶句。忽入四句作律，亦有律詩之妙。故同入選。（同上）

「自由」二字，寫出栩栩殷勤、輕颺薄媚之態。（《名媛詩歸》卷二十）

「寂寂」句：問歸燕，可憐。（同上）

「子規啼處」，却是「一春愁」，憂思之理，宛轉難明。（同上）

「小桃」四句：《草堂》詞品，唾餘可鑄。（《古今女史·詩集》卷八）

春陰古律二首①

薄雲籠日弄輕陰〔一〕，古《沁園春》詞②：薄雲籠日。試與詩工略話春。蠢蠢緑楊初學綫③〔二〕，茸茸碧草漸成茵④〔三〕。晉謝安《春遊賦》：靡翠草而成茵。園林深寂撩私恨⑤，山水昏明惱暗顰〔四〕。芳意被他寒約住〔五〕，古《臨江仙》詞：雨過酴醾春欲放，輕寒約住餘芳。天應知有惜花人。

【校】

①又見於《宋元詩·斷腸詩集》卷三、《名媛彙詩》卷十五、《名媛詩歸》卷十九、《古今女史·詩集》卷八。　詩題,《宋元詩》《名媛彙詩》作《春陰二首》,《名媛詩歸》《古今女史》作「春陰」。

②「沁」,陳藏本作「心」,今據黃跋本、徐藏本、藝芸本、鐵琴本、丁刊本改。

③「蠢蠢」,《宋元詩》《名媛彙詩》《名媛詩歸》《古今女史》作「蠢爾」。「學」,《宋元詩》《名媛彙詩》《名媛詩歸》《古今女史》作「績」。

④「茸茸」,《宋元詩》《名媛彙詩》《古今女史》作「蒙茸」,《名媛詩歸》作「蒙茸」。

⑤「林」,《宋元詩》《名媛彙詩》《名媛詩歸》《古今女史》作「亭」。

【注】

〔一〕「薄雲」句:宋秦觀《沁園春》詞:「宿靄迷空,膩雲籠日,晝景漸長。」

〔二〕蠢蠢:動擾、蠕動貌,此處形容楊柳萌動之狀。宋周邦彥《蝶戀花》詞:「蠢蠢黃金初脱後。暖日飛綿,取次粘窗牖。」

〔三〕茸茸:柔細濃密貌。唐韓翃《宴楊駙馬山池》詩:「垂楊拂岸草茸茸,繡户簾前花影重。」碧草漸成茵:晉謝萬《春遊賦》:「羃豐葉而爲幄,靡翠草而成絪。」

〔四〕暗顰:暗自皺眉,形容心中憂愁。宋無名氏《九張機》詞:「四張機。咿啞聲裏暗顰眉。」

〔五〕「芳意」句:宋鄧肅《臨江仙》詞:「雨過荼蘼春欲放,輕寒約住餘芳。」

【集評】「芳意」句：用意深摯，忽然宛動。（《名媛詩歸》卷十九）

一結妙絶。詞人擬和不得，方知其佳。（《古今女史·詩集》卷八）

陡覺湘裙剩帶圍〔一〕，古詩：沈腰消瘦帶圍寬。情懷常是被春欺〔二〕。盧詩①：春風得恁欺人惡。半簷落日飛花後，一陣輕寒微雨時〔三〕。古《虞美人》詞：瀟瀟微雨做輕寒。幽谷想應鶯出晚〔四〕，《詩》：鳥鳴嚶嚶。出自幽谷，遷於喬木。舊巢應怪燕歸遲②〔五〕。王介甫《歸燕》詩：貪尋舊巢去。間關幾許傷懷處〔六〕，悒悒柔情不自持〔七〕。古詞：傷懷長是蹙雙眉。怎禁持。

【校】

①「盧」，陳藏本、黄跋本、徐藏本、藝芸本作「爐」，丁刊本缺字，今據鐵琴本改。

②「應」，鐵琴本作「還」，《宋元詩》《名媛彙詩》《名媛詩歸》《古今女史》作「却」。

【注】

〔一〕湘裙：女子的長裙。唐李群玉《同鄭相并歌姬小飲戲贈》詩：「裙拖六幅湘江水，鬢聳巫山一段雲。」剩帶圍：指因人消瘦而導致腰帶越來越寬鬆。《列女傳》卷一：「魏芒慈母者，魏孟陽氏之女，芒卯之後妻也。……前妻中子犯魏王令當死，慈母憂戚悲哀，帶圍減尺，朝夕勤勞以救其罪人。」後人多用沈約《與徐勉書》之典故，見《梁書・沈約傳》：「百日數旬，革帶常應移孔，以手握臂，率計月小半分。以此推算，豈能支久。」

〔二〕「情懷」句：唐姚合《別春》詩：「留春不得被春欺，春若無情遣泥誰。」

〔三〕「一陣」句：宋寇準《夏日》詩：「日暮長廊聞燕語，輕寒微雨麥秋時。」宋蘇軾《虞美人》（深深庭院清明過）詞：「柳絲搭在玉闌干。簾外瀟瀟微雨、做輕寒。」

〔四〕「幽谷」句：《詩經・小雅・伐木》：「伐木丁丁，鳥鳴嚶嚶。出自幽谷，遷於喬木。」

〔五〕「舊巢」句：宋王安石《歸燕》詩：「馬上逢歸燕，知從何處來。貪尋舊巢去，不帶錦書迴。」

〔六〕間關：鳥鳴宛轉曲折之貌。唐許孟容《奉和武相公春曉聞鶯》詩：「碧樹當窗啼曉鶯，間關入夢聽難成。」

〔七〕悒悒：憂鬱愁悶。宋喻汝礪《題周昉美人拜月圖》詩：「悒悒柔情不自持，此心端被月先知。」

【集評】

「被春欺」，説情懷可笑。（《名媛詩歸》卷十九）

「半簷」三句：瀟散而幽。（同上）

二詠皆佳，前工後脱。（《古今女史・詩集》卷八）

「間關」三句：雖淡而味自長。（同上）

春陰絶句①

楊花攪亂少年心，古詞：楊花飛絮。攪亂少年情緒。怕雨愁風用意深。付與酒杯渾不管，從教天氣作春陰〔一〕。古詞：天氣陰陰。

【校】

①又見於《宋元詩・斷腸詩集》卷四、《名媛彙詩》卷十、《名媛詩歸》卷二十。詩題，原作「又絶句」，藝芸本作「又絶句少年心」，《宋元詩》《名媛彙詩》《名媛詩歸》作「春陰」，爲便於稱引，今依前詩《春陰古律二首》例補足爲《春陰絶句》。

【注】

〔一〕「從教」句：唐鄭谷《旅寓洛南村舍》詩：「春陰妨柳絮，月黑見梨花。」

【集評】

「從教」句：幽恨極矣，故以嬌横語鎮之。（《名媛詩歸》卷二十）

問春古律①

春到休論舊日情，風光還是一番新〔一〕。古《魚遊春水》曲：又是一番新桃李。鶯花有恨偏供我〔二〕，杜《遊招提》詩：鶯花隨世界。桃李無言祇惱人〔三〕。《前漢·李廣贊》：桃李不言，下自成蹊。粉淚洗乾清瘦面〔四〕，古詞：梅妝淚洗。帶圍寬盡小腰身②〔五〕。見前《春陰》詩注。小腰，謂小蠻腰也。東君負我春三月〔六〕，我負東君三月春。

【校】

①又見於《宋元詩·斷腸詩集》卷三、《名媛彙詩》卷十五、《名媛詩歸》卷十九、《古今女史·詩集》卷八。詩題，丁刊本、《宋元詩》、《名媛彙詩》、《名媛詩歸》、《古今女史》作「問春」。

②「盡」，《宋元詩》《名媛彙詩》《名媛詩歸》《古今女史》作「褪」。

【注】

〔一〕「風光」句：宋無名氏《魚游春水》（秦樓東風裏）詞：「鶯囀上林，魚游春水。……又是一番新桃李。佳人應念歸期，梅妝淚洗。」

〔二〕鶯花：鶯啼花開，代指春日美好事物。唐杜甫《陪李梓州王閬州蘇遂州李果州四使君登惠義寺》詩：「鶯花隨世界，樓閣倚山巔。」

〔三〕「桃李」句：《漢書》卷五十四《李廣蘇建傳》：「諺曰：『桃李不言，下自成蹊。』」

〔四〕粉淚：女子的眼淚。宋蘇軾《浣溪沙》詞：「怪見眉間一點黃。詔書催發羽書忙。從教嬌淚洗紅妝。」

〔五〕帶圍寬：參見本卷《春陰古律二首》注。

〔六〕東君：司春之神。

【集評】

「桃李」句：出口穎秀。（《名媛詩歸》卷十九）

「瘦面」用「清」字，妙。（同上）

「東君」二句：口頭語，一轉跌間，無限幽恨。（《古今女史·詩集》卷八）

訴春①

十二闌干鎖畫樓〔一〕，古詞：倚遍闌干十二樓。春風吹損上簾鈎。花心柳眼從教放〔二〕，古《滿庭芳》詞：柳眼花心，此夜歡會。蝶意蜂情一任休〔三〕。古詞：蝶意蜂情，恣還飄逸。娣滯酒杯消舊恨〔四〕，禁持詩句遣新愁〔五〕。東坡詩：新愁舊恨眉生緑。東君若也憐孤獨〔六〕，莫使韶光便似秋。

【校】

①又見於《宋元詩·斷腸詩集》卷三，詩題作「新春」。

【注】

〔一〕「十二」句：唐李商隱《碧城三首》其一：「碧城十二曲闌干，犀辟塵埃玉辟寒。」宋晁端禮《喜遷鶯》（嫩柳初摇翠）詞：「待更與，上層樓遍倚，欄干十二。」

〔二〕柳眼：見本卷《立春絶句二首》詩注。唐李商隱《二月二日》詩：「花鬚柳眼各無賴，紫蝶黄蜂俱有情。」五代和凝《宫詞》：「鳳池冰泮岸莎匀，柳眼花心雪裏新。」

〔三〕「蝶意」句：宋郭印《送春》詩：「蜂情蝶意都蕭索，難化吾心一寸剛。」

〔四〕殢滯：詞義不明，疑爲「殢滯」之訛，意指沉湎於酒杯之中以忘却憂愁。

〔五〕禁持：此處爲牽纏、擺佈之意。宋秦觀《阮郎歸》（褪花新緑漸團枝）詞：「遊蝶困，乳鶯啼。怨春春怎知。日長早被酒禁持。那堪更别離。」《詩詞曲語辭匯釋》卷二：「禁，猶云擺佈也，牽纏也。……辛棄疾《鷓鴣天》詞：『一夜清霜變鬢絲，怕愁剛把酒禁持。』此擺佈義，猶云硬將酒來擺佈愁懷也。」

〔六〕東君：見前首《問春古律》詩注〔六〕。

傷春①

閣淚抛詩卷〔一〕，古詞：閣淚汪汪不肯垂。無聊酒獨親。客情方惜别〔二〕，韓《送張侍御》

詩：新愁惜别情。心事已傷春。前注。柳暗輕籠日，花飛半掩塵〔三〕。秦少游詞：花飛半掩門。鶯聲驚蝶夢〔四〕，《莊・齊物篇》：周夢爲蝴蝶。又，古詩：誰遣鶯聲驚蝶夢，起來搔首午窗前。喚起舊愁新〔五〕。古詩：喚起新愁和舊愁。

【校】

①又見於《宋元詩・斷腸詩集》卷二、《名媛彙詩》卷十三、《名媛詩歸》卷十九、《古今女史・詩集》卷七。

【注】

〔一〕閣淚：含着眼淚。宋無名氏《鷓鴣天》（鎮日無心掃黛眉）詞：「尊前只恐傷郎意，閣淚汪汪不敢垂。」

〔二〕「客情」句：唐韓愈《杏園送張徹侍御》詩：「久抱傷春意，新添惜别情。」

〔三〕「花飛」句：宋秦觀《南歌子》（香墨彎彎畫）詞：「人去空流水，花飛半掩門。」

〔四〕鶯聲：黄鶯的啼鳴聲。唐金昌緒《春怨》詩：「打起黄鶯兒，莫教枝上啼。啼時驚妾夢，不得到遼西。」蝶夢：《莊子・齊物論》：「昔者，莊周夢爲蝴蝶，栩栩然蝴蝶也，自喻適志與？不知周也。俄然覺，則蘧蘧然周也。不知周之夢爲蝴蝶與？蝴蝶之夢爲周與？」宋蘇軾《牡丹和韻》詩：「撩理鶯情趣，留連蝶夢魂。」

〔五〕「唤起」句：宋晁説之《七月一日作》詩：「去秋今復號新秋，要使新愁入舊愁。」

【集評】

著「無聊」二字，泫然欲淚。（《名媛詩歸》卷十九）

語意亦淒亦媚。（《古今女史·詩集》卷七）

春日感懷①

寂寂多愁客，傷春二月中〔一〕。杜詩：傷春一水同。惜花嫌夜雨，見前注。多病怯東風②。不奈鶯聲碎③〔二〕，唐杜荀鶴詩：風起鳥聲碎。那堪蝶夢空〔三〕。上首注。海棠方睡足〔四〕，唐《楊妃傳》：此海棠睡未足耳。簾影日融融〔五〕。杜詩：和風日沖融。

【校】

①又見於《宋元詩·斷腸詩集》卷二、《名媛彙詩》卷十三、《名媛詩歸》卷十九、《古今女史·詩集》卷七。

②「怯」，丁刊本作「發」。

③「不奈」，《名媛彙詩》《名媛詩歸》《古今女史》作「不禁」。

【注】

〔一〕「傷春」句：唐杜甫《涪江泛舟送韋班歸京》詩：「追餞同舟日，傷春一水間。」

〔二〕「不奈」句：唐杜荀鶴《春宫怨》詩：「風暖鳥聲碎，日高花影重。」宋秦觀《千秋歲》詞：「水邊沙外。城郭春寒退。花影亂，鶯聲碎。」

〔三〕蝶夢：見前首《傷春》詩注〔四〕。

〔四〕「海棠」句：《野客叢書》卷二十四：「《楊妃外傳》載：明皇登沉香亭，召太真。時太真卯酒醉未醒，侍兒扶而至。明皇曰：『是豈妃子醉邪？海棠睡未足耳。』」

〔五〕融融：和暖明媚貌。唐杜甫《往在》詩：「端拱納諫諍，和風日沖融。」

【集評】

「二月中」，不説傷春，已覺意動而情紛。（《名媛詩歸》卷十九）

用「嫌」字、「怯」字，細碎。然二句中，衹承上「二月中」三字耳。（同上）

「蝶夢空」，不甚雅。（同上）

中春書事①

乍暖還寒二月天〔一〕，釀紅醖緑鬬新鮮。日烘春色成和氣，風弄花香作瑞煙〔二〕。

古詩：弄花香滿衣。鶯舌似簧初學語〔三〕，邵堯夫詩：正嫩簧爲舌。柳條如綫未飛綿〔四〕。杜詩：生憎飛絮白於綿②。金杯滿酌黄封酒〔五〕，東坡詩：新年已賜黄封酒。欲勸東君莫放權〔六〕。

【校】

①又見於《分門纂類唐宋時賢千家詩選》卷一、《宋元詩・斷腸詩集》卷三、《名媛彙詩》卷十五、《名媛詩歸》卷十九、《古今女史・詩集》卷八。　詩題，《千家詩選》作「春」，《宋元詩》《名媛彙詩》《名媛詩歸》《古今女史》作「仲春書事」。

②「生憎」，陳藏本、藝芸本作「上增」，黄跋本、徐藏本作「上憎」，今據鐵琴本、丁刊本改。

【注】

〔一〕乍暖還寒：指初春天氣忽冷忽熱。宋李清照《聲聲慢》（尋尋覓覓）詞：「乍暖還寒時候，最難將息。」

〔二〕「風弄」句：唐于良史《春山夜月》詩：「掬水月在手，弄花香滿衣。」

〔三〕鶯舌似簧：形容鶯鳴如音樂般動聽。簧，樂器内的彈性薄片，通過振動發聲。宋邵雍《流鶯吟》：「正嫩簧爲舌，初新金作衣。替花言灼灼，代柳説依依。」唐皮日休《聞魯望遊顔家林園病中有寄》詩：「蝶欲試飛猶護粉，鶯初學囀尚羞簧。」

〔四〕柳條如綫：參見本卷《立春前一日》詩注〔四〕。唐杜甫《送路六侍御入朝》詩：「不分桃花紅勝錦，生憎柳絮白於綿。」

〔五〕黄封酒：宋代官釀用黄色羅絹或黄紙封口，故稱官酒爲黄封。宋蘇軾《杜介送魚》詩：「新年已賜黄封酒，舊友仍分頳尾魚。」

〔六〕東君：司春之神。唐張碧《惜花》詩：「朝開暮落煎人老，無人爲報東君道。留取穠紅伴醉吟，莫教少女来吹掃。」

【集評】

「風弄」句：香作煙，不必言矣。花着輕風，欹依歷亂，其間風花相接處，正可想出「煙」字意在。惜「瑞」字殊少韻耳。（《名媛詩歸》卷十九）

中春書事絶句①

乳燕調雛出畫簷〔一〕，坡詞：乳燕飛華屋。遊蜂喧翅入珠簾〔二〕。杜詩：花暖蜜蜂喧。日長無事人慵困〔三〕，金鴨香銷懶更添〔四〕。古詞：金鴨香銷。

【校】

①又見於《宋元詩·斷腸詩集》卷四、《名媛彙詩》卷十、《名媛詩歸》卷二十、《古今女史·詩集》卷五。詩題，原作「又絶句」，爲便於稱引，今依前詩《中春書事》補足爲「中春書事絶句」，《宋元

詩》《名媛彙詩》《名媛詩歸》《古今女史》作「中春書事」。

【注】

〔一〕乳燕：育雛的燕子。宋蘇軾《賀新郎》詞：「乳燕飛華屋。悄無人、桐陰轉午，晚涼新浴。」

〔二〕遊蜂：飛舞遊動的蜜蜂。唐杜甫《敝廬遣興奉寄嚴公》詩：「風輕粉蝶喜，花暖蜜蜂喧。」宋蘇軾《送魯元翰少卿知衛州》詩：「閉門春晝永，惟有黄蜂喧。」

〔三〕「日長」句：宋秦觀《浣溪沙》詞：「香靨凝羞一笑開。柳腰如醉暖相挨。日長春困下樓臺。」

〔四〕金鴨：鴨形的銅鑄香爐。宋謝薖《減字木蘭花》詞：「風篁度曲。倦倚銀屏初睡足。清簟疏簾。金鴨香銷懶更添。」

【集評】

其琢句亦極香奩之秀。（《名媛詩歸》卷二十）

春半①

拭目憑欄久，柔風拂面吹〔一〕。杜詩：吹面受和風。鶯花争嫵媚〔二〕，杜詩：鶯花隨世界。詩酒鬭清奇②。已近清明節，初過上巳時〔三〕。古詞：上巳清明都過了。莫縈尋俗事〔四〕，隨意樂春熙〔五〕。《老子》：熙熙如登春臺。

【校】

①又見於《名媛彙詩》卷十三、《名媛詩歸》卷十九、《古今女史·詩集》卷七。

②「鬬」，《名媛詩歸》作「對」。

【注】

〔一〕「柔風」句：唐杜甫《上巳日徐司録林園宴集》詩：「薄衣臨積水，吹面受和風。」

〔二〕鶯花：見本卷《問春古律》詩注〔二〕。

〔三〕上巳：古代以三月第一個巳日爲上巳節，後定爲三月初三，與寒食、清明日期相近，民衆出遊於水濱，以招魂續魄，祓除不祥，後世又爲曲水流觴之飲。宋黄機《臨江仙》詞：「上巳清明都過了，客愁惟有心知。」

〔四〕尋俗：尋常，平凡。

〔五〕春熙：春日融和的光輝。《老子》：「衆人熙熙，如享太牢，如登春臺。」

【集評】

「已近」二句：二句是春半。（《名媛詩歸》卷十九）

春日即事①〔一〕

輕寒噤瘁花期晚〔二〕，皺緑差鱗接遠波〔三〕。躍藻白魚翻玉尺〔四〕，杜詩：翻藻白魚跳。

穿林黃鳥度金梭〔五〕。《天寶遺事》載古詩：鶯穿絲柳擲金梭。閑將詩草臨軒讀②，靜聽漁船隔岸歌③〔六〕。《選》：屈原行吟澤畔，見漁父歌曰云云。又，韓《湘中》詩④：空聞漁父扣船歌。盡日倚窗情脉脉〔七〕，古《念奴嬌》詞：脉脉此情難識。眼前無事奈春何。古詞：無計奈愁何。

【校】

① 又見於《宋元詩·斷腸詩集》卷三、《名媛彙詩》卷十五、《名媛詩歸》卷十九、《古今女史·詩集》卷八。

② 「詩」，《古今女史》作「花」。

③ 「漁」，《名媛彙詩》、《名媛詩歸》作「魚」。

④ 「湘」，陳藏本作「粗」，今據黃跋本、徐藏本、藝芸本、鐵琴本、丁刊本改。

【注】

〔一〕即事：以眼前事物爲題材作詩。

〔二〕噤瘁：疑即「噤瘁」，咬牙忍寒、瑟縮寒顫貌。噤，閉口。瘁，寒顫。唐韓偓《日高》詩：「朦朧猶認管弦聲，噤瘁餘寒酒半醒。」又作「噤嘇」「噤瘆」。宋辛棄疾《菩薩蠻》（遊人占却巖中屋）詞：「松篁通一徑。噤嘇山花冷。」宋洪适《生查子》詞：「廉纖小雨來，噤瘆輕寒乍。」

〔三〕差鱗：此處形容魚鱗般的水波參差蕩漾。

〔四〕藻：水草。唐杜甫《絶句六首》其四：「隔巢黄鳥並，翻藻白魚跳。」

〔五〕金梭：金製的梭子。梭，織布機中牽引緯綫的織具。《石林詩話》卷下：「詩語固忌用巧太過，然緣情體物，自有天然工妙，雖巧而不見刻削之痕。老杜『細雨魚兒出，微風燕子斜』，此十字殆無一字虚設。……使晚唐諸子爲之，便當入『魚躍練波拋玉尺，鶯穿絲柳織金梭』體矣。」

〔六〕「静聽」句：《文選》卷三十三引《漁父》：「屈原既放，遊於江潭，行吟澤畔。顔色憔悴，形容枯槁，漁父見而問之。……漁父莞爾而笑，鼓枻而去，乃歌曰：……」唐韓愈《湘中》詩：「蘋藻滿盤無處奠，空聞漁父叩舷歌。」

〔七〕脉脉：含情凝視貌。《古詩十九首》：「盈盈一水間，脉脉不得語。」

【集評】

「魚船隔岸歌」，無「静聽」二字，更妙。（《名媛詩歸》卷十九）

春詞二首①

屋嗔柳葉噪春鴉〔一〕，山谷詞：屋角數聲鴉噪柳。簾幕風輕燕翅斜〔二〕。杜詩：風輕燕子斜。又，宋晏元獻公詩云：簾幕中間燕子斜。芳草池塘初夢斷〔三〕，見前詩注。海棠庭院正愁加〔四〕。見前詩注。幾聲嬌巧黃鸝舌〔五〕，古詩：固遺黃鸝啼幾聲。數朵柔纖小杏花。盧詩：却嫌桃李太麤俗，寧似夭纖小杏花。獨倚妝窗梳洗倦②〔六〕，古詞：知他今夜，好好爲誰梳洗。祇慚辜負好年華③。古詩：一年好景寧辜負。

【校】

① 又見於《宋元詩·斷腸詩集》卷三、《名媛彙詩》卷十五、《名媛詩歸》卷十九、《古今女史·詩集》卷八。另見《彤管新編》卷八、《名媛彙詩》卷十、《名媛詩歸》卷二十，以第二首詩的首聯、尾聯組成一首絶句，題爲「春詞」。　詩題，《名媛詩歸》《古今女史》作「春詞」。

② 「妝」，《宋元詩》《名媛彙詩》《名媛詩歸》《古今女史》作「小」。

③ 「祇」，《宋元詩》《名媛彙詩》《名媛詩歸》《古今女史》作「自」。

【注】

〔一〕「屋嗔」句：唐高適《重陽》詩：「真成獨坐空搔首，門柳蕭蕭噪暮鴉。」

〔二〕「簾幕」句：唐杜甫《水檻遣心》詩：「細雨魚兒出，微風燕子斜。」《青箱雜記》卷五引晏殊詩：「樓臺側畔楊花過，簾幕中間燕子斜。」

〔三〕芳草池塘：見本卷《立春前一日》詩注〔三〕。

〔四〕海棠庭院：見本卷《晴和》詩注〔一〕。

〔五〕「幾聲」句：宋無名氏《喜遷鶯》詞：「芳春天曉。聽緑樹數聲，黄鸝嬌巧。」

〔六〕「獨倚」句：唐温庭筠《夢江南》詞：「梳洗罷，獨倚望江樓。」

【集評】

「屋嗔」二字，思理馳驟，獨見奇奧。（《名媛詩歸》卷十九）

「簾幕」句：即「微風燕子斜」意。（同上）

「初夢斷」，幽秀沉密。（同上）

「數朵」句：此句細而幽。（同上）

「辜負年華」，不作怨語，着「自慚」二字更深。（同上）

「芳草」等三聯：疏雋不可言。（《古今女史·詩集》卷八）

屈指清明數日期〔一〕，紛紛紅紫競芳菲①〔二〕。韓詩：百般紅紫鬭芳菲。池塘水暖鶼鶼並〔三〕，白樂天《長恨歌》：在天願爲比翼鳥。注：鶼鶼鳥也②。巷陌風輕燕燕飛〔四〕。《詩》：燕燕于飛。柳帶萬條籠淑景〔五〕，李詩：楊柳萬條煙。遊絲千尺網晴暉③〔六〕。杜詩：遊絲白日靜。人間何處無春色，衹是西樓人未歸④〔七〕。古詞：西樓獨上等多時。月團圓，人未歸。

【校】

①「紛紛紅紫」，《名媛彙詩》卷十、《名媛詩歸》二十作「紛紛紅葉」。

②「鶼鶼鳥」，陳藏本、黃跋本、徐藏本、藝芸本作「鳥鳥鳥」，今據鐵琴本、丁刊本改。

③「網」，《宋元詩》《名媛彙詩》《名媛詩歸》《古今女史》作「舞」。

④「西樓」，徐藏本、黃跋本作墨釘，鐵琴本作「天涯」，丁刊本作「團圓」。

【注】

〔一〕數（shǔ）日：計算天數，意謂天數屈指可數。

〔二〕「紛紛」句：唐韓愈《晚春》詩：「草樹知春不久歸，百般紅紫鬭芳菲。」

〔三〕鶼鶼：比翼鳥。《爾雅·釋地》：「南方有比翼鳥焉，不比不飛，其名謂之鶼鶼。」

〔四〕燕燕：燕子。《詩經·邶風·燕燕》：「燕燕于飛，差池其羽。」

〔五〕柳帶：形容柳條細長如帶。唐李白《送別》詩：「梨花千樹雪，楊葉萬條煙。」　淑景：美好的春光。

〔六〕遊絲：蜘蛛等布吐的飄蕩在空中的絲。唐杜甫《題省中壁》詩：「落花遊絲白日靜，鳴鳩乳燕青春深。」

〔七〕「祇是」句：南唐李煜《相見歡》詞：「無言獨上西樓，月如鉤。」

【集評】

「巷陌」句：真處、妙處亦須於聲響求之。（《名媛詩歸》卷十九）

「祇是」二字杳然。（《名媛詩歸》卷二十）

春色有懷①

客裏逢春想恨濃，故園花木夢魂同〔一〕。《群玉雜俎》：唐時有僧善論詩：見他花木樹，思憶故園春。杜詩：故園花自發。連堤緑蔭晴煙裏〔二〕，映水紅摇薄霧中〔三〕。《選》詩：濛濛薄霧中②。

【校】

①又見於《宋元詩·斷腸詩集》卷四、《名媛彙詩》卷十、《名媛詩歸》卷二十。

②「濛濛」，陳藏本、黄跋本、徐藏本、藝芸本作「濛」，今據鐵琴本、丁刊本改。

【注】

〔一〕「故園」句：《紺珠集》卷九引《古今名賢集》：「唐詩僧善論詩，尤善捉語意合處。張水部一日得句云『常因送人處，憶得别家時』，自謂古人未道。僧曰：『亦有道者，「見他桃李樹，思憶故園春」是也。』」唐杜甫《憶弟二首》其二：「故園花自發，春日鳥還飛。」

〔二〕連堤：遍堤，沿着堤岸連綿不絶。唐馬懷素《奉和聖製春日幸望春宫應制》：「遍野園亭開帟幕，連堤草樹狎衣簪。」

〔三〕「映水」句：《文選》卷三十引齊謝朓《觀朝雨》詩：「空濛如薄霧，散漫似輕埃。」宋周紫芝《元夕訪忍毋我已睡復起》詩：「殘缸零落數枝紅，春在空濛薄霧中。」

【集評】

「夢魂同」，説得「懷」字深。（《名媛詩歸》卷二十）

約遊春不去二首①

鄰姬約我踏青遊〔一〕，古《最高樓》詞：南陌踏青遊。强拂愁眉下小樓。去户欲行還自省，也知憔悴見人羞。古《青玉案》詞：更憔悴，羞人見。

【校】

① 又見於《宋元詩·斷腸詩集》卷四、《名媛彙詩》卷十、《名媛詩歸》卷二十。

【注】

〔一〕踏青：清明、上巳前後出遊郊野的習俗。《夢粱録》卷二：「三月三日上巳之辰，曲水流觴，故事起於晉時。唐朝賜宴曲江，傾都禊飲踏青，亦是此意。」

【集評】

「也知」句：幽憂之思，不堪共對。（《名媛詩歸》卷二十）

少年意思懶能酬，愛好心情一向休。若到舊家遊冶處〔一〕，《青箱雜記》載詩：舊家遊冶今何處。只應滿眼是春愁〔二〕。杜詩：五花滿眼①。

【校】

①「五花滿眼」，陳藏本、黄跋本、徐藏本、藝芸本、鐵琴本均同，丁刊本臆改作「看花滿眼愁」，不足據。

【注】

〔一〕舊家：過去，從前。宋周邦彦《瑞龍吟》（章臺路）詞：「前度劉郎重到，訪鄰尋里，同時歌舞。惟有舊家秋娘，聲價如故。」遊冶：遊蕩娱樂。

〔二〕「只應」句：唐杜甫《贈别何邕》詩：「五陵花滿眼，傳語故鄉春。」唐白居易《長安春》詩：「街東酒薄醉易醒，滿眼春愁消不得。」

【集評】

「少年」二句：幽恨之極，直欲自廢，此處殊不堪言。（《名媛詩歸》卷二十）

喜晴①

鵓鳩聲歇已開晴②〔一〕，坡詩：晴鳩唤取雨鳩來。柳眼窺春淺放青〔二〕。見前詩注。樓上捲簾凝目處③，遠山如畫展幃幈④〔三〕。晉孫綽詩：遠山却略羅峻屏。

【校】

①又見於《分門纂類唐宋時賢千家詩選》卷五、《宋元詩・斷腸詩集》卷四、《名媛彙詩》卷十、《名媛詩歸》卷二十。

②「鵓」，《千家詩選》作「林」。

③「目」，《千家詩選》作「望」。

④「幃」，《宋元詩》《名媛彙詩》《名媛詩歸》作「圍」。

【注】

〔一〕鵓鳩：鳥名。天將雨時，其鳴聲甚急，古人傳爲雄鳩在驅走雌鳩。吴陸璣《毛詩草木鳥獸蟲魚疏》：「鵓鳩，灰色，無繡項。陰則屏逐其匹，晴則呼之。語曰『天將雨，鳩逐婦』是也。」宋劉敞《和永叔鳴鳩詩》：「晴鳩讙求雌，雨鳩鬧逐婦。天地有晴陰，嗟爾何欣復何怒。」宋黄庭堅《自巴陵略平江臨湘入通城（中略）作長句呈道純》詩：「野水自添田水滿，晴鳩却唤雨鳩歸。」

〔二〕柳眼：參見本卷《立春絶句二首》其二注〔三〕。宋趙師俠《蝶戀花》詞：「柳眼窺春春漸吐。又是東風，摇曳黄金樹。」

〔三〕幃屛：帷帳和屏風。唐杜甫《橋陵詩三十韻因呈縣内諸官》詩：「坡陁因厚地，却略羅峻屏。」《補注杜詩》卷二引「修可」注云：「孫綽詩：『遠山却略羅峻屏。』」宋王周《湖口縣》詩：「柴桑分邑載圖經，屈曲山光展畫屏。」

【集評】

「淺放青」字渠閑情。（《名媛詩歸》卷二十）

前集卷二

春　景

春日雜書十首①

春來春去幾經過，古詞：任他春去春來。不似今年恨最多。古詩：纔入新年恨轉多②。寂寂海棠枝上月〔一〕，盧詩：海棠枝上月黄昏。照人清夜欲如何〔二〕。坡詞：試問夜如何。

【校】

①又見於《分門纂類唐宋時賢千家詩選》卷一（選録第八首）、《彤管新編》卷八（選録第一首）、《宋元詩·斷腸詩集》卷四（一處選録第一首，另一處選録其餘九首）。《名媛彙詩》卷十、《名媛詩歸》卷二十、《古今女史·詩集》卷五均分置兩處，第一處選録第一、五、八、十首，第二處選録第二、三、四、六、七、九首（《名媛詩歸》第二處僅五首，未録第七首）。詩題，《千家詩選》作「春

暮」，《彤管新編》作「春日」。

②「似」，丁刊本、《名媛彙詩》、《名媛詩歸》、《古今女史》作「是」。「恨轉多」，陳藏本、黄跋本、徐藏本、藝芸本作「眼轉多」，今據鐵琴本、丁刊本改。

【注】

〔一〕「寂寂」句：宋錢大椿《春夜》詩：「海棠枝上黄昏月，楊柳梢頭淺澹煙。」

〔二〕「照人」句：宋蘇軾《洞仙歌》（冰肌玉骨）詞：「試問夜如何，夜已三更，金波淡、玉繩低轉。」

【集評】

「幾經過」，排宕得妙。（《名媛詩歸》卷二十）

「不是」，不可作「不似」，此甚有別。（同上）

「欲如何」，問得怨苦。（同上）

「照人」句：若問語，深怨。（《古今女史·詩集》卷五）

柳絲拂拂弄東風①〔一〕，蜀花蕊夫人《宫詞》：楊柳絲牽弄曉風。日色春容一樣同②。嫩草破煙開秀緑〔二〕，古詞：嫩草初抽匀細緑。小桃和露拆香紅③〔三〕。杜詩：桃花燕小紅。

【校】

①「拂拂弄」，《宋元詩》《名媛彙詩》《名媛詩歸》《古今女史》作「軟軟颺」。

②「春容」，《宋元詩》《名媛彙詩》《名媛詩歸》《古今女史》作「家家」。

③「拆」，丁刊本作「坼」，《宋元詩》《名媛彙詩》《名媛詩歸》《古今女史》作「折」。「桃花」，黄跋本、徐藏本、藝芸本作「詠花」。

【注】

〔一〕拂拂：風吹飄動貌。五代前蜀花蕊夫人《宫詞》：「龍池九曲遠相通，楊柳絲牽兩岸風。」

〔二〕「嫩草」句：宋李九齡《過相思谷》詩：「悠悠信馬春山曲，芳草和煙鋪嫩緑。」

〔三〕小桃：初春開花的一種桃樹。《老學庵筆記》卷四：「歐陽公、梅宛陵、王文恭集皆有小桃詩。歐詩云：『雪裏花開人未知，摘來相顧共驚疑。便須索酒花前醉，初見今年第一枝。』初但謂桃花有一種早開者耳。及遊成都，始識所謂小桃者，上元前後即著花，狀如垂絲海棠。」唐高蟾《下第後上永崇高侍郎》詩：「天上碧桃和露種，日邊紅杏倚雲栽。」　拆：同「坼」，綻放。唐杜甫《江雨有懷鄭典設》詩：「寵光蕙葉與多碧，點注桃花舒小紅。」

【集評】

「嫩草」二句：用意琢句，亦自秀。（《名媛詩歸》卷二十）

秀色可餐。（《古今女史·詩集》卷五）

鬆鬆麗日約餘寒〔一〕，古《臨江仙》詞：雨過酴醿春欲放，輕寒約住餘芳。春向梅邊柳上添〔二〕。李白《宫中行樂詞》：寒雪梅邊盡，春風柳上歸。蜂蝶自知新得意，盧詩：蜂蝶新來得意濃。展鬚忙翅入層簾〔三〕。王禹偁《蜂蝶》詩：飄飄粉翅和梅豔，細細香鬚伴柳絲。

【注】

〔一〕鬆鬆：鬆散，此處形容陽光和煦。約：約束。宋鄧肅《臨江仙》詞：「雨過荼蘼春欲放，輕寒約住餘芳。南園今日被朝陽。」

〔二〕「春向」句：唐李白《宫中行樂詞八首》其七：「寒雪梅中盡，春風柳上歸。」

〔三〕「展鬚」句：宋張泌《芍藥》詩：「香清粉澹怨殘春，蝶翅蜂鬚戀蕊塵。」

【集評】

「展鬚」句：寫出蜂蝶得意情狀，象物能細。（《名媛詩歸》卷二十）

喜不入感傷惡徑。（《古今女史·詩集》卷五）

柳垂新緑膩煙光①〔一〕，古詞：湖膩煙光，柳垂新緑。紫燕惺鬆語畫梁〔二〕。古詞云：語燕飛來繞畫梁。午睡忽驚雞唱罷，日移花影上窗香〔三〕。唐杜荀鶴《春宫怨》云：日高花影重。

【校】

①「緑」，《宋元詩》《名媛彙詩》《名媛詩歸》《古今女史》作「綫」。

【注】

〔一〕膩：細膩潤澤。宋歐陽修《望江南》（江南蝶）詞：「微雨後，薄翅膩煙光。」

〔二〕紫燕：又稱越燕，體形小而多聲，頷下紫色，營巢於門楣之上。唐韓偓《御制春遊長句》詩：「黃鶯歷歷啼紅樹，紫燕關關語畫梁。」　惺鬆：形容聲音輕快。　畫梁：以彩繪裝飾的屋梁。唐盧照鄰《長安古意》詩：「雙燕雙飛繞畫梁，羅幃翠被鬱金香。」

〔三〕「日移」句：唐杜荀鶴《春宮怨》詩：「風暖鳥聲碎，日高花影重。」宋趙佶《宮詞一百首》其八十九：「臨罷《黃庭》無一事，日移花影上迴廊。」

【集評】

「柳垂」句：柳色如見。（《名媛詩歸》卷二十）

「惺鬆」二字，盡紫燕神情意態。（同上）

「日移花影」，已輕動矣，妙在「上窗香」三字，掩映聲光，悠然微會。（同上）

結出一「香」字，便較「月移花影上欄杆」句更微更妙。（《古今女史·詩集》卷五）

捲簾月挂一鈎斜〔一〕，古詞：一鈎新月。愁到黃昏轉更加①〔二〕。古詞云：怕到黃昏轉淒切。獨坐小窗無伴侣〔三〕，白樂天詩：坐對黃昏誰是伴。凝情羞對海棠花②。古詞全句。

【校】

①「轉更加」，《名媛彙詩》《名媛詩歸》《古今女史》作「更轉加」。

②「凝」，《宋元詩》作「含」。

【注】

〔一〕「捲簾」句：宋黄裳《喜遷鶯》（梅霖初歇）詞：「歸棹晚，載荷花十里，一鈎新月。」

〔二〕「愁到」句：唐魏奉古《長門怨》詩：「長安桂殿倚空城，每至黄昏愁轉盈。」

〔三〕「獨坐」句：唐白居易《紫薇花》詩：「獨坐黄昏誰是伴，紫薇花對紫微郎。」

【集評】

「捲簾」字有情。（《名媛詩歸》卷二十）

「凝情」，不敢對，却不能不對也。「羞」字是無可奈何之詞。（同上）

「羞對」：嬌澀。（《古今女史·詩集》卷五）

鬭草尋花正及時〔一〕，杜詩：問柳尋花到野亭①。不爲容易見芳菲〔二〕。古詞：別時容易見時難。誰能更覷閑針綫，且殢春光伴酒巵②〔三〕。盧詩：報答春光賴酒巵。

【校】

①「問」，陳藏本作「間」，今據黄跋本、徐藏本、藝芸本、鐵琴本、丁刊本改。

②「殢」，丁刊本作「滯」。

【注】

〔一〕鬭草：古代一種競采百草以較多寡優劣的遊戲。《太平御覽》卷三十一引《荆楚歲時記》：「五月五日，四民並踏百草。今人又有鬭百草之戲。」宋舒亶《卜算子》（池臺小雨乾）詞：「何時鬭草歸，幾度尋花了。」尋花：出遊賞花。唐杜甫《嚴中丞枉駕見過》詩：「元戎小隊出郊坰，問柳尋花到野亭。」

〔二〕「不爲」句：南唐李煜《浪淘沙》（簾外雨潺潺）詞：「無限江山。别時容易見時難。」

〔三〕「且殢」句：唐杜甫《江畔獨步尋花七絶句》其三：「報答春光知有處，應須美酒送生涯。」殢（tì），迷戀，沈湎。酒巵（zhī），盛酒的器皿。

【集評】

「不爲」句：直得妙。（《名媛詩歸》卷二十）

「且殢」句：有「姑酌金罍」之意。（《古今女史·詩集》卷五）

月篩窗幌好風生〔一〕，古詩：風生秋席月篩簾。病眼傷春淚欲傾①〔二〕。寫字彈琴無意緒，踏青挑菜没心情〔三〕。杜詩：江邊踏青罷。挑菜，見前卷《立春》詩注。又，《江神子》：匀面了，没心情。

【校】

①「春」，丁刊本作「風」。

【注】

〔一〕窗幌：窗簾。宋張先《于飛樂》（寶奩開）詞：「幽期消息，曲房西、碎月篩簾。」

〔二〕「病眼」句：唐白居易《除夜》詩：「病眼少眠非守歲，老心多感又臨春。」

〔三〕「踏青」句：宋李清照《臨江仙》（庭院深深深幾許）詞：「誰憐憔悴更凋零。試燈無意思，踏雪没心情。」宋張泌《江城子》（碧闌干外小中庭）詞：「睡起捲簾無一事，匀面了，没心情。」踏青，參見本書《前集》卷一《約遊春不去二首》其一注〔一〕。唐杜甫《絶句》詩：「江邊踏青罷，回首見旌旗。」挑菜，古人于二月初二出郊拾菜，謂之挑菜節。《秦中歲時記》：「二月二日曲江拾菜，士民游觀極盛。」宋賀鑄《二月二日席上賦》詩：「二日舊傳挑菜節，一樽聊解負薪憂。」

【集評】

起句韻色俱佳。（《古今女史·詩集》卷五）

「篩」字新奇的確。（同上）

一年好處清明近①〔一〕，韓《早春》詩：最是一年春好處。已覺春光太半休②〔二〕。古詞：海棠未雨，梨花先月，一半春休。點檢芳菲多少在③〔三〕，古詞：枝頭點檢，退盡芳菲。翠深紅淺已關愁④〔四〕。古詞云：寸心如鐵不關愁。

【校】

①「一年好處」，《千家詩選》作「一年妙處」。

②「太」，《名媛彙詩》《名媛詩歸》《古今女史》作「大」。

③「點檢」，《千家詩選》作「檢點」。

④「已」，《名媛彙詩》《名媛詩歸》《古今女史》作「似」。

【注】

〔一〕「一年」句：唐韓愈《早春》詩：「最是一年春好處，絶勝煙柳滿皇都。」

〔二〕「已覺」句：宋無名氏《眼兒媚》（楊柳絲絲弄輕柔）詞：「海棠未雨，梨花先雪，一半春休。」宋王禹偁《正月盡偶題》詩：「一歲春光九十日，三分已是一分休。」

〔三〕點檢：查核，清點。宋徐積《夜賞春寄敦復》詩：「晝來琴上披尋曲，夜入花間點檢春。」

〔四〕「翠深」句：宋李之儀《如夢令》詞：「回首蕪城舊苑，還是翠深紅淺。春意已無多，斜日滿簾飛燕。」

【集評】

「近」字微動。（《名媛詩歸》卷二十）

「翠深」句：「似」字自猜自疑，有幽怨不足之意。（同上）

濛濛細雨濕香塵〔一〕，古詞：春雨濛濛。似欲藏鴉柳色新〔二〕。《廣樂記》云：暫出白門前，楊柳可藏鴉。又，東坡詩云：渡頭柳色暗藏鴉①。鬭草工夫渾忘却，祇憑詩酒破除春〔三〕。古詩：但憑詩酒遣春愁。

【校】

①「渡」，陳藏本作「度」，今據黄跋本、徐藏本、藝芸本、鐵琴本、丁刊本改。

【注】

〔一〕濛濛：迷茫貌。《詩經·豳風·東山》：「零雨其濛。」宋無名氏《點絳唇》詞：「春雨濛濛，淡煙深鎖垂楊院。」香塵：芳香之塵。宋徐鉉《月真歌》詩：「二月三月江南春，滿城濛濛起香塵。」

〔二〕藏鴉：枝葉繁茂到可以蔭蔽烏鴉。《玉臺新詠》卷十《楊叛兒》詩：「暫出白門前，楊柳可藏烏。」宋蕭彦毓《清明日早出太平門》詩：「江頭楊柳暗藏鴉，江上鵝兒浴淺沙。」

〔三〕破除：除去，消除。唐韓愈《贈鄭兵曹》詩：「杯行到君莫停手，破除萬事無過酒。」唐徐凝《春飲》詩：「不是春來偏愛酒，應須得酒遣春愁。」

【集評】

「柳色新」，「似藏鴉」，揣摩得妙。（《名媛詩歸》卷二十）

「藏鴉」句，意圓景妙。（《古今女史・詩集》卷五）

自入春來日日愁〔一〕，古詞云：入到春來轉見愁。惜花翻作爲花羞〔二〕。古《最高樓》詞：却教人，逢春怕，見花羞。呢喃飛過雙雙燕〔三〕，《拾遺》載唐王謝燕事：梁上雙燕呢喃。嗔我簾垂不上鈎①〔四〕。杜詩：雙雙新燕子。又，風簾自上鈎。

【校】

①「嗔」，丁刊本作「瞋」。

【注】

〔一〕「自入」句：宋晏幾道《于飛樂》（曉日當簾）詞：「每到春深，多愁饒恨，妝成懶下香階。」

〔二〕「惜花」句：唐盧綸《春日登樓有懷》詩：「花正濃時人正愁，逢花却欲替花羞。」

〔三〕呢喃：燕子的鳴聲。宋劉兼《春燕》詩：「多時窗外語呢喃，只要佳人捲繡簾。」《類説》卷三十四引《摭遺》載《烏衣國》王榭事：「閉目稍息，已至家。梁上雙燕呢喃，下視榭。乃悟所止燕子國也。」

〔四〕「嗔我」句：唐杜甫《春日梓州登樓二首》其一：「雙雙新燕子，依舊已銜泥。」杜甫《月》詩：「塵匣元開鏡，風簾自上鈎。」唐李賀《賈公閭貴婿曲》詩：「燕語踏簾鈎，日虹屏中碧。」

【集評】

「惜」字、「羞」字，皆無倫序。總是愁緒所觸，無端自生。（《名媛詩歸》卷二十）

想出「雙雙燕」有「嗔」意，妙得情會，傷心極矣。（同上）

微緒靈心，澄涵愁恨，躊躕難盡。（同上）

晚春會東園①

紅疊苔痕緑滿枝②〔一〕，舉杯和淚送春歸〔二〕。鶬鶊有意留殘景〔三〕，杜宇無情戀晚暉③〔四〕。蝶趁落花盤地舞④〔五〕，燕隨狂絮入簾飛〔六〕。醉中曾記題詩處，

唐劉禹錫《陋室銘》：苔痕上階緑。古《風入松》詞：一番風雨送春歸。古詩全句。古詞：不如柳絮，穿簾透幕，飛到伊行。

臨水人家半敞扉⑤〔七〕。古詞：緑水人家遶。

【校】

①又見於《分門纂類唐宋時賢千家詩選》卷一、《宋元詩·斷腸詩集》卷三、《名媛彙詩》卷十五、《名媛詩歸》卷十九、《古今女史·詩集》卷八。詩題，《千家詩選》作「春暮」。

②「疊」，《宋元詩》《名媛彙詩》《名媛詩歸》《古今女史》作「點」。

③「戀晚暉」，《宋元詩》《名媛彙詩》《名媛詩歸》《古今女史》作「叫落暉」。

④「趁」，陳藏本、黄跋本、徐藏本、藝芸本、《宋元詩》、《名媛彙詩》、《名媛詩歸》、《古今女史》作「翅」，今據《千家詩選》、鐵琴本、丁刊本改。「落」，《宋元詩》《名媛彙詩》《名媛詩歸》《古今女史》作「殘」。

⑤「敞」，陳藏本、《宋元詩》、《名媛彙詩》、《名媛詩歸》、《古今女史》作「掩」，今據其他各本及《千家詩選》改。

【注】

〔一〕「紅疊」句：題唐劉禹錫《陋室銘》：「苔痕上階緑，草色入簾青。」宋張耒《春日遣興二首》其二：「日烘煙柳軟於絲，桃李成塵緑滿枝。」

〔二〕「舉杯」句：本卷《暮春三首》其三：「舉杯無語送春歸，分付東風欲去時。」宋田中行《風入松》詞：「一宵風雨送春歸。綠暗紅稀。」

〔三〕鶗鴂：即黄鸝，又作「倉庚」。唐無名氏《送春》詩：「再三留得鶗鴂晚，千萬休教杜宇知。」

〔四〕杜宇：即杜鵑鳥，參見本書《前集》卷一《春霽》詩注〔七〕杜鵑。宋張耒《福昌書事言懷一百韻上運判唐通直》詩：「秋心悲杜宇，春候聽鶗鴂。」

〔五〕趁：追逐，追趕。宋邵雍《春遊五首》其三：「數片落花蝴蝶趁，一竿斜日流鶯啼。」宋宋祁《落花》詩：「將飛更作回風舞，已落猶成半面妝。」

〔六〕「燕隨」句：唐杜甫《絶句漫興九首》其五：「顛狂柳絮隨風舞，輕薄桃花逐水流。」宋晏殊《蝶戀花》詞：「簾幕風輕雙語燕。午後醒來，柳絮飛撩亂。」

〔七〕「臨水」句：宋蘇軾《蝶戀花》詞：「花褪殘紅青杏小。燕子飛時，綠水人家遶。」

【集評】

「舉杯」句：寫得慘然。（《名媛詩歸》卷十九）

「有意」「無情」，遂成套語。（同上）

晚春有感①

却扇羞花春已空〔一〕，見前詩注。掃紅吹白任顛風〔二〕。古詞：亂紅堆徑無人掃②。又，杜詩：狂風大放顛。斷腸芳草連天碧〔三〕，晏元獻公詞：芳草連天碧。春不歸來夢不通。

【校】

①又見於《宋元詩・斷腸詩集》卷四、《名媛彙詩》卷十、《名媛詩歸》卷二十、《古今女史・詩集》卷五。

②「堆」，陳藏本、黄跋本、徐藏本作「難」，藝芸本作「攤」，鐵琴本作「灘」，今據丁刊本改。

【注】

〔一〕「却扇」句：宋文同《秦王卷衣》詩：「美人却扇坐，羞落庭下花。」《詩話總龜》卷十四：「東坡云：……余昔對文忠公誦文與可詩云：『美人却扇坐，羞落庭下花。』公曰：『此非與可詩，世間元有此句，與可拾得爾。』」却，撤去，收起。

〔二〕掃紅吹白：狂風吹落各色花瓣。宋無名氏《點絳唇》詞：「鶯踏花翻，亂紅堆徑無人掃。」顛風：狂風。唐杜甫《絶句三首》其三：「謾道春來好，狂風大放顛。」

〔三〕「斷腸」句：唐韋莊《謁金門》（空相憶）詞：「滿院落花春寂寂。斷腸芳草碧。」斷腸，形容極度思念或悲傷。南朝梁蕭綱《春日詩》：「桃含可憐紫，柳發斷腸青。」

【集評】

「却」字、「羞」字、「春已空」字，着得微妙。祇須用字作意，自不落廓落一派。（《名媛詩歸》卷

二十）

「春不歸來」，斬截得可傷。（同上）

「春不」句：含情甚長。（《古今女史・詩集》卷五）

作飄蕩之態。（同上）

暮春三首①

纔過清明春意殘，注見前卷。落花飛絮便相關〔一〕。坡詩：落花飛絮滿衣襟。銜泥燕子時來去〔二〕，杜詩：燕子已銜泥。又，古《菩薩蠻》詞：銜泥雙燕來還去。釀蜜蜂兒自往還〔三〕。唐羅隱《蜂》詩：採得百花成蜜後。風静窗前榆葉鬧②〔四〕，古《臨江仙》詞：風翻榆莢陣③。雨餘牆角蘚苔班④〔五〕。杜詩：苔蘚山門古。緑槐高柳濃陰合〔六〕，坡詞：緑槐高柳咽新蟬。深院人眠白晝閑〔七〕。古詩：深院無人白晝閑⑤。

【校】

①又見於《分門纂類唐宋時賢千家詩選》卷一（僅選録第三首的「燕子」「枝頭」二聯爲一首絶句）、《宋元詩・斷腸詩集》卷三、《名媛彙詩》卷十五、《名媛詩歸》卷十九、《古今女史・詩集》卷

八。詩題，《名媛詩歸》《古今女史》作「暮春」，《千家詩選》作「春暮」。

②「鬧」，《宋元詩》《名媛彙詩》《名媛詩歸》《古今女史》作「茂」。

③「莢」，陳藏本、黄跋本、徐藏本、藝芸本作「夾」，今據鐵琴本、丁刊本改。

④「班」，鐵琴本、丁刊本、《宋元詩》、《名媛彙詩》、《古今女史》作「斑」。

⑤「無」，黄跋本、徐藏本、藝芸本、鐵琴本作「照」。

【注】

〔一〕「落花」句：宋蘇軾《三月二十日開園三首》其二：「鵓睡覺時風露下，落花飛絮滿衣襟。」宋張泌《江城子》（碧闌干外小中庭）詞：「飛絮落花，時節近清明。」

〔二〕銜泥：指燕子銜泥作巢。唐杜甫《春日梓州登樓二首》其一：「雙雙新燕子，依舊已銜泥。」宋蔡伸《菩薩蠻》詞：「杏花零落清明雨。卷簾雙燕來還去。」

〔三〕「釀蜜」句：唐羅隱《蜂》詩：「採得百花成蜜後，爲誰辛苦爲誰甜。」宋晏幾道《謁金門》（溪聲急）詞：「燕子分泥蜂釀蜜。遲遲豔風日。」

〔四〕「風静」句：宋蘇軾《臨江仙》（九十日春都過了）詞：「雨翻榆莢陣，風轉柳花毬。」

〔五〕「雨餘」句：唐杜甫《秦州雜詩二十首》其二：「苔蘚山門古，丹青野殿空。」宋鄧肅《偶成三首》其一：「日過窗間騰野馬，雨餘牆角篆蝸牛。」

〔六〕「緑槐」句：宋蘇軾《阮郎歸》詞：「緑槐高柳咽新蟬。薰風初入弦。」

〔七〕「深院」句：唐韋莊《應天長》詞：「緑槐陰裏黃鶯語。深院無人春晝午。」

【集評】

「落花」句：輕動。（《名媛詩歸》卷十九）

「深院」句：結得澹宕。（同上）

寫景亦依然。（《古今女史·詩集》卷八）

碧沼荷錢小葉圓〔一〕，杜詩：點溪荷葉疊青錢。眼前芍藥恣連顛〔二〕。清明已過三春候〔三〕，古詞：寒食清明都過了。穀雨初晴四月天〔四〕。古《天仙子》詞：穀雨清明空屈指。乍着薄羅偏覺瘦〔五〕，古《浣溪沙》詞：佳人初試薄羅裳。懶匀鉛粉衹宜眠①〔六〕。情知廢事因詩句，氣習難除筆硯緣②〔七〕。

【校】

①「鉛」，《宋元詩》《名媛彙詩》《名媛詩歸》《古今女史》作「松」。

②「氣習」，《名媛詩歸》作「習氣」。

【注】

〔一〕荷錢：荷葉初生，其狀如錢。唐杜甫《絶句漫興九首》其七：「糝徑楊花鋪白氈，點溪荷葉疊青錢。」

〔二〕連顛：連綿不斷，此處形容芍藥繁盛之狀。

〔三〕「清明」句：宋呂渭老《極相思》（西園鬬草歸遲）詞：「寒食清明都過了，趁如今、芍藥薔薇。」

〔四〕「穀雨」句：宋蘇軾《天仙子》（走馬探花花發未）詞：「千回來繞百回看，蜂作婢。鶯爲使。穀雨清明空屈指。」

〔五〕薄羅：輕軟絲織品製成的衣服。宋晏殊《浣溪沙》詞：「青杏園林煮酒香。佳人初試薄羅裳。」

〔六〕鉛粉：又稱「鉛白」，古代女子化妝用的白粉。五代毛文錫《巫山一段雲》（貌掩巫山色）詞：「薄薄施鉛粉，盈盈挂綺羅。」

〔七〕氣習：氣質，習慣。宋洪皓《次韻學士重陽雪中見招不赴前後十六首》其十三：「韋編懶讀厭窺陳，習氣難除但耗神。」

【集評】

「小葉」字，妙甚。（《名媛詩歸》卷十九）

「芍藥」上著「眼前」二字，便不膚淺。（同上）

「清明」三句：氣候爽朗。（同上）

「乍著」三句：晝長人困，適其時也。（《古今女史·詩集》卷八）

舉杯無語送春歸〔一〕，見前詩注。分付東風欲去時〔二〕。燕子樓臺人寂寂〔三〕，唐白居易詩全句。楊花庭院日熙熙①〔四〕。見前詩注。枝頭添翠鶯先覺〔五〕，葉底銷紅蝶未知〔六〕。詩卷酒杯新廢却〔七〕，閑愁消遣殢他誰〔八〕。古詞：這愁緒，仗他誰。

【校】

①「楊花庭院日熙熙」，《宋元詩》《名媛彙詩》《名媛詩歸》《古今女史》作「梨花庭院雨絲絲」，《千家詩選》作「榴花庭院日熙熙」。

【注】

〔一〕「舉杯」句：唐白居易《南亭對酒送春》詩：「冉冉三月盡，晚鶯城上聞。獨持一杯酒，南亭送殘春。」

〔二〕分付：付托，寄意。宋万俟詠《訴衷情》（一鞭清曉喜還家）詞：「送春滋味，念遠情懷，分付楊花。」

〔三〕「燕子樓」句：唐白居易《燕子樓三首（并序）》：「徐州故尚書張有愛妓曰盼盼，善歌舞，雅多風態。……尚書既没，歸葬東洛。而彭城有張氏舊第，第中有小樓名燕子。盼盼念舊愛而不嫁，居是樓十餘年，幽獨塊然，於今尚在。」宋蘇軾《永遇樂》（明月如霜）詞：「燕子樓空，佳人何在，空鎖樓中燕。」

〔四〕楊花：柳絮。宋晏幾道《醜奴兒》詞：「日高庭院楊花轉，閒淡春風。鶯語惺忪。似笑金屏昨夜空。」　熙熙：繁盛貌。

〔五〕「枝頭」句：唐陸龜蒙《和襲美江南道中懷茅山廣文南陽博士三首次韻》其三：「春臨柳谷鶯先覺，曙醮蕪香鶴共聞。」

〔六〕「葉底」句：唐釋齊己《桃花》詩：「流鶯應見落，舞蝶未知空。」

〔七〕「詩卷」句：唐杜甫《登高》詩：「艱難苦恨繁霜鬢，潦倒新停濁酒杯。」

〔八〕消遣：消散、驅除。宋万俟詠《卓牌兒》（東風緑楊天）詞：「斷魂凝佇，嗟不似飛絮。閒悶閒愁難消遣，此日年年意緒。」　殢：沉湎，依戀。宋歐陽澈《歸自臨川途中感物遇事得八絶句寄秀美》其二：「欲破閒愁殢舉觴，醉中行色轉淒涼。眼封無物堪消遣，望盡江城斷盡腸。」

【集評】

「楊花」句：雋冷。（《名媛詩歸》卷十九）

「鶯先覺」「蝶未知」，聲影徘徊。（同上）

恨春五首①

櫻桃初薦杏梅酸〔一〕，古《賞芳春》詞：櫻桃新薦小梅紅。槐嫩風高麥秀寒②〔二〕。《後・張湛傳》：麥秀兩岐。　惆悵東君太情薄③〔三〕，挽留時暫也應難。

【校】

①第一首又見於《分門纂類唐宋時賢千家詩選》卷一、《宋元詩・斷腸詩集》卷四、《名媛彙詩》卷十、《名媛詩歸》卷二十。第二至第五首又見於《宋元詩・斷腸詩集》卷三、《名媛彙詩》卷十五、《名媛詩歸》卷十九、《古今女史・詩集》卷八。　詩題，《千家詩選》題作「春暮」，《宋元詩・斷腸詩集》卷四、《名媛彙詩》卷十、《名媛詩歸》卷二十作「恨春」，《宋元詩・斷腸詩集》卷三、《名媛彙詩》卷十五作「恨春四首」，《名媛詩歸》卷十九、《古今女史》作「恨春」。

②「槐嫩」，《宋元詩》《名媛彙詩》《名媛詩歸》作「燕子」。

③「太」，黄跋本、徐藏本、鐵琴本、《名媛詩歸》作「大」。

【注】

〔一〕櫻桃初薦：仲夏，天子以櫻桃進獻宗廟，祭祀祖先。櫻桃又稱含桃。《禮記・月令》：「仲夏之月……天子乃以雛嘗黍，羞以含桃，先薦寢廟。」唐杜甫《往在》詩：「赤墀櫻桃枝，隱映銀絲籠。千春薦陵寢，永永垂無窮。」

〔二〕槐嫩：槐葉萌發較晚，暮春方生。《太平御覽》卷九百五十四引《淮南子》：「槐之生也，入季春五日而兔目，十日而鼠耳，更旬而始規，二旬成葉。」　麥秀：小麥開花抽穗。南朝宋范曄

《後漢書·張堪傳》：「拜漁陽太守。……乃於狐奴開稻田八千餘頃，勸民耕種，以致殷富。百姓歌曰：『桑無附枝，麥穗兩岐。張君爲政，樂不可支。』」麥秀時節天氣尚涼。宋釋道潛《春晚》詩：「曉風池沼水瀾翻，春盡淮南麥秀寒。」宋歐陽修《再至汝陰三絶》其一：「黄栗留鳴桑葚美，紫櫻桃熟麥風涼。」

〔三〕東君：司春之神。

【集評】

「槐嫩」句：句甚鬆秀。（《名媛詩歸》卷二十）

一瞬芬菲爾許時①，苦無佳句紀相思〔一〕。坡詩：登臨思佳句。春光正好須風雨②，恩愛方深奈別離。古詞：恩愛頓成離別恨。淚眼謝他花繳抱〔二〕，愁懷惟賴酒扶持〔三〕。古詞：要解心頭愁悶，除非殢酒。鶯鶯燕燕休相笑〔四〕，古《洞仙歌》詞：惟有鶯鶯燕燕。試與單棲各自知。

【校】

①「一瞬」，《宋元詩》《名媛彙詩》《名媛詩歸》《古今女史》作「桃李」。「芬」，丁刊本、《名媛詩歸》作「芳」。

②「正好須」，《宋元詩》《名媛彙詩》《名媛詩歸》《古今女史》作「雖好多」。

【注】

〔一〕「苦無」句：宋蘇軾《袁公濟和劉景文登介亭詩復次韻答之》詩：「登臨得佳句，江白照湖淥。」

〔二〕繳抱：圍繞，纏繞。

〔三〕扶持：支持。宋邵雍《遊山三首》其二：「逸興劇憑詩放肆，病軀唯仰酒扶持。」宋趙長卿《燭影摇紅》（梅雪飄香）詞：「眉上新愁壓舊。要消遣、除非殢酒。」

〔四〕鶯鶯燕燕：鶯、燕在春天雙宿雙飛，是愛情的象徵。唐杜牧《爲人題贈二首》其二：「緑樹鶯鶯語，平江燕燕飛。枕前聞去雁，樓上送春歸。」宋蔡伸《洞仙歌》詞：「鶯鶯燕燕。本是于飛伴。」

【集評】

「春光」二句：於恩情中説出怨恨，時序與人事一般説，便深。（《名媛詩歸》卷十九）

「繳抱」字奇奥。（同上）

「試與」句：恨語、狠語。（同上）

病酒厭厭日正高〔一〕，古詞：「病酒厭厭，未解餘酲，三竿麗日」云云。一聲啼鳥在花梢。古

《千秋歲》詞：一聲啼鳥，常道無消息。鶯回好夢方萌蕊〔二〕，喚起新愁却破苞。見前注。暗把後期隨處記，古詞：暗把歸期數。閑將清恨倩詩嘲〔三〕。從今始信恩成怨，且與鶯花作淡交〔四〕。杜詩：鶯花隨世界。又，《莊》：君子之交淡如水。

【注】

〔一〕病酒：飲酒沈醉。南唐馮延巳《蝶戀花》（誰道閒情拋棄久）：「日日花前常病酒，不辭鏡裏朱顏瘦。」

〔二〕「鶯回」句：宋賀鑄《品令》（懷彼美）詞：「求好夢、閒擁鴛鴦綺。恨啼鳥、喚人起。」

〔三〕倩（qìng）：請求，借助。宋釋德洪《明年湘西大雪次韻送僧吴》：「要倩新詩寫愁絶，笑呵凍硯蘸毫尖。」

〔四〕鶯花：見本書《前集》卷一《問春古律》詩注〔二〕。　淡交：《莊子·山木》：「君子之交淡若水，小人之交甘若醴。」

【集評】

「隨處記」，心想細而冷。（《名媛詩歸》卷十九）

「且與」句：一語獨造。（《古今女史·詩集》卷八）

遲遲花日上簾鈎〔一〕，《毛詩》：春日遲遲。又，古《鳳凰臺上憶吹簫》詞：任寶奩塵滿①，日上簾鈎。盡日無人獨倚樓〔二〕。黃魯直詩：盡日無人舟自橫。又，古詞：危樓愁獨倚。蝶使蜂媒傳客恨〔三〕，古詩：蜂媒蝶使傳春信。鶯梭柳綫織春愁〔四〕。盧詩：鶯梭頻織柳絲垂。碧雲信斷惟勞夢〔五〕，唐韋莊詩：惆悵一天春又去，碧雲芳草兩依依。紅葉成詩想到秋〔六〕。唐宫中詩：殷勤謝紅葉，好去到人間。幾許別離多少淚，不堪重省不堪流。

【校】

①「任」，黄跋本、徐藏本、藝芸本、丁刊本作「且」。

【注】

〔一〕遲遲：陽光温暖、光綫充足的樣子。《詩經·小雅·出車》：「春日遲遲，卉木萋萋。倉庚喈喈，采蘩祁祁。」簾鈎：用於卷簾、挂簾的鈎子。宋王安石《午枕》詩：「午枕花前簟欲流，日催紅影上簾鈎。」宋李清照《鳳凰臺上憶吹簫》詞：「香冷金猊，被翻紅浪，起來慵自梳頭。任寶奩塵滿，日上簾鈎。」

〔二〕盡日：終日，整天。宋黄庭堅《再次韻兼簡履中南玉三首》其二：「江津道人心源清，不繫虚舟盡日横。」宋趙長卿《菩薩蠻》（方池新漲蒲萄緑）詞：「危樓愁獨倚。一寸心千里。」

〔三〕蝶使蜂媒：喻花間飛舞的蜂蝶傳遞春信。宋王之道《宴山亭》（微雨斑斑）詞：「曾約小桃新燕，有蜂媒蝶使，爲傳芳信。」 客恨：遊子的愁思。

〔四〕鶯梭：形容鶯飛迅捷，往來如同穿梭。宋周邦彦《蝶戀花》（蠢蠢黄金初脱後）詞：「鶯擲金梭飛不透。小榭危樓，處處添奇秀。」

〔五〕碧雲：碧空中的雲，喻指遠方。梁江淹《休上人怨别》詩：「日暮碧雲合，佳人殊未來。」唐韋莊《殘花》詩：「惆悵一年春又去，碧雲芳草兩依依。」

〔六〕紅葉成詩：《雲溪友議》載，盧渥應舉之歲，偶臨御溝，見一紅葉，上題絶句云：「水流何太急，深宫盡日閒。殷勤謝紅葉，好去到人間。」置於巾箱。後宣宗省減宫人，許從百官，盧所獲竟是題葉之人。後人因以「紅葉」爲傳情的媒介。

【集評】

「鶯梭」句：此句雖纖，尚不傷格。若上句則醜態盡矣。（《名媛詩歸》卷十九）

「詩成想到秋」，傷心中語。（同上）

「幾許」二句：音調多姿。（《古今女史・詩集》卷八）

一篆煙銷繫臂香〔一〕，閑看書册就牙牀〔二〕。東坡《定風波》詞：閑卧藤牀觀杜柳①。鶯聲冉冉來深院②〔三〕，柳色陰陰暗畫牆〔四〕。坡詩：陰陰垂柳雁行斜。眼底落紅千萬點〔五〕，古《謁金門》詞：滿地落紅千片。臉邊新淚兩三行〔六〕。古詞：頻拭臉邊新淚。梨花細雨黄昏後〔七〕，古詞：副能點得燈兒了，雨打梨花深閉門③。不是愁人也斷腸〔八〕。

【校】

①「杜」，丁刊本作「社」。

②「來」，《宋元詩》《名媛彙詩》《名媛詩歸》《古今女史》作「啼」。

③「閉」，陳藏本、黄跋本、徐藏本作「閑」，今據藝芸本、鐵琴本、丁刊本改。

【注】

〔一〕篆：古人熏香時以香料倒入模具形成篆字狀，後作爲盤香的喻稱。宋趙長卿《小重山》（一夜西風響翠條）詞：「坐久篆煙銷。多情人去後，信音遥。」　繫臂：繫在臂上的飾物或香囊。魏繁欽《定情》詩：「何以致叩叩，香囊繫肘後。何以致契濶，繞腕雙跳脱。」

〔二〕牙牀：以象牙雕刻裝飾的眠牀或坐榻。

〔三〕冉冉：縹緲不絶貌。

〔四〕「柳色」句：宋蘇軾《書劉君射堂》詩：「寂寂小軒蛛網遍，陰陰垂柳雁行斜。」唐白居易《孟夏思渭村舊居寄舍弟》詩：「手種榆柳成，陰陰覆牆屋。」

〔五〕「眼底」句：五代薛昭藴《謁金門》（春滿院）詞：「斜掩金鋪一扇。滿地落花千片。」

〔六〕「臉邊」句：唐賈島《夏日寄高洗馬》詩：「三十年來長在客，兩三行淚忽然垂。」

〔七〕「梨花」句：宋無名氏《鷓鴣天》（枝上流鶯和淚聞）詞：「甫能炙得燈兒了，雨打梨花深閉門。」

〔八〕「不是」句：唐戴叔倫《夜發袁江寄李潁川劉侍御》詩：「孤猿更叫秋風裏，不是愁人亦斷腸。」

【集評】

「暗畫牆」，脉脉自恨。（《名媛詩歸》卷十九）

起語趣甚。（《古今女史·詩集》卷八）

春歸五首①

片片飛花弄晚暉〔一〕，杜《城上》詩：風吹花片片。杜鵑啼血訴春歸〔二〕。杜甫《杜鵑行》：其聲哀痛口流血，所訴何事常區區。憑誰礙斷春歸路〔三〕，更且留連伴翠微〔四〕。坡詩：知有人家在翠微。

【校】

①《春歸五首》及其後《惜春》《春睡》詩，黃跋本、徐藏本均闕。藝芸本據黃丕烈藏抄本校補，末附識語云：「此兩頁第二卷後，元本所無，借得黃復翁處抄本校補之。」鐵琴本亦係抄補。丁刊本

僅録《春歸五首》，又據振綺堂舊鈔本録《惜春》《春睡》二詩入《補遺》。

【注】

〔一〕「片片」句：唐杜甫《城上》詩：「風吹花片片，春動水茫茫。」宋秦觀《八六子》（倚危亭）詞：「那堪片片飛花弄晚，濛濛殘雨籠晴。」

〔二〕杜鵑啼血：參見本書《前集》卷一《春霽》詩注〔七〕杜鵑。唐杜甫《杜鵑行》詩：「其聲哀痛口流血，所訴何事常區區。」宋韋驤《和叔康首夏書懷五首》其一：「催得春歸始自安，杜鵑啼血血應乾。」

〔三〕「憑誰」句：宋秦觀《蝶戀花》（曉日窺軒雙燕語）詞：「持酒勸雲雲且住。憑君礙斷春歸路。」

〔四〕翠微：青翠掩映的山腰幽深處。《苕溪漁隱叢話·前集》卷五十六引《冷齋夜話》：「道潛作詩追法淵明，其語有逼真處，曰『數聲柔櫓蒼茫外，何處江村人夜歸』，又曰『隔林彷彿聞機杼，知有人家住翠微』。時從東坡在黃州，士大夫以書抵坡曰：『聞日與詩僧相從，豈非「隔林彷彿聞機杼」者乎？真東山勝遊也。』坡以書示潛，誦前句，笑曰：『此吾師七字師號。』」「知有人家在翠微」句作者爲釋道潛，鄭元佐注誤記爲蘇軾詩。

滿地落花初過雨①〔一〕，坡詩：滿地落花無人掃。一聲啼鴂已春歸②〔二〕。《好事近》詞：更一聲啼鴂。午窗夢覺情懷惡③〔三〕，前詩注。風絮欺人故着衣〔四〕。李白詩：柳絮著人衣。

【校】

①「過雨」，丁刊本作「雨過」。

②「一聲啼鴂已春歸」，藝芸本、丁刊本「鴂」作「鳥」，鐵琴本「一聲啼鴂」作「數聲啼鳥」。

③「午窗夢覺」，鐵琴本作「一窗午夢」。

【注】

〔一〕「滿地」句：宋蘇軾《驪山》詩：「我上朝元春半老，滿地落花無人掃。」唐韋莊《歸國遥》詞：「春欲暮。滿地落花紅帶雨。」

〔二〕啼鴂：鳥名，即伯勞，又作「鷤鴂」「題鴂」「鶗鴂」。戰國屈原《離騷》：「恐鶗鴂之先鳴兮，使夫百草爲之不芳。」宋李清照《好事近》（風定落花深）詞：「魂夢不堪幽怨，更一聲啼鴂。」

〔三〕情懷：心情。南唐馮延巳《思越人》詞：「酒醒情懷惡。金縷褪，玉肌如削。」

〔四〕「風絮」句：唐杜甫《十二月一日三首》其三：「短短桃花臨水岸，輕輕柳絮點人衣。」

狼藉花因昨夜風〔一〕，古詞：落花狼藉無行處。又《虞美人》詞：小樓昨夜有東風。春歸了不見行蹤〔二〕。《虞美人》詞：東君去後無蹤跡。孤吟獨坐清如水①，憶得輕離十二峰〔三〕。胡曾《詠史》詩：寂寂巫山十二重②。

【校】

①「獨」，藝芸本、丁刊本作「惸」。

②「重」，藝芸本、鐵琴本作「峰」。

【注】

〔一〕狼藉：縱横散亂貌。南唐馮延巳《阮郎歸》（東風吹水日銜山）詞：「落花狼藉酒闌珊。笙歌醉夢間。」南唐李煜《虞美人》（春花秋月何時了）詞：「小樓昨夜又東風。故國不堪回首、月明中。」

〔二〕「春歸」句：宋黄庭堅《清平樂》詞：「春歸何處。寂寞無行路。……春無蹤跡誰知。除非問取黄鸝。」

〔三〕十二峰：巫山群峰疊起，其著者有十二峰。此處用巫山神女之典，見《文選》卷十九引宋玉《高唐賦》：「昔者先王嘗遊高唐，怠而晝寢。夢見一婦人，曰：『妾巫山之女也，爲高唐之客。聞君遊高唐，願薦枕席。』王因幸之。去而辭曰：『妾在巫山之陽，高丘之阻，旦爲朝雲，暮爲行雨，朝朝暮暮，陽臺之下。』旦朝視之，如言，故爲立廟，號曰『朝雲』。」唐胡曾《詠史詩·陽臺》：「何人更有襄王夢，寂寂巫山十二重。」

一點芳心冷若灰〔一〕，《賀新郎》詞：一點縈心事①。又，《莊子》：心若死灰②。寂無夢想惹塵埃〔二〕。六祖禪師詩：無處惹塵埃。東君總領鶯花去〔三〕，古詩：憑仗東君全管領。浪蝶狂蜂不自來〔四〕。唐元微之《山茶花》詩③：冷蝶寒蜂尚未來④。

【校】

①「縈」，藝芸本闕字，鐵琴本、丁刊本作「芳」。

②「心若」，陳藏本、鐵琴本作「心君」，今據藝芸本、丁刊本改。

③「微」，陳藏本作「徵」，今據藝芸本、鐵琴本、丁刊本改。

④「冷蝶寒蜂」，陳藏本作「冷蝶寒蝶」，丁刊本作「冷蜂寒蝶」，今據藝芸本、鐵琴本改。

【注】

〔一〕「一點」句：唐戴叔倫《相思曲》：「落紅亂逐東流水，一點芳心爲君死。」《莊子・知北遊》：「形若槁骸，心若死灰。」

〔二〕「寂無」句：唐慧能《偈》：「菩提本無樹，明鏡亦非臺。本來無一物，何處惹塵埃。」

〔三〕東君：司春之神。宋劉克莊《春暮》詩：「願有東君相管領，時吹飛絮入簾看。」總領：統領，統管。鶯花：參見本書《前集》卷一《問春古律》詩注〔二〕。宋蔡伸《御街行》詞：「東君不鎖尋芳路。曾是鶯花主。」

〔四〕浪蝶狂蜂：縱橫飛舞的蝴蝶和蜜蜂。南唐馮延巳《金錯刀》（日融融）詞：「鳩逐婦，燕穿簾。

狂蜂浪蝶相翩翩。」

平疇交緑藹成陰〔一〕，淵明詩：平疇交遠風。梅豆初肥酒味新〔二〕。門外好禽情分熟〔三〕，不知春去尚啼春。盧詩：野禽聲好更啼春。

【注】

〔一〕平疇：平坦的田野。晉陶淵明《癸卯歲始春懷古田舍二首》其二：「平疇交遠風，良苗亦懷新。」藹：茂盛貌。

〔二〕梅豆：梅子初生，大小如豆。南唐馮延巳《醉桃源》（南園春半踏青時）詞：「青梅如豆柳如眉。日長蝴蝶飛。」

〔三〕情分：情誼。宋周邦彦《玉團兒》（鉛華淡竚新妝束）詞：「彼此知名，雖然初見，情分先熟。」

惜春①

連理枝頭花正開〔一〕，白樂天《長恨歌》：在地願爲連理枝。妒花風雨苦相催②〔二〕。願教青帝長爲主〔三〕，《記・月令》：其帝青帝。又，古《真珠簾》詞：願與花枝長爲主。莫遣紛紛落翠苔③。

【校】

①又見於《分門纂類唐宋時賢千家詩選》卷七、《宋元詩・斷腸詩集》卷四、《名媛彙詩》卷十、《名媛詩歸》卷二十、《古今女史・詩集》卷五，詩題作「落花」。

②「苦」，《千家詩選》《宋元詩》《名媛彙詩》《名媛詩歸》《古今女史》作「便」。

③「落」，《千家詩選》《宋元詩》《名媛彙詩》《名媛詩歸》《古今女史》作「點」。

【注】

〔一〕連理枝：兩樹枝條相連。唐白居易《長恨歌》：「在天願作比翼鳥，在地願爲連理枝。」

〔二〕「妒花」句：宋周邦彦《水龍吟》（素肌應怯餘寒）詞：「傳火樓臺，妒花風雨，長門深閉。」

〔三〕青帝：古代神話中的五天帝之一，位於東方，是司春之神。《周禮・天官・大宰》「祀五帝」，唐賈公彦疏：「五帝者，東方青帝靈威仰，南方赤帝赤熛怒，中央黄帝含樞紐，西方白帝白招拒，北方黑帝汁光紀。」唐黄巢《題菊花》詩：「他年我若爲青帝，報與桃花一處開。」

【集評】

「便相催」，飄忽零落，不勝慨惜。（《名媛詩歸》卷二十）

惜花留春，傷春已甚。（《古今女史・詩集》卷五）

春睡

午窗春睡足〔一〕，推枕起來時。瘦怯羅衣褪〔二〕，慵妝鬢影垂〔三〕。舊愁消不盡，新恨忽相隨〔四〕。有蝶傳魂夢〔五〕，無鴻寄別離〔六〕。

【注】

〔一〕「午窗」句：宋蘇軾《寄周安孺茶》詩：「好是一杯深，午窗春睡足。」

〔二〕瘦怯：猶瘦弱。羅衣：輕軟絲織品製成的衣服。褪（tùn）：此處指消瘦而衣服變得寬緩。宋晁端禮《御街行》（柳條弄色梅飄粉）詞：「如今對酒翻成恨。春瘦羅衣褪。」

〔三〕「慵妝」句：宋王安石《明妃曲》：「明妃初出漢宮時，淚濕春風鬢角垂。」

〔四〕新恨：新產生的悵惘之情。南唐馮延巳《採桑子》（馬嘶人語春風岸）詞：「舊愁新恨知多少，目斷遥天。獨立花前。更聽笙歌滿畫船。」

〔五〕「有蝶」句：見本書《前集》卷一《傷春》詩注〔四〕蝶夢。

〔六〕「無鴻」句：相傳鴻雁可以傳遞書信。《漢書》卷五十四《李廣蘇建傳》：「教使者謂單于，言天子射上林中，得雁，足有係帛書。」

前集卷三

春　景

春日閑坐①

社燕歸來春正濃〔一〕，古詞云：燕子來時春社。摧花雨倩一番風②〔二〕。古《賀聖朝》詞：更一番風雨。倚樓閑省經由處，月館雲藏望眼中〔三〕。古詞云：登樓欲認經由處，無奈雲山遮望眼。

【校】

①又見於《宋元詩·斷腸詩集》卷四、《名媛彙詩》卷十、《名媛詩歸》卷二十。

②「摧」，《名媛詩歸》作「催」。

【注】

〔一〕社燕：燕子春社時來，秋社時去，故有「社燕」之稱。宋强至《二月二日作》詩：「江上初逢社燕歸，青春二月色猶微。」宋晏殊《破陣子》詞：「燕子來時春社，梨花落後清明。」

〔二〕倩（qìng）：請求，借助。一番：一陣，一回。宋辛棄疾《摸魚兒》詞：「更能消、幾番風雨。匆匆春又歸去。」宋葉清臣《賀聖朝》詞：「滿斟緑醑留君住。莫匆匆歸去。三分春色二分愁，更一分風雨。」

〔三〕月館：月下的館舍，此處指旅途借宿之處。宋黄公度《青玉案》詞：「鄰雞不管離懷苦。又還是、催人去。霜橋月館，水村煙市，總是思君處。」

【集評】

「閑省」，甚是無聊。（《名媛詩歸》卷二十）

春夜①

半簷斜月人歸後②〔一〕，古詞：缺月挂簷牙。一枕清風夢破時〔二〕。江國器詩：兩窗君子竹，一枕故人風。無奈梨花春寂寂〔三〕，東坡詩：啼鳥落花春寂寂。杜鵑聲裏祇顰眉〔四〕。古詞：杜鵑聲勸不如歸，云云，蹙損遠山眉。

【校】

①又見於《宋元詩・斷腸詩集》卷四、《名媛彙詩》卷十、《名媛詩歸》卷二十、《古今女史・詩集》

卷五。

②「半簷」，《宋元詩》《名媛彙詩》《名媛詩歸》《古今女史》作「半窗」。

【注】

〔一〕「半簷」句：宋蘇軾《卜算子》詞：「缺月挂疏桐，漏斷人初靜。」

〔二〕「一枕」句：宋呂頤浩《題汝南縣蒙溪亭二首》其一：「暫鋪冰簟閑伸展，一枕清風午夢醒。」

〔三〕「無奈」句：宋蘇軾《與梁左藏會飲傅國博家》詩：「東堂醉卧呼不起，啼鳥落花春寂寂。」唐韋莊《謁金門》（空相憶）詞：「滿院落花春寂寂。斷腸芳草碧。」

〔四〕杜鵑：見本書《前集》卷一《春霽》詩注〔七〕。　顰眉：皺眉，蹙眉。宋康與之《賣花聲》詞：「蹙損遠山眉。幽怨誰知。」

【集評】

「祇」字自安，而猶不可耐。（《名媛詩歸》卷二十）

「無奈」句：秀甚。（《古今女史・詩集》卷五）

春宵①

夢回酒醒春愁怯〔一〕，東坡詩：酒醒夢回聞落雪。寶鴨煙銷香未歇〔二〕。古《南鄉子》詞：寶鴨沈煙裊。薄衾無奈五更寒〔三〕，古《浪淘沙》詞：羅衾不暖五更寒。杜鵑叫落西樓月〔四〕。古《最高樓》詞：子規叫斷黃昏月。

【校】

①又見於《分門纂類唐宋時賢千家詩選》卷六、《彤管新編》卷八、《宋元詩·斷腸詩集》卷四、《名媛彙詩》卷十、《名媛詩歸》卷二十、《古今女史·詩集》卷五。詩題，《千家詩選》作「春夜」。

【注】

〔一〕「夢回」句：宋蘇軾《四時詞》：「夜風摇動鎮帷犀，酒醒夢回聞雪落。」

〔二〕寶鴨：鑄爲鴨形用於薰香的銅爐。五代孫魴詩：「劃多灰雜蒼虬迹，坐久煙消寶鴨香。」宋無名氏《海棠春》（曉鶯窗外啼春曉）詞：「翠被曉寒輕，寶篆沈煙裊。」

〔三〕五更：從黃昏到拂曉，一夜分爲五更。第五更在天將明時，曉寒尤重。南唐李煜《浪淘沙》詞：「簾外雨潺潺。春意闌珊。羅衾不暖五更寒。」

〔四〕杜鵑：又名子規、杜宇，參見本書《前集》卷一《春霽》詩注〔七〕。宋辛棄疾《滿江紅》（點火櫻桃）詞：「蝴蝶不傳千里夢，子規叫斷三更月。」西樓月：南唐李煜《相見歡》詞：「無言獨上西樓。月如鈎。」

【集評】

「夢回酒醒」，「春愁」正「怯」，餘魂澹宕，形思乍屬，實有此種景況。妙領得微。（《名媛詩歸》

「無奈」，有幽奥之氣繚繞之。(同上)

元夜三首①

闌月籠春霽色澄②〔一〕，古詩：月籠霽色夜沉沉。深沈簾幕管絃清〔二〕。古詞：夜深簾幕靜，一曲管絃清。爭豪競侈連仙館③〔三〕，墜翠遺珠滿帝城〔四〕。一片笑聲連鼓吹〔五〕，古上元詞：巷陌笑聲不斷。六街燈火麗升平④〔六〕。古上元詞：千門燈火，九街風月。歸來禁漏逾三四〔七〕，窗上梅花瘦影横〔八〕。古詞：梅影横窗瘦。

【校】

①《分門纂類唐宋時賢千家詩選》卷三選録第一、二首，《宋元詩・斷腸詩集》卷三選録第一首，《名媛彙詩》卷十五、《名媛詩歸》卷十九、《古今女史・詩集》卷八選録第一、第二首。詩題，《千家詩選》作「上元」，《宋元詩》《名媛詩歸》《古今女史》作「元夜」，《名媛彙詩》作「元夜二首」。

②「闌月籠春」，《千家詩選》作「蘭月籠春」，《宋元詩》《名媛彙詩》《名媛詩歸》《古今女史》作「月滿今宵」。

③「爭豪競侈」，《宋元詩》《名媛彙詩》《名媛詩歸》《古今女史》作「誇豪鬭彩」。

④「麗」，《宋元詩》《名媛彙詩》《名媛詩歸》《古今女史》作「樂」。

【注】

〔一〕闌月：西斜的明月。　霽色：晴朗的天色。唐元稹《生春二十首》其三：「何處生春早，春生霽色中。」

〔二〕簾幕：設於門窗處的簾子與帷幕。宋徐鉉《拋毬樂辭二首》其一：「管弦桃李月，簾幕鳳凰樓。」

〔三〕「争豪」句：宋柳永《望海潮》（東南形勝）詞：「市列珠璣，户盈羅綺競豪奢。」

〔四〕墜翠遺珠：因遊樂宴飲時人多或酒醉而遺落珠寶飾品。《史記》卷一二六《滑稽列傳》：「若乃州閭之會，男女雜坐，行酒稽留，六博投壺，相引爲曹，握手無罰，目眙不禁，前有墮珥，後有遺簪，髡竊樂此，飲可八斗而醉二參。」宋柳永《木蘭花慢》（拆桐花爛漫）詞：「向路傍往往，遺簪墮珥，珠翠縱横。」

〔五〕「一片」句：宋吴禮之《喜遷鶯·閏元宵》（銀蟾光彩）詞：「巷陌笑聲不斷，襟袖餘香仍在。」

〔六〕六街：唐宋京都的六條中心大街，此處泛指京都的大街和鬧市。　燈火：燈彩，花燈。宋晁沖之《傳言玉女》（一夜東風）詞：「千門燈火，九街風月。」　鼓吹，樂曲聲。

〔七〕禁漏：宫中用銅壺滴漏計時，此處指報時聲。唐韋莊《宫苑》詩：「一辭同輦閉昭陽，耿耿寒宵禁漏長。」

〔八〕「窗上」句：宋李重元《憶王孫》（彤雲風掃雪初晴）詞：「月籠明。窗外梅花瘦影横。」宋汪藻《點絳唇》（新月娟娟）詞：「起來搔首。梅影横窗瘦。」

【集評】

「窗上」句：語句雖平，稍不俗。（《名媛詩歸》卷十九）

壓塵小雨潤生寒〔一〕，雲影澄鮮月正圓①。盧詩：白雲生雨釀輕寒。又，雲葉紛紛來細雨。十里綺羅春富貴〔二〕，古《蝶戀花》詞：十里綺羅香不斷。千門燈火夜嬋娟〔三〕。見前詩注。香街寶馬嘶瓊轡〔四〕，順受老人《喜遷鶯》詞：寶馬香車喧隘。情快。輦路輕輿響翠軿〔五〕。高挂危簾凝望處②，分明星斗下晴天〔六〕。古詞：燈火樓高，移下一天星斗。

【校】

①「影」，《千家詩選》作「葉」。

②「危」，《千家詩選》作「朱」。

【注】

〔一〕壓塵：潤濕土地，使飛塵減少。宋宋庠《春晦》詩：「曉雨廉纖僅壓塵，落花長草小平津。」

〔二〕綺羅：華貴的絲織品或絲綢衣服，此處形容繁華富麗的都市。宋田況《成都遨樂詩·四月十九日汎浣花谿》：「十里綺羅青蓋密，萬家歌吹緑楊垂。」

〔三〕燈火：參見上首詩注〔六〕。宋胡仲弓《元宵》詩：「緩轡歸來看夜城，千門燈火照街明。自疑不是乘槎客，却傍銀河星斗行。」嬋娟：美好貌。

〔四〕「香街」句：宋吴禮之《喜遷鶯·閏元宵》詞：「銀蟾光彩。……盡勾引，遍嬉遊寶馬，香車喧隘。晴快。天意教、人月更圓，償足風流債。……待歸也，便相期明日，踏青挑菜。」

〔五〕輦路：天子車駕經行的道路。翠軿（píng）：貴族婦女乘用的四面屏蔽的翠帷車。宋蘇軾《陌上花三首》其二：「陌上山花無數開，路人争看翠軿來。」

〔六〕「分明」句：宋無名氏《感皇恩》（暖律破寒威）詞：「禁城煙火，移下一天星斗。」

【集評】

寫事騈麗，殊乏風姿，則木强紺碧，無益也。（《名媛詩歸》卷十九）

火燭銀花觸目紅〔一〕，唐蘇味道《正月十五夜》詩：火樹銀花合。揭天鼓吹鬧春風〔二〕。新歡入手愁忙裏①〔三〕，唐白居易詩：今年已入手。舊事驚心憶夢中。但願暫成人繾綣〔四〕，《毛詩》：已謹繾綣。不妨常任月朦朧〔五〕。古《天仙子》詞：殘月朦朧人瘦損。賞燈那得工夫醉〔六〕，古詞：那得功夫送。未必明年此會同〔七〕。

【校】

①「新」，黄跋本、徐藏本、藝芸本作「欣」。

【注】

〔一〕火燭銀花：形容燦爛的燈火。唐蘇味道《正月十五夜》詩：「火樹銀花合，星橋鐵鎖開。」

〔二〕揭天：聲音高入雲霄。五代尹鶚《金浮圖》（繁華地）詞：「玉立纖腰，一片揭天歌吹。」

〔三〕「新歡」句：唐白居易《歲夜詠懷兼寄思黯》詩：「今年已入手，餘事豈關身。」

〔四〕繾綣：相聚不分離。《詩經·大雅·民勞》詩：「無縱詭隨，以謹繾綣。」

〔五〕「不妨」句：南唐馮延巳《採桑子》詞：「洞房深夜笙歌散，簾幕重重。斜月朦朧。雨過殘花落地紅。」

〔六〕「賞燈」句：《後村詩話·後集》卷一引《七夕》詞：「傲豪今夜爲情忙，那得功夫送巧。」宋辛棄疾《西江月》詞：「醉裏且貪歡笑，要愁那得工夫。」

〔七〕「未必」句：唐杜甫《九日藍田崔氏莊》詩：「明年此會知誰健，醉把茱萸子細看。」

元夜遇雨①

煙火笙歌是處休，沈沈春雨暗皇州〔一〕。杜《醉時歌》：深夜沈沈動春酌。又，《文選》：春色滿皇州。危樓十二闌干曲，一曲闌干一曲愁〔二〕。古《天仙子》詞：危樓十二闌干曲，望不盡，愁不盡。

【校】

①又見於《宋元詩·斷腸詩集》卷四、《名媛彙詩》卷十、《名媛詩歸》卷二十。詩題，《名媛彙詩》、《名媛詩歸》作「元宵遇雨」。

【注】

〔一〕「沈沈」句：唐杜甫《醉時歌》：「清夜沈沈動春酌，燈前細雨簷花落。」《文選》卷三十引謝朓《和徐都曹》詩：「宛洛佳遨遊，春色滿皇州。」

〔二〕「危樓」二句：《樂府詩集》卷七十二引《西洲曲》：「欄干十二曲，垂手明如玉。」唐李商隱《碧城三首》其一：「碧城十二曲闌干，犀辟塵埃玉辟寒。」

【集評】

不必深思，却使傷情。（《名媛詩歸》卷二十）

雨中寫懷①

東風吹雨苦生寒〔一〕，盧詩：禁春風雨苦生寒。慳澀春光不放寬〔二〕。古詞：春光慳澀，風顛雨惡，未放晴天氣。萬紫千紅渾未見〔三〕，古詞：百紫千紅開遍了。閑愁先占許多般〔四〕。

【校】

① 又見於《分門纂類唐宋時賢千家詩選》卷十二、《宋元詩・斷腸詩集》卷四、《名媛彙詩》卷十、《名媛詩歸》卷二十、《古今女史・詩集》卷五。詩題，《千家詩選》作「春雨」。

【注】

〔一〕「東風」句：宋張耒《舟行六絶》其四：「渡頭風雨晚生寒，蓑笠漁翁坐釣船。」

〔二〕慳澀：吝嗇。宋石孝友《寶鼎現》（雪梅清瘦）詞：「鼓淑氣、遍湖山千里。驚破慳紅澀翠。」

〔三〕「萬紫」句：宋邵雍《落花吟》：「萬紫千紅處處飛，滿川桃李漫成蹊。」

〔四〕許多般：如此多種多樣。宋王觀《慶清朝慢》（調雨爲酥）：「晴則個，陰則個，餖飣得天氣，有許多般。」

【集評】

「慳澀」二字絶奇。（《名媛詩歸》卷二十）

似作較量語。後二句，衹輕削壓不定耳。（同上）

夜雨二首①

抱影無眠坐夜闌②〔一〕，窗風戰雨下琅玕〔二〕。羅隱《竹》詩：晚風交戛竹琅玕。我將好況供陪夢③〔三〕，古詞：自家無好況。只恐燈花不耐寒④〔四〕。古詩：燈花巧耐寒。

【校】

①又見於《分門纂類唐宋時賢千家詩選》卷六（録第一首）、《宋元詩·斷腸詩集》卷四、《名媛彙詩》卷十、《名媛詩歸》卷二十。詩題，陳藏本作「夜雨三首」，但題下僅有二首，今據黄跋本、徐藏本、藝芸本、鐵琴本、丁刊本改。《千家詩選》作「夜坐」。

②「抱影」，《宋元詩》《名媛彙詩》《名媛詩歸》作「抑鬱」。

③「我」，《宋元詩》《名媛彙詩》《名媛詩歸》作「自」。「況」，《千家詩選》作「事」。

④「耐」，《千家詩選》作「奈」。

【注】

〔一〕抱影：守着影子，孤獨一人。宋柳永《戚氏》（晚秋天）詞：「對閑窗畔，停燈向曉，抱影無眠。」

〔二〕琅玕：喻指翠竹。唐羅隱《竹》：「籬外清陰接藥欄，曉風交戛碧琅玕。」

〔三〕好況：好的況味，好的情緒。宋姜特立《乙卯元宵多雨》詩：「悶坐孤吟無好況，三杯冷落對黄昏。」

〔四〕燈花：燈燭心餘燼結成的花狀物。《酉陽雜俎》卷十二引詩：「燈花寒不結。」宋張鎡《夜坐因觀楊伯虎和春字韻詩偶成五絶再寄》其一：「挑盡燈花夜未眠，清寒渾忘是春天。」

【集評】

「供陪夢」，則況之無聊可知矣。却説「自將好況」，其幽憂不足處，祇堪自知。（《名媛詩歸》卷二十）

「只恐」句：燈花猶不耐寒，人獨何以耐寒也！意在言外。（同上）

明朝春在雨中看①〔一〕，古《多雨》詩：不知春態度，猶在雨陰中。心碎簷聲點滴間〔二〕。古詩：簷聲滴盡人心碎。縱有酒能消熟恨②〔三〕，古詞：誰道酒能消恨。寧無花解怨生寒〔四〕。

【校】

①「明朝」，《宋元詩》《名媛彙詩》《名媛詩歸》作「朝來」。

②「熟」，《名媛彙詩》《名媛詩歸》作「熱」。

【注】

〔一〕「明朝」句：宋釋惠璉《多雨》詩：「盡道春多雨，傷摧花易空。不知春態度，尤在雨陰中。」

〔二〕簷聲：雨天屋簷的滴水聲。唐釋齊己《春寄尚顔》詩：「簷聲未斷前旬雨，電影還連後夜雷。」

〔三〕「縱有」句：唐韋莊《下第題青龍寺僧房》詩：「酒薄恨濃消不得，却將惆悵問支郎。」

〔四〕「寧無」句：宋張元幹《昭君怨》詞：「春院深深鶯語。花怨一簾煙雨。」

【集評】

「明朝」句：可傷。（《名媛詩歸》卷二十）

「花解怨」，「怨」復能「生寒」，疊意甚深。（同上）

膏雨①

添得垂楊色更濃〔一〕，飛煙卷霧弄輕風。展匀芳草茸茸緑②〔二〕，濕透妖桃薄薄紅③〔三〕。潤物有情如着意〔四〕，催花無語自施工④〔五〕。一犁膏脉分春壟〔六〕，只慰農桑望眼中⑥〔七〕。

〔一〕韓：雨多添柳耳。

〔二〕古詞：緑草茸茸媚柳芳。

〔三〕唐張籍《雨》詩：雨濕湘桃點點紅。

〔四〕杜詩：潤物細無聲。

〔五〕雜詩⑤：催花上故枝。

〔六〕東坡詩：江上一犁春雨足。

【校】

①又見於《分門纂類唐宋時賢千家詩選》卷十二、《宋元詩·斷腸詩集》卷三、《名媛彙詩》卷十五、

《名媛詩歸》卷十九、《古今女史・詩集》卷八。　詩題，《千家詩選》作「春雨」。

②「展」，《千家詩選》作「染」。

③「妖桃薄薄紅」，《宋元詩》《名媛彙詩》《名媛詩歸》《古今女史》作「夭桃淡淡紅」。

④「催」，《宋元詩》《名媛彙詩》《名媛詩歸》《古今女史》作「滋」。

⑤「雜」，黄跋本、徐藏本、藝芸本、鐵琴本、丁刊本作「古」。

⑥「只」，《宋元詩》《名媛彙詩》《名媛詩歸》《古今女史》作「足」。

【注】

〔一〕「添得」句：唐韓愈《獨釣四首》其二：「雨多添柳耳，水長減蒲芽。」

〔二〕茸茸：參見《前集》卷一《春陰古律二首》其一注〔三〕。唐白居易《天津橋》詩：「柳絲嫋嫋風繰出，草縷茸茸雨剪齊。」

〔三〕妖桃：美盛的桃花。《詩經・周南・桃夭》：「桃之夭夭，灼灼其華。」北齊劉逖《對雨有懷》詩：「濕槐仍足緑，沾桃更上紅。」

〔四〕「潤物」句：唐杜甫《春夜喜雨》詩：「隨風潛入夜，潤物細無聲。」

〔五〕「催花」句：唐李端《早春夜望》詩：「曉霜應傍鬢，夜雨莫催花。」施工，施展技巧。

〔六〕「一犁」句：宋蘇軾《如夢令》詞：「爲向東坡傳語。人在畫堂深處。別後有誰來，雪壓小橋無路。歸去。歸去。江上一犁春雨。」　膏脈，肥沃的土壤。宋宋祁《春雪》詩：「持杯一相勞，膏脈趁春耕。」

〔七〕望眼：期盼的目光。宋宋祁《迴堞》詩：「殘霞牽望眼，時到夕陽東。」

【集評】

題中著一「膏」字，便難措手，不當問其工拙也。（《名媛詩歸》卷十九）

阻雨①

幾度尋芳已不成，又還寂寞過清明〔一〕。古詞云：寒食清明都過了。慳風澀雨顛迷甚〔二〕，十日春無一日晴〔三〕。古詞：春光慳澀，風顛雨惡，未放晴天氣。又，古詩：十日九風雨②。

【校】

①又見於《分門纂類唐宋時賢千家詩選》卷十二、《宋元詩·斷腸詩集》卷四、《名媛彙詩》卷十、《名媛詩歸》卷二十。詩題，《千家詩選》作「久雨」。

②「十日九風雨」，陳藏本作「寸自九風雨」，黄跋本、徐藏本、藝芸本作「寸目九風雨」，今據鐵琴本、丁刊本改。

【注】

〔一〕「又還」句：宋王禹偁《清明感事三首》其一：「無花無酒過清明，興味蕭然似野僧。」宋吕渭老《極相思》（西園鬬草歸遲）詞：「寒食清明都過了，趁如今、芍藥薔薇。」

〔二〕慳風澀雨：形容風雨吝嗇無情，不肯放春光大好。慳澀，吝嗇。宋韓維《景仁雨中同遊南園》詩：「安輿少滯無多怪，澀雨慳風自古聞。」顛迷：昏亂迷惑。

〔三〕「十日」句：宋辛棄疾《祝英臺令·晚春》（寶釵分）詞：「怕上層樓，十日九風雨。」

【集評】

「慳風」句：怨詈得妙。（《名媛詩歸》卷二十）

語氣森爽，直亦有致。（同上）

清晝①

竹摇清影罩幽窗②〔一〕，韓詩：竹影金鎖碎。兩兩時禽噪夕陽〔二〕。古《極相思》詞：夕陽外，禽聲切。謝却海棠飛盡絮〔三〕，盧詩：海棠褪盡柳飛綿③。困人天氣日初長〔四〕。古《點絳唇》詞：荷葉乍圓，正是困人天氣。

【校】

① 又見於《分門纂類唐宋時賢千家詩選》卷二、《宋元詩·斷腸詩集》卷四、《名媛彙詩》卷十、《名媛詩歸》卷二十、《古今女史·詩集》卷五。詩題，《千家詩選》作《夏》。

②「罩」，《宋元詩》作「照」。

③「柳」，陳藏本作「滿」，今據黄跋本、徐藏本、藝芸本、鐵琴本、丁刊本改。

【注】

〔一〕「竹影」句：唐韓愈、孟郊《城南聯句》：「竹影金瑣碎（郊），泉音玉淙琤（愈）。」「竹影」句實爲孟郊所作。

〔二〕時禽：隨節候而出現或變化的鳥類。宋張耒《初夏步園》詩：「巢成雛欲出，上下鳴時禽。」

〔三〕「謝却」句：宋陸游《醉中懷眉山舊遊》詩：「想見東郊攜手日，海棠如雪柳飛綿。」

〔四〕困人天氣：使人困倦的時節。宋張先《八寶裝》（錦屏羅幌初睡起）詞：「正不寒不暖，和風細雨，困人天氣。」

【集評】

語有微至，隨意寫來自妙，所謂氣通而神肖也。（《名媛詩歸》卷二十）

氣骨幽閒。（《古今女史・詩集》卷五）

花柳

惜花①

生情賦得春心性②〔一〕，剩選名花遶砌栽③〔二〕。《天寶遺事》有《選花圖賦》。客到且堪供客眼④，詩慳聊可助詩才⑤〔三〕。古詩：四時花木供詩眼。低叢高架隨宜有⑥，淺紫深紅次第開〔四〕。盧詩：紅紫低昂樹，商量次第開。便做即今風雨限⑦，要看香豔繡蒼苔⑧〔五〕。古詞：落花點點繡蒼苔。

【校】

①又見於《分門纂類唐宋時賢千家詩選》卷七、《詩淵》二四八四頁、《宋元詩·斷腸詩集》卷三、《名媛彙詩》卷十五、《名媛詩歸》卷十九、《古今女史·詩集》卷八。　詩題，《千家詩選》作「落花」。

②「賦」，《千家詩選》作「賸」。

③「剩選」，陳藏本、黄跋本、徐藏本、藝芸本、鐵琴本、《詩淵》、《宋元詩》作「剩遶」，今據丁刊本、

④《千家詩選》、《名媛彙詩》、《名媛詩歸》、《古今女史》改。
⑤「堪供客眼」，《宋元詩》《名媛彙詩》《名媛詩歸》《古今女史》作「宜供客興」。
⑥「聊」，《名媛詩歸》作「那」。「助」，黄跋本、徐藏本、藝芸本、鐵琴本作「昉」。
⑦「宜」，《宋元詩》《名媛彙詩》《名媛詩歸》《古今女史》作「時」。
⑧「限」，丁刊本作「恨」。
「繡」，《名媛詩歸》作「透」。

【注】

〔一〕賦：天資，稟賦。
〔二〕剩：只管，盡情。宋歐陽修《蝶戀花》（嘗愛西湖春色早）詞：「老去風情應不到。憑君剩把芳尊倒。」遶砌：圍遶臺階。宋慕容彥逢《次韻鮮于學録太一宫海棠》詩：「囂塵不到春自濃，海棠繞砌花如織。」
〔三〕詩慳（qiān）：詩思阻滯。宋蘇過《横山道中》詩：「欲尋好句供詩眼，旋逐東風墮眇茫。」
〔四〕「淺紫」句：宋張嵲《再次前韻六首》其五：「野泉決決貫城來，紅紫商量次第開。」
〔五〕「要看」句：宋張耒《感春三首》其二：「萬紅辭林捲風去，坐見錦繡蒙蒼苔。」

【集評】

「客到」二句：一句中用疊見字，欲巧則入狐氣。（《名媛詩歸》卷十九）

看花①

欲向花邊遺舊愁，對花無語祇成羞〔一〕。古詩：盡日問花花不語。春光縱好須歸去，誰伴幽人着意留〔二〕。陳無垢《櫻》詩：連心着意留。

【校】

①又見於《詩淵》二四八一頁。

【注】

〔一〕「對花」句：唐嚴惲《落花》詩：「盡日問花花不語，爲誰零落爲誰開。」

〔二〕着意：有意。宋王寀《蝶戀花》詞：「濯錦江頭春欲暮。枝上繁紅，着意留春住。」宋陳師道《雙櫻》詩：「並蔕隨宜好，連心着意紅。」

移花①

自移紅藥遶欄栽〔一〕，《選》謝朓詩：紅藥當階翻。粉膩香嬌逐旋開②。且與幽人充近侍〔二〕，莫教風雨苦相催〔三〕。古詞：花開時節連風雨。

【校】

①又見於《詩淵》二四七八頁、《宋元詩·斷腸詩集》卷四、《名媛彙詩》卷十、《名媛詩歸》卷二十。

②「旋」，《名媛詩歸》作「漸」。

【注】

〔一〕紅藥：即芍藥花。《文選》卷三十引齊謝朓《直中書省》詩：「紅藥當階翻，蒼苔依砌上。」

〔二〕近侍：帝王身邊的侍從。唐人以芍藥爲花王牡丹的近侍。唐羅隱《牡丹花》詩：「芍藥與君爲近侍，芙蓉何處避芳塵。」

〔三〕「莫教」句：宋馮時行《二月將半雨過花盛開二首》其二：「著盡工夫春自去，不須風雨惡相催。」

【集評】

「且與」句：此句祇説出「移」字耳。（《名媛詩歸》卷二十）

小桃葉去偶生數花①

庭外緗桃一萼紅〔一〕，杜詩：山桃發紅萼。多情特地振春風〔二〕。仙源已露真消息〔三〕，晉陶潛《桃花仙源記》云云。迥作新花發舊叢〔四〕。杜：花發去年叢。

【校】

①又見於《詩淵》一一六八頁、《宋元詩・斷腸詩集》卷四、《名媛彙詩》卷十、《名媛詩歸》卷二十、《古今女史・詩集》卷五。

【注】

〔一〕緗(xiāng)桃：此處指紅色的桃花。宋周紫芝《鷓鴣天》詞：「樓上緗桃一萼紅。別來開謝幾東風。」緗，淺黃色。《本草綱目》卷二十九：「時珍曰：『桃品甚多。……其花有紅、紫、白、千葉、二色之殊。其實有紅桃、緋桃、碧桃、緗桃、白桃、烏桃、金桃、銀桃、胭脂桃，皆以色名者也。』」萼：花萼，萼片的總稱，位於花朵外輪，花芽期包裹花瓣，花開時托着花冠，亦可代指花。南朝宋謝靈運《酬從弟惠連》詩：「山桃發紅萼，野蕨漸紫苞。」

〔二〕振：搖動，振起。《樂府詩集》卷四十四載《子夜四時歌・春歌二十首》其十八：「春風振榮林，常恐華落去。」

〔三〕仙源：神仙所居之處。《太平御覽》卷九六七引《漢武故事》，西王母種桃，三千年一結子，食之可得極壽。卷四十一引《幽明録》，漢明帝時，劉晨、阮肇入天台山，迷不得返，啖山上數桃而饑止體充，又見山下溪水中一杯流出，有胡麻飯，溯流而上，遂遇仙女。晉陶潛《桃花源記》云，晉太元中，武陵漁人緣溪行，忘路之遠近，忽逢桃花林，夾岸數百步，落英繽紛。溯流而上，林盡水源，至一山，山有小口，入口之內豁然開朗，土地平曠，有良田美池桑竹之屬。

居人先世避秦時亂，來此絕境，不復出焉。不知有漢，無論魏晉。

〔四〕「迥作」句：唐杜甫《老病》詩：「藥殘他日裹，花發去年叢。」

【集評】

題意有詩，落筆則無詩矣。（《名媛詩歸》卷二十）

「仙源」句：好思路。（《古今女史·詩集》卷五）

窗西桃花盛開①

盡是劉郎手自栽〔一〕，唐劉禹錫詩：元都觀裏桃千樹，盡是劉郎手自栽。劉郎去後幾番開。

東君有意能相顧〔二〕，蛺蝶無情更不來②〔三〕。唐元稹《山茶》詩③：冷蝶寒蜂尚未來。

【校】

①又見於《分門纂類唐宋時賢千家詩選》卷八、《全芳備祖·前集》卷八、《詩淵》二三八七頁、《宋元詩·斷腸詩集》卷四、《名媛彙詩》卷十、《名媛詩歸》卷二十。詩題，《千家詩選》作「桃花」。

②「更不」，《千家詩選》作「不見」，《全芳備祖》作「也不」。

③「唐元稹」，陳藏本作「告元積」，今據黃跋本、徐藏本、藝芸本、鐵琴本、丁刊本改。

【注】

〔一〕「盡是」句：唐劉禹錫《元和十一年自朗州承召至京戲贈看花諸君子》詩：「玄都觀裏桃千樹，盡是劉郎去後栽。」「玄都觀」，鄭元佐注因避宋代帝室趙氏始祖「玄朗」諱，改「玄」爲「元」。

〔二〕東君：司春之神。

〔三〕蛺蝶：蝴蝶。宋秦觀《春日五首》其五：「蜻蜓蛺蝶無情思，隨例顛忙過一春。」

【集評】

「蛺蝶」句：説蛺蝶不顧桃花，正妙在無情。（《名媛詩歸》卷二十）

杏花①

淺注胭脂剪絳綃②〔一〕，古詞：杏花著雨胭脂透。獨將妖豔冠花曹〔二〕。春心自得東君意③〔三〕，遠勝元都觀裏桃。上注④〔四〕。

【校】

① 又見於《分門纂類唐宋時賢千家詩選》卷八、《全芳備祖·前集》卷十、《詩淵》一一七一頁、《宋元詩·斷腸詩集》卷四、《名媛彙詩》卷十、《名媛詩歸》卷二十、《古今女史·詩集》卷五。

②「綃」，《名媛詩歸》作「紗」。

③「君」，《全芳備祖》作「皇」。

④「遠」，《宋元詩》《名媛彙詩》《名媛詩歸》《古今女史》作「猶」。「元」，《千家詩選》《全芳備祖》《宋元詩》《名媛彙詩》《名媛詩歸》《古今女史》作「玄」。

【注】

〔一〕絳綃：紅色的以生絲織成的薄紗、細絹。絳，深紅色。唐杜甫《曲江對雨》：「林花著雨胭脂濕。」宋趙佶《燕山亭》詞：「裁翦冰綃，打疊數重，冷淡燕脂勻注。」宋無名氏《錦纏道》（燕子呢喃）詞：「靚園林、萬花如繡。海棠經雨胭脂透。」

〔二〕花曹：群花。曹，同類。

〔三〕東君：見前首《窗西桃花盛開》詩注〔二〕。

〔四〕元都觀：即玄都觀，避宋始祖趙玄朗諱改，唐代都城長安的著名道觀，在城南崇業坊。參見前首《窗西桃花盛開》詩注〔一〕。

【集評】

總是此意，便無味極矣。（《名媛詩歸》卷二十）

「春心」句：發響淩越。（《古今女史・詩集》卷五）

梨花①

朝來帶雨一枝春〔一〕，唐白樂天《長恨歌》：梨花一枝春帶雨。薄薄香羅蹙蕊勻。冷豔未饒梅共色②〔二〕，靚妝長與月爲鄰③〔三〕。韓詩：桃李晨妝靚。又，古《水調歌頭》詞：雲作伴，月爲鄰。許同蝶夢還如蝶〔四〕，似替人愁却笑人。須到年年寒食夜〔五〕，情懷爲你倍傷神④。盧詩：今年違百五，花氣轉傷神。

【校】

① 又見於《分門纂類唐宋時賢千家詩選》卷八、《全芳備祖·前集》卷九、《詩淵》一一九九頁、《宋元詩·斷腸詩集》卷三、《名媛彙詩》卷十五、《名媛詩歸》卷十九、《古今女史·詩集》卷八。

②「豔」，《千家詩選》作「淡」。

③「長」，《全芳備祖》作「嘗」，《詩淵》作「常」。

④「你」，《全芳備祖》《名媛詩歸》作「爾」。

【注】

〔一〕「朝來」句：唐白居易《長恨歌》：「玉容寂寞淚闌干，梨花一枝春帶雨。」

〔二〕冷豔：形容素雅美好。唐丘爲《左掖梨花》詩：「冷豔全欺雪，餘香乍入衣。」未饒：不讓，不亞。唐李白《上皇西巡南京歌十首》其三：「柳色未饒秦地緑，花光不減上陽紅。」

〔三〕靚妝：裝飾華美豔麗。唐韓愈《東都遇春》詩：「川原曉服鮮，桃李晨妝靚。」月爲鄰：唐崔道融《寒食夜》詩：「滿地梨花白，風吹碎月明。大家寒食夜，獨貯望鄉情。」宋晏殊《寓意》詩：「梨花院落溶溶月，柳絮池塘淡淡風。」

〔四〕蝶夢：見本書《前集》卷二《傷春》詩注〔四〕蝶夢。

〔五〕寒食：節日名，在清明前一日或二日。《荆楚歲時記》：「去冬節一百五日，即有疾風甚雨，謂之寒食，禁火三日。」宋晏幾道《生查子》（金鞍美少年）詞：「消息未歸來，寒食梨花謝。」宋侯穆《寒食飲梨花下得愁字》詩：「妝靚青娥妒，光凝粉蝶羞。年年寒食夜，吟繞不勝愁。」

【集評】

「薄薄」句：漸思入微遠。（《名媛詩歸》卷十九）

「靚妝」句：月與鄰連影，殊不孤寂。（同上）

「冷豔」一聯，詠梨絶唱句，妙在不粘滯。（《古今女史·詩集》卷八）

海棠①

胭脂爲臉玉爲肌〔一〕，東坡詩全句。未赴春風二月期②。曾比温泉妃子睡③〔二〕，唐《楊妃傳》：妃常浴温泉，明皇召妃，妃被酒新起，曰：「此海棠花睡未足邪？」又，古詩：雨過温泉浴西子。不吟西蜀杜陵詩〔三〕。杜子美蜀人詩中止不作海棠詩。又，東坡《海棠》詩：怪子美無詩到他。桃羞豔冶愁回首④，柳妒妖嬈祇皺眉⑤〔四〕。盧詩：堤柳自顰眉。燕子欲歸寒食近，黄昏庭院雨絲絲⑥〔五〕。古《燭影摇紅》詞云：海棠開后，燕子來時，黄昏庭院。

【校】

① 又見於《分門纂類唐宋時賢千家詩選》卷八、《全芳備祖·前集》卷七、《詩淵》二三二八頁、《宋元詩·斷腸詩集》卷三、《名媛彙詩》卷十五、《名媛詩歸》卷十九、《古今女史·詩集》卷八。

② 「春」，《詩淵》作「東」。

③ 「曾比温泉」，《千家詩選》作「曾比浴泉」。

④ 「愁回首」，《千家詩選》作「偷藏臉」，《全芳備祖》作「應回首」，《宋元詩》《名媛彙詩》《名媛詩歸》《古今女史》作「頻回首」。

⑤ 「祇」，《千家詩選》作「抵」。

⑥ 「庭院雨」，《全芳備祖》作「夜院雨」。

【注】

〔一〕「胭脂」句：宋徐俯《虞美人》（梅花元自江南得）詞：「胭脂爲萼玉爲肌。却恨惱人桃杏、不同時。」宋黄庭堅《次韻中玉水仙花二首》其一：「借水開花自一奇，水沈爲骨玉爲肌。」

〔二〕「曾比」句：《冷齋夜話》卷一引《太真外傳》：「上皇登沉香亭，詔太真妃子。妃子時卯醉未醒，命力士從侍兒扶掖而至。妃子醉顔殘妝，鬢亂釵横，不能再拜。上皇笑曰：『豈是妃子醉，真海棠睡未足耳。』」同書卷四：「前輩作花詩，多用美女比其狀。……而吾叔淵材作海棠詩又不然，曰：『雨過温泉浴妃子，露濃湯餅試何郎。』意尤工也。」

〔三〕「不吟」句：蜀地海棠聞名天下，前人以杜甫在蜀不作海棠詩爲憾。《瀛奎律髓》卷二十：「少陵在西川不賦海棠詩，初自薛能拈出此語，事見薛能、鄭谷詩集。鄭谷《海棠》詩云：『浣花溪上堪惆悵，子美無心爲發揚。』……詩話或云子美母名海棠，故集中無海棠詩，或云『曉看紅濕處，花重錦官城』，非海棠不能當也。惟陸放翁六言詩云：『廣平作《梅花賦》，子美無海棠詩。政自一時偶爾，俗人平地生疑。』此説得之。」

〔四〕「桃羞」二句：以眉喻柳葉，以人面喻桃花。宋劉敞《種花五首》其二：「弱柳海棠雖晚栽，翠眉紅臉已齊開。」

〔五〕「黄昏」句：宋周邦彦《燭影摇紅》（芳臉匀紅）詞：「海棠開後，燕子來時，黄昏深院。」

【集評】

「期」字用得生，自然有「未赴」二字領出之。（《名媛詩歸》卷十九）

「不吟」句：用杜陵事，輕而正。（同上）

「桃羞」二句：説物理，各有情緒，無意中妙想，深思却不可得。（同上）

「燕子」二句：結語只如此澹宕，便不易得。（同上）

荼蘼①〔一〕

花神未怯春歸去〔二〕，《漁隱叢話》：《續仙傳》：有女遊花下，俗傳曰花神。故遣仙姿殿後芳②〔三〕。白玉體輕蟾魄瑩③〔四〕，素紗囊薄麝臍香〔五〕。唐天寶初，虞人獲一水麝，詔養於囿中④，每取時先取其囊。夢思洛浦嬋娟態〔六〕，《選》曹子建《神女賦》：洛浦二妃。愁記瑶臺淡浄妝⑤〔七〕。東坡詞：枉教人、夢斷瑶臺曲。勾引詩情清絶處，一枝和雨在東牆〔八〕。山谷梅詞：最是可人清絶夜，月移香影向東牆。

【校】

① 又見於《分門纂類唐宋時賢千家詩選》卷九、《全芳備祖·前集》卷十五、《詩淵》一一四八頁、《宋元詩·斷腸詩集》卷三、《名媛彙詩》卷十五、《名媛詩歸》卷十九、《古今女史·詩集》卷八。

② 「仙」，丁刊本作「天」。

③ 「體」，《詩淵》作「骨」。

④ 「圃」，陳藏本作「圓」，今據黄跋本、徐藏本、藝芸本、鐵琴本、丁刊本改。

⑤「淡浄」，《千家詩選》作「淡薄」，《宋元詩》《名媛彙詩》《名媛詩歸》《古今女史》作「淺淡」。

【注】

〔一〕荼蘼（mí）：薔薇科落葉小灌木，攀援莖，莖上有刺，羽狀複葉，初夏開白花，潔美清香。又作「酴醿」。

〔二〕「花神」句：《苕溪漁隱叢話·後集》卷三十引《續仙傳》：「鶴林寺有杜鵑花……人或見女子紅裳豔色，遊於花下，俗傳花神也。」

〔三〕仙姿：如仙人般清雅秀逸的風姿。殿：居後而出衆。荼蘼初夏開花，在二十四番花信風中僅早於楝花。宋蘇軾《杜沂遊武昌以酴醿花菩薩泉見餉二首》其一：「酴醿不争春，寂寞開最晚。」

〔四〕蟾魄：月亮，亦指月色。唐元稹《紀懷贈李六户曹崔二十功曹五十韻》詩：「華表當蟾魄，高樓挂玉繩。」

〔五〕麝臍：雄麝的臍，長有麝香腺。宋唐慎微《重修政和經史證類備用本草》卷十六：「唐天寶初，虞人常獲一水麝，詔養於囿中。每取以針刺其臍，捻以真雄黄，則其創復合。其香氣倍於肉麝。」

〔六〕洛浦：洛水之濱，借指洛水女神。魏曹植《洛神賦》：「黄初三年，余朝京師，還濟洛川。古人有言，斯水之神，名曰宓妃。……或采明珠，或拾翠羽。從南湘之二妃，攜漢濱之游女。」

嬋娟：姿態美好貌。

〔七〕瑶臺：美玉砌成的樓臺，傳説中神仙的居處。宋蘇軾《賀新郎》（乳燕飛華屋）詞：「簾外誰來推繡户，枉教人、夢斷瑶臺曲。」

〔八〕「一枝」句：宋徐俯《虞美人》（梅花元自江南得）詞：「雪中雨裏爲誰香。聞道數枝清笑、出東牆。」

【集評】

「白玉」二句：輕匀穩倩。（《名媛詩歸》卷十九）

起得奇秀，映帶更巧，六朝工豔。（《古今女史·詩集》卷八）

偶得牡丹數本移植窗外將有着花意二首①

王種元從上苑分②〔一〕，《文粹·牡丹傳》：上苑移仙根。擁培圍護怕因循③〔二〕。快晴快雨隨人意〔三〕，隋薛道衡《遊野外》詩④：乍晴乍雨快人意。正爲牆陰作好春〔四〕。

【校】

①又見於《分門纂類唐宋時賢千家詩選》卷九（選録第二首）、《全芳備祖·前集》卷二（選録第二首）、《詩淵》二四九八頁、《宋元詩·斷腸詩集》卷四、《名媛彙詩》卷十、《名媛詩歸》卷二十。

詩題，《千家詩選》作「牡丹」，《詩淵》作「偶得牡丹數本」，《名媛彙詩》、《名媛詩歸》於「着花意」後衍「因成」二字。

②「王」，陳藏本、《詩淵》、《宋元詩》、《名媛彙詩》、《名媛詩歸》作「玉」，今據黄跋本、徐藏本、藝芸本、鐵琴本、丁刊本改。

③「圍」，《名媛詩歸》作「調」。

④「詩」，陳藏本作「封」，今據黄跋本、徐藏本、藝芸本、鐵琴本、丁刊本改。

【注】

〔一〕上苑：皇家的園林。《唐文粹》卷六引舒元輿《牡丹賦序》：「古人言花者，牡丹未嘗與焉。……天后之鄉，西河也，精舍下有牡丹，其花特異。天后歎上苑之有闕，因命移植焉。由此京國牡丹，日月寖盛。」唐李商隱《臨發崇讓宅紫薇》詩：「天涯地角同榮謝，豈要移根上苑栽。」

〔二〕擁培：在植物根部周圍培土。　圍護：用帷幕圍繞，遮蔽保護。　因循：疏懶，懈怠。

〔三〕快晴快雨：令人稱心暢快的晴雨天氣。宋陸游《賽神曲》：「須晴得晴雨得雨，人意所向神輒許。」

〔四〕牆陰：牆的陰影處。

【集評】

護惜之甚，衹在「怕因循」三字上見。（《名媛詩歸》卷二十）

「正爲」句：意亦姣然。（同上）

香玉封春未啄花〔一〕，露根烘曉見紅霞①〔二〕。自非水月觀音樣〔三〕，古畫《水月觀音佛相》。不稱維摩居士家〔四〕。《維摩經》：毗耶離城中有長者名維摩詰居士畫。

【校】

①「紅」，《千家詩選》《全芳備祖》作「纖」。

【注】

〔一〕香玉：比喻瑩潤芳香的花瓣。宋蘇泂《贈耕堂梔子花》：「六出英英九夏寒，短叢香玉映清湍。」未啄花：形容花朵含苞未放。啄，鳥用喙取食。

〔二〕露根：此處指帶根移植。紅霞：比喻花苞初綻，露出一抹霞光般的紅色。唐徐凝《牡丹》詩：「何人不愛牡丹花，占斷城中好物華。疑是洛川神女作，千嬌萬態破朝霞。」

〔三〕水月觀音：佛經謂觀音菩薩有三十三個不同形象的法身，畫作觀水中月影狀的稱爲水月觀音。後人用以比喻風姿清逸出塵。

〔四〕維摩居士：即「維摩詰」，佛經中人名，意譯爲「浄名」，是佛典中現身説法、辯才無礙的代表人物。《維摩詰經》載，他和釋迦牟尼同時，是毗耶離城的一位大乘居士。後人常用以代指修大乘佛法的居士。《錦繡萬花谷・前集》卷二十九：「《維摩經》云：毗耶離城中有長老，名維摩詰。（維摩詰，華言是浄名也。）」

瑞香①

珍瓏巧蹙紫羅囊②〔一〕，晉謝元好佩紫羅香囊。今得東君着意妝③〔二〕。帶露欲開宜曉日，臨風微困怯春霜。發揮名字來雕輦④〔三〕，彈壓芳菲入醉鄉〔四〕。唐王績作《醉鄉記》⑤。最是午窗初睡省⑥，重重嬴得夢魂香⑦〔五〕。《開元遺事》：夢魂香不斷，楊妃也。

【校】

① 又見於《分門纂類唐宋時賢千家詩選》卷九、《全芳備祖·前集》卷二十二、《詩淵》一一五八頁、《名媛彙詩》卷十五、《名媛詩歸》卷十九、《古今女史·詩集》卷八。

② 「珍」，《千家詩選》《全芳備祖》《名媛彙詩》《名媛詩歸》《古今女史》作「玲」。「蹙」，《千家詩選》作「足」。「囊」，《全芳備祖》作「裳」。

③ 「今」，《全芳備祖》作「令」。

④ 「雕輦」，《全芳備祖》作「廬阜」。

⑤ 「績」，陳藏本、黄跋本、徐藏本、藝芸本作「繽」，今據鐵琴本、丁刊本改。

⑥ 「省」，《全芳備祖》《名媛彙詩》《名媛詩歸》《古今女史》作「醒」。

⑦ 「嬴」，《千家詩選》作「現」，《全芳備祖》、丁刊本作「贏」。

【注】

〔一〕紫羅囊：用紫羅縫製的香囊。《晉書》卷七十九《謝玄傳》：「玄少好佩紫羅香囊，安患之，而不欲傷其意，因戲賭取，即焚之，於此遂止。」唐杜甫《又示宗武》詩：「試吟青玉案，莫羨紫羅囊。」

〔二〕東君：司春之神。宋王禹偁《芍藥詩三首》其二：「東君著意占殘春，得得遲開亦有因。」

〔三〕發揮：宣揚，彰顯。　名字：《清異録》卷上：「廬山瑞香花，始緣一比丘晝寢磐石上，夢中聞花香烈酷不可名。既覺，尋香求之，因名『睡香』。四方奇之，謂乃花中祥瑞，遂以『瑞』易『睡』。」　雕輦：飾有浮雕、彩繪的車，此處意同輦轂，代指京師。唐温庭筠《車駕西遊因而有作》詩：「誰將詞賦陪雕輦，寂寞相如卧茂陵。」

〔四〕彈壓：控制，壓制。宋歐陽修《菱溪大石》詩：「盧仝韓愈不在世，彈壓百怪無雄文。」　醉鄉：醉酒後神志不清的境界。唐王績《醉鄉記》：「阮嗣宗、陶淵明等十數人，並遊於醉鄉，没身不返，死葬其壤，中國以爲酒仙云。」

〔五〕贏得：剩得。贏，有餘，滿。

【集評】

「彈壓」句：奥氣古質，却以幽淡領之。（《名媛詩歸》卷十九）

柳①

萬縷千絲織暖風②〔一〕，詩話：《柳妓歌》詩：不必如絲千萬縷③。絆煙留霧市橋東④〔二〕。杜《西郊》詩：市橋官柳細。砌成幽恨斜陽裏⑤〔三〕，供斷閑愁細雨中⑥〔四〕。《順受老人詞》⑦：眼前景物儘供愁。

【校】

①又見於《全芳備祖·後集》卷十七、《詩淵》一一三三頁、《宋元詩·斷腸詩集》卷四、《名媛彙詩》卷十、《名媛詩歸》卷二十。

②「萬縷千絲」，《名媛彙詩》《名媛詩歸》作「高縷千絲」。「織」，《詩淵》作「識」。

③「妓」，丁刊本作「枝」。「千萬縷」，陳藏本作「千萬緩」，今據黄跋本、徐藏本、藝芸本、鐵琴本、丁刊本改。

④「絆煙留霧」，《全芳備祖》「霧」作「露」，《宋元詩》《名媛彙詩》《名媛詩歸》作「帶煙籠霧」。

⑤「砌」，《宋元詩》《名媛彙詩》《名媛詩歸》作「緝」。

⑥「供斷閑愁」，《宋元詩》《名媛彙詩》《名媛詩歸》作「折斷離情」。

⑦「老」，陳藏本作「者」，今據黄跋本、徐藏本、藝芸本、鐵琴本、丁刊本改。

【注】

〔一〕「萬縷」句：《鑑誡録》卷七引李涉《題錦浦垂柳》詩：不必如絲千萬樹，祇禁離恨兩三條。

〔二〕絆煙：形容柳條縈束着煙霧。宋郭祥正《城南》詩：「淡淹城南路，參差柳絆烟。」市橋：臨市之橋。又爲成都橋名。《太平寰宇記》卷七十二《益州》：「市橋，在州西四里。……李膺《益州記》云：『漢舊州市在橋南，因以名。』」唐杜甫《西郊》詩：「市橋官柳細，江路野梅香。」

〔三〕「砌成」句：宋秦觀《踏莎行》（霧失樓臺）詞：「可堪孤館閉春寒，杜鵑聲裏斜陽暮。……砌成此恨無重數。」

〔四〕「供斷」句：宋吴禮之《醜奴兒》（金風顫葉）詞：「先自悲秋。眼前景物祇供愁。」

【集評】

「市橋東」三字著詠柳上，覺牽情無奈。（《名媛詩歸》卷二十）

柳絮①

繚繞晴空似雪飛〔一〕，杜《謾興》：惟解漫天作雪飛。悠揚不肯着塵泥〔二〕。古詩：風輕柳絮悠揚舞。花邊嬌軟粘蜂翅②〔三〕，杜《獨酌》詩：遊蜂粘落絮③。陌上輕狂趁馬蹄④〔四〕。貼水化萍隨浪遠〔五〕，坡詩：柳花着水浮萍生。注：柳絮飛入池，皆化爲萍⑤。弄風無影度牆低⑥〔六〕。盧詩：飛絮因風度短牆。成團作陣愁春去⑦，故把東君歸路迷⑧〔七〕。杜詩：歸院柳邊迷。

【校】

①又見於《分門纂類唐宋時賢千家詩選》卷十一、《詩淵》一一三五頁、《宋元詩·斷腸詩集》卷三、《名媛彙詩》卷十五、《名媛詩歸》卷十九、《古今女史·詩集》卷八。

②「嬌」，《宋元詩》《名媛彙詩》《名媛詩歸》《古今女史》作「輕」。

③「遊蜂」，陳藏本、黄跋本、徐藏本、藝芸本均作「遊絳」，今據鐵琴本、丁刊本改。

④「輕」，《宋元詩》《名媛彙詩》《名媛詩歸》《古今女史》作「顛」。

⑤「皆」，陳藏本作「詩」，今據黄跋本、徐藏本、藝芸本、鐵琴本、丁刊本改。

⑥「弄」，《宋元詩》《名媛彙詩》《名媛詩歸》《古今女史》作「舞」。

⑦「去」，《宋元詩》《名媛彙詩》《名媛詩歸》《古今女史》作「盡」。

⑧「故」，黄跋本、徐藏本作「於」，丁刊本作「欲」。

【注】

〔一〕「繚繞」句：唐韓愈《晚春》詩：「楊花榆莢無才思，惟解漫天作雪飛。」

〔二〕悠揚：飄揚，飛揚。五代孫魴《柳絮詠》：「年年三月裏，隨處自悠揚。」

〔三〕「花邊」句：唐杜甫《獨酌》詩：「仰蜂粘落絮，行蟻上枯梨。」

〔四〕趁：追逐。唐張謂《送裴侍御歸上都》詩：「江月隨人影，山花趁馬蹄。」

〔五〕「貼水」句：宋蘇軾《再和曾仲錫荔支》詩：「柳花着水萬浮萍，荔實周天兩歲星。」自注云：「柳至易成，飛絮落水中，經宿即爲浮萍。」宋盧梅坡《柳絮》詩：「若使化爲萍逐水，不如且作絮沾泥。」

〔六〕「弄風」句：宋張先《木蘭花》（龍頭舴艋吴兒競）詞：「中庭月色正清明，無數楊花過無影。」

〔七〕「故把」句：唐杜甫《晚出左掖》詩：「退朝花底散，歸院柳邊迷。」　東君，司春之神。宋俞桂《送春》詩：「東君歸去無蹤迹，試問垂楊便可知。」

【集評】

「花邊」二句：掩題讀此十四字，亦知爲柳絮矣。（《名媛詩歸》卷十九）

詠物詩那得如此切貼。（《古今女史·詩集》卷八）

「故把」句：又番「無計留春住」一案。（同上）

聞子規有感①〔一〕

花落花開事可悲〔二〕，《香奩集》六言詩：花開花落相思。等閑一醉失芳菲。園林初聽鶯聲澀②〔三〕，古詩：上林春暖鶯聲滑。庭徑俄看蝶粉稀〔四〕。欹枕夜深無夢到③〔五〕，古《菩薩蠻》詞：欹枕悄無言。倚樓天外便魂飛④〔六〕。《荆楚故事》：長劍倚天外。我無雲翼飛歸去〔七〕，《莊子》：鵬翼若垂天之雲。杜宇能飛却不歸⑤〔八〕。古《子規》詩：晝尋芳樹飛，云云，猶道不如歸。

【校】

①又見於《詩淵》二八一三頁、《宋元詩·斷腸詩集》卷三、《名媛彙詩》卷十五、《名媛詩歸》卷十九、《古今女史·詩集》卷八。

②「澀」，《宋元詩》《名媛彙詩》《名媛詩歸》《古今女史》作「細」。

③「深」，黄跋本、徐藏本作「三」，鐵琴本作「長」，丁刊本作「閒」。

④「便魂」，《宋元詩》《名媛彙詩》《名媛詩歸》《古今女史》作「有神」。

⑤「却」，黄跋本、徐藏本作「而」，鐵琴本作「胡」，丁刊本作「也」。

【注】

〔一〕子規：即杜鵑鳥，參見本書《前集》卷一《春霽》詩注〔七〕杜鵑。

〔二〕「花落」句：唐鄭谷《石城》詩：「帆去帆來風浩渺，花開花落春悲涼。」

〔三〕鶯聲澀：鶯鳴聲生硬、不流暢。唐白居易《春末夏初閑遊江郭二首》其二：「柳影繁初合，鶯聲澀漸稀。」

〔四〕俄：頃刻，不久。　蝶粉：蝶翅上的天生粉屑。唐李商隱《細雨成詠獻尚書河東公》詩：「稍稍落蝶粉，班班融燕泥。」

〔五〕攲(qī)枕：斜靠着枕頭。五代盧絳《菩薩蠻》（玉京人去秋蕭索）詞：「攲枕悄無言。月和殘夢圓。」宋范仲淹《御街行》（紛紛墜葉飄香砌）詞：「殘燈明滅枕頭攲，諳盡孤眠滋味。」

〔六〕「倚樓」句：《錦繡萬花谷・前集》卷三十三引《荆楚故事》：「宋玉曰：『方地爲輿，圓天爲蓋。彎弓挂扶桑，長劍倚天外。』」

〔七〕「我無」句：《莊子・逍遥遊》：「鵬之背，不知其幾千里也。怒而飛，其翼若垂天之雲。」

〔八〕杜宇：即杜鵑鳥，參見本書《前集》卷一《春霽》詩注。宋梅堯臣《杜鵑》詩：「蜀帝何年魄，千春化杜鵑。不如歸去語，亦自古來傳。」宋范仲淹《越上聞子規》詩：「夜入翠煙啼，晝尋芳樹飛。春山無限好，猶道不如歸。」

【集評】

「等閒」字、「失」字，惆悵不堪。（《名媛詩歸》卷十九）

「無夢到」，亦爲慨惜，無聊特甚。（同上）

離愁索莫況，淋淋滿紙。（《古今女史・詩集》卷八）

前集卷四

夏　景

初夏二首①

枝上渾無一點春〔一〕，《詩話》：嫩緑枝頭紅一點，動人春色不須多。半隨流水半隨塵〔二〕。《太清歌》詞：紅片半隨風，又半隨流水。柔桑欲椹吴蠶老〔三〕，《詩·泮水》：食我桑椹。又，古《鵲橋仙》詞：吴蠶老後。稚筍成竿彩鳳馴②〔四〕。《雜記》：《竹譜》呼筍爲稚子③。又，李昇《竹》詩：棲鳳枝梢猶嫩弱。荷嫩愛風欹蓋翠④〔五〕，唐柳子厚詩：荷嫩未張擎雨蓋。榴花宜日皺裙殷⑤〔六〕。待封一篭傷心淚〔七〕，寄與南樓薄倖人〔八〕。古《殢人嬌》詞：也待作個，篭兒寄與。

【校】

①又見於《分門纂類唐宋時賢千家詩選》卷二（録第一首前四句），詩題作「夏」。

②「彩鳳」，《千家詩選》作「繡鳳」。

③《竹譜》呼筍」，黄跋本、徐藏本作「竹諸司笋」。

④「愛」，丁刊本作「受」。「蓋翠」，丁刊本作「翠蓋」。

⑤「皺」，鐵琴本作「破」。

【注】

〔一〕「枝上」句：《類説》卷四十七引《遯齋閒覽》：「唐人詩云：『嫩緑枝頭紅一點，動人春色不須多。』不記作者名氏。王荆公親書此兩句於書上，或爲荆公自作，非也。」

〔二〕「半隨」句：宋邵雍《洛陽春吟》其四：「多少落花無著莫，半隨流水半隨風。」宋蘇軾《水龍吟》（似花還似非花）詞：「春色三分，二分塵土，一分流水。」

〔三〕椹：即桑葚，桑樹的果實，又作「黮」。《詩經·魯頌·泮水》：「食我桑黮，懷我好音。」吴蠶：吴地盛養蠶，故稱良蠶爲吴蠶。宋歐陽修《漁家傲》詞：「四月芳林何悄悄。緑陰滿地青梅小。南陌采桑何窈窕。争語笑。亂絲滿腹吴蠶老。」

〔四〕稚筍：嫩筍。宋范祖禹《春日有懷僕射相公洛陽園》：「稚筍穿階迸，珍禽拂面棲。」《冷齋夜話》卷二：「老杜詩曰：『竹根稚子無人見，沙上鳧雛並母眠。』世或不解『稚子無人見』何等語。唐人《食筍》詩曰：『稚子脱錦棚，駢頭玉香滑。』則稚子爲筍明矣。」彩鳳：即鳳凰，羽毛五色，音如簫笙，非梧桐不棲，非竹實不食。宋馬令《南唐書》卷二：「（李璟）美容止，器宇高邁，性寬仁，有文學。甫十歲，吟《新竹》詩云：『棲鳳枝梢猶軟弱，化龍形狀已依稀。』人皆奇之。」鄭注作「李昇」，誤。　馴：順服。

〔五〕「荷嫩」句：宋蘇軾《贈劉景文》詩：「荷盡已無擎雨蓋，菊殘猶有傲霜枝。」

〔六〕榴花：石榴花，夏季盛開，花色鮮紅。宋陳與義《臨江仙》（高詠楚詞酬午日）詞：「榴花不似舞裙紅。」　殷（yān）：深紅色。

〔七〕篭（yǎn）：同「罨」，竹製容器，編得較密的篋簍。

〔八〕薄倖：薄情，負心。唐杜牧《遣懷》詩：「十年一覺揚州夢，贏得青樓薄倖名。」

冰蠶欲繭一桑陰〔一〕，《拾遺記》：東海有冰蠶，五色繭，織成文錦，入水不濕。粉籜彫風曲徑深〔二〕。古詞：曲徑通深杳。長日漸成微暑意，喜看樓影浸波心〔三〕。古詩：江樓倒影浸寒波①。

【校】

①「浸寒波」，陳藏本作「侵寒波」，今據黄跋本、徐藏本、藝芸本、鐵琴本、丁刊本改。

【注】

〔一〕冰蠶：傳説中的異蠶，此處爲對蠶的美稱。晉王嘉《拾遺記》卷十：「員嶠山……有冰蠶長七寸，黑色，有角有鱗。以霜雪覆之，然後作繭，長一尺，其色五彩。織爲文錦，入水不濡，以之投火，經宿不燎。唐堯之世，海人獻之，堯以爲黼黻。」

〔二〕粉籜（tuò）：竹筍的外殼。五代孫光憲《浣溪沙》（輕打銀筝墜燕泥）詞：「粉籜半開新竹徑，紅苞盡落舊桃蹊。」曲徑：彎曲的小路。宋周邦彥《隔浦蓮》詞：「新篁摇動翠葆。曲徑通深窈。」

〔三〕「喜看」句：宋孔夷《陪李端叔遊潁昌西湖三首》其二：「樓影揺波到碧空，拒霜無數隔堤紅。」

日永①〔一〕

雨過横塘蛙吹鬧〔二〕，古《極相思》詞：一番雨過横塘。又，孔稚珪居，南池有少草②，春月蛙鳴，當兩部鼓吹也③。日融芳圃蜜脾香〔三〕。唐羅隱《蜂》詩④：花房與蜜脾。一痕心事難消遣⑤〔四〕，雙鵲飛鳴過短牆〔五〕。古《謁金門》詞：終日望君君不至，舉頭聞鵲喜。

【校】

①又見於《宋元詩·斷腸詩集》卷四、《名媛彙詩》卷十。

②「池」，黄跋本、徐藏本作「地」。「少」，鐵琴本作「莎」。

③「兩部鼓吹」，陳藏本、黄跋本、徐藏本作「雨部枝吹」，藝芸本作「雨部歌吹」，今據鐵琴本、丁刊

本改。

④「蜂」，陳藏本作「掩」，鐵琴本作「峰」，今據黄跋本、徐藏本、藝芸本、丁刊本改。

⑤「痕」，《宋元詩》《名媛彙詩》作「腔」。

【注】

〔一〕日永：夏天白晝長。又指夏至，一年中白晝最長的一天。唐韋應物《立夏日憶京師諸弟》詩：「改序念芳辰，煩襟倦日永。」

〔二〕横塘：水塘，池塘。宋曾鞏《城南二首》其一：「雨過横塘水滿堤，亂山高下路東西。」蛙吹：蛙鳴。《天中記》卷五十七引《南齊書》《談藪》：「齊孔稚珪，字德璋，風韻清疏，不樂世務。門庭之内，草萊不剪。南有山池，春日蛙鳴。或問之曰：『欲爲陳蕃乎？』稚珪笑曰：『我以此當兩部鼓吹，何必期效仲舉？』」

〔三〕芳圃：開滿鮮花的園地。　蜜脾：蜜蜂營造的釀蜜的蜂房。唐李商隱《柳枝五首》其一：「花房與蜜脾，蜂雄蛺蝶雌。同時不同類，那復更相思。」

〔四〕消遣：見本書《前集》卷二《暮春三首》其三詩注〔八〕。

〔五〕「雙鵲」句：南唐馮延巳《謁金門》（風乍起）詞：「終日望君君不至，舉頭聞鵲喜。」

端午①

縱有靈符共彩絲〔一〕，《抱朴子》：或問辟五兵之道②，以五月五日着赤靈符於胸前。又，《風土記》：五日以彩絲爲百索繫臂。心情不似舊家時③〔二〕。榴花照眼能牽恨④〔三〕，韓愈詩：五月榴花照眼明⑤。强切菖蒲泛酒巵〔四〕。古《南歌子》詞：菖蒲泛酒香。

【校】

①又見於《分門纂類唐宋時賢千家詩選》卷四、《宋元詩·斷腸詩集》卷四、《名媛彙詩》卷十、《名媛詩歸》卷二十。

②「問」，陳藏本作「苘」，今據黄跋本、徐藏本、藝芸本、鐵琴本、丁刊本改。

③「舊家」，《千家詩選》作「舊年」，《宋元詩》《名媛彙詩》《名媛詩歸》作「去年」。

④「能」，《千家詩選》作「唯」。「牽」，《名媛詩歸》作「供」。

⑤「五月榴花」，陳藏本「榴」作「搊」，今據黄跋本、徐藏本、藝芸本、鐵琴本、丁刊本改。

【注】

〔一〕靈符：端午節時佩挂在胸前以避灾邪的道教符簶。《抱朴子·内篇》卷三：「或問辟五兵之道，抱朴子曰：……或以五月五日作赤靈符，著心前。」　彩絲：端午節以五彩絲繫臂，以避邪祟。《太平御覽》卷三十一引《風俗通》：「五月五日，以五彩絲繫臂者，辟兵及鬼，令人不病瘟。」

〔二〕舊家：過去，從前。宋李清照《南歌子》（天上星河轉）詞：「舊時天氣舊時衣。只有情懷不似、舊家時。」

〔三〕榴花：石榴花。唐韓愈《題張十一旅舍三詠·榴花》：「五月榴花照眼明，枝間時見子初成。」

〔四〕菖蒲：端午節飲用菖蒲葉浸制的藥酒，以祛疾疫。《古今事文類聚·前集》卷九引《歲時雜記》：「端午以菖蒲或縷或屑泛酒。」宋戴復古《端午豐宅之提舉送酒》詩：「海榴花上雨蕭蕭，自切菖蒲泛濁醪。」　酒卮：盛酒的器皿。

【集評】

語氣太板，殊無生趣。（《名媛詩歸》卷二十）

苦熱聞田夫語有感①

日輪推火燒長空〔一〕，韓文全句。又，古詩：杲日正燒空。正是六月三伏中〔二〕。杜詩：三伏適已過。旱雲萬疊赤不雨②，《詩話》：旱雲無雨謾遮天。地裂河枯塵起風。農憂田畝死禾黍③，車水救田無暫處〔三〕。杜《苦熱行》全句。日長饑渴喉嚨焦，汗血勤勞誰與語。播插耕耘功已足④，尚愁秋晚無成熟。雲霓不至空自忙〔四〕，《孟·梁惠王上》：若大旱而望雲霓。恨不擡頭向天哭。寄語豪家輕薄兒〔五〕，綸巾羽扇將何爲〔六〕。東坡詞：羽扇綸巾談笑間。田中青稻半黄槁，安坐高堂知不知〔七〕。《李廣贊》：知與不知。

【校】

①又見於《宋元詩·斷腸詩集》卷一、《名媛彙詩》卷五、《名媛詩歸》卷十九、《古今女史·詩集》卷三。

②「萬」，《名媛彙詩》《名媛詩歸》《古今女史》作「高」。

③「死」，《宋元詩》作「槁」。

④「足」，《名媛詩歸》作「定」。

【注】

〔一〕日輪：太陽。日形如車輪而運行不息。唐王轂《暑日題道邊樹》詩：「火輪迸焰燒長空，浮埃撲面愁朦朦。」

〔二〕三伏：即初伏、中伏、末伏，是一年中最熱的時候。農曆夏至後第三庚日起爲初伏，第四庚日起爲中伏，立秋後第一庚日起爲末伏。唐杜甫《阻雨不得歸瀼西甘林》詩：「三伏適已過，驕陽化爲霖。」

〔三〕車水：用水車排灌。唐釋貫休《富貴曲二首》其二：「寧知耘田車水翁，日日日炙背欲裂。」

〔四〕雲霓：虹。《孟子·梁惠王下》：「民望之，若大旱之望雲霓也。」趙岐注：「霓，虹也，雨則虹見，故大旱而思見之。」

〔五〕輕薄：輕佻浮薄。梁沈約《三月三日率爾成篇》詩：「洛陽繁華子，長安輕薄兒。」

〔六〕綸(guān)巾羽扇：頭戴綸巾，手持羽扇。此處形容瀟灑悠閑之貌。宋周邦彦《隔浦蓮》(新篁摇動翠葆)詞：「綸巾羽扇，困卧北窗清曉。」宋蘇軾《念奴嬌》(大江東去)詞：「羽扇綸巾談笑間，强虜灰飛煙滅。」

〔七〕「安坐」句：《史記》卷一百九《李將軍列傳》：「余睹李將軍悛悛如鄙人，口不能道辭。及死之日，天下知與不知，皆爲盡哀。」

【集評】

「池裂」三句：田家楚痛，凄然在目。(《名媛詩歸》卷十九)

「日長」五句：數語寫盡農夫心力。(同上)

「寄語」二句：問得妙。(同上)

女子着眼，偏在民間疾苦，眼目自好。(同上)

出語咄咄。(《古今女史·詩集》卷三)

納涼桂堂二首①〔一〕

微涼待月畫樓西〔二〕，古詩：當樓待月來。風遞荷香拂面吹〔三〕。杜詩：長洲芰荷香。先自桂堂無暑氣〔四〕，古詩：渾無暑氣侵。那堪人唱雪堂詞②〔五〕。東坡《雪後書北堂壁》云③。

【校】

①又見於《詩淵》三三一四頁。《宋元詩·斷腸詩集》卷四、《名媛彙詩》卷十、《名媛詩歸》卷二十僅選録第二首。

②「詞」，《詩淵》作「詩」。

③「北」，陳藏本作「此」，今據黄跋本、徐藏本、藝芸本、鐵琴本、丁刊本改。

【注】

〔一〕桂堂：堂名，或因堂前植桂而名，或以月中丹桂爲喻。

〔二〕待月：唐許棠《宿同州厲評事舊業寄華下》詩：「待月登樓夜，何人相伴閒。」畫樓：雕飾華麗的樓房。唐李商隱《無題二首》其一：「昨夜星辰昨夜風，畫樓西畔桂堂東。」

〔三〕「風遞」句：唐羅隱《宿荆州江陵驛》詩：「風動芰荷香四散，月明樓閣影相侵。」唐杜甫《壯遊》詩：「劍池石壁仄，長洲芰荷香。」

〔四〕「先自」句：宋鄭伯玉《和夏日國清塘泛舟》：「都無暑氣侵衣袖，時有荷香入酒觥。」

〔五〕雪堂：宋神宗元豐五年（一〇八二）春，蘇軾在黄州（今湖北黄岡），寓居臨皋亭，就東坡築雪堂，作《雪堂記》云：「蘇子得廢圃於東坡之脅，築而垣之，作堂焉，號其正曰雪堂。堂以大雪中爲之，因繪雪於四壁之間，無容隙也。」又作《江城子》（夢中了了醉中醒）詞：「雪堂西畔暗泉鳴。北山傾。小溪横。」蘇軾《雪後書北臺壁二首》，作於熙寧八年（一〇七五），與雪堂無關。

清香滿座瓜分玉〔一〕，明月澄空酒漾金〔二〕。曹植詩云：明月澄清景。又，《前漢》：穆穆金波。不是夜涼難就醉①〔三〕，一簾秋色竹森森〔四〕。東坡詩：森森如竹光。

【校】

①「涼」，《宋元詩》《名媛彙詩》《名媛詩歸》作「深」。

【注】

〔一〕瓜分玉：宋樓鍔《浣溪沙》（夏半陽烏景最長）詞：「苂剥明珠隨意嚼，瓜分瓊玉趁時嘗。」

〔二〕明月澄空：魏曹植《公讌詩》：「明月澄清景，列宿正參差。」酒漾金：月光在酒面蕩漾閃耀。宋陳造《次前韻謝胡運屬二首》其一：「露飛瓊滴溥蒼竹，月漾金波冰小樓。」《漢書》卷二十二引《郊祀歌》：「月穆穆以金波，日華燿以宣明。」顔師古注：「言月光穆穆，若金之波流也。」

〔三〕「不是」句：唐皇甫冉《宿嚴維宅送包七》詩：「夜涼宜共醉，時難惜相違。」

〔四〕森森：樹木繁密貌。唐白居易《題東武丘寺六韻》詩：「龍蟠松矯矯，玉立竹森森。」宋蘇軾《與臨安令宗人同年劇飲》詩：「如今莫問老與少，兒子森森如立竹。」

【集評】

殊不稱題。（《名媛詩歸》卷二十）

梅蒸滋甚因懷湖上二首①〔一〕

東風作雨淺寒生〔二〕，梅子傳黄未肯晴〔三〕。杜詩：梅杏半傳黄。戢戢籜龍頭角就〔四〕，坡詩：與問籜龍兒。温雲繚繞變江城②〔五〕。

【校】

①又見於《宋元詩・斷腸詩集》卷四、《名媛彙詩》卷十、《名媛詩歸》卷二十，均僅選録第二首。

②「温」，鐵琴本、丁刊本作「濕」。「變」，丁刊本作「偏」。

【注】

〔一〕梅蒸：梅雨季的濕熱之氣。宋宋庠《夏日久雨》詩：「澤國梅蒸早，郊雲泄雨多。」 滋：潤澤。

〔二〕「東風」句：唐白居易《山中五絶句·嶺上雲》：「自生自滅成何事，能逐東風作雨無。」

〔三〕梅子傳黄：梅子成熟，由青轉黄。唐杜甫《豎子至》詩：「樝梨纔綴碧，梅杏半傳黄。」宋賀鑄《青玉案》：「一川烟草，滿城風絮。梅子黄時雨。」

〔四〕戢戢(jí)：密集貌。宋蘇過《信中惠竹以詩謝之》：「明朝戢戢迸犀玉，請看籜龍頭角奇。」籜(tuò)龍：竹筍的異名。籜，竹筍皮。宋蘇軾《器之好談禪不喜游山山中筍出戲語器之可同參玉版長老作此詩》：「聊憑柏樹子，與問籜龍兒。」

〔五〕温雲：梅雨季蒸濕低垂之雲。宋戴栩《刈麥行自靈巖歸示趙丞》詩：「大兒牽衣鐮在手，小兒攜篝並畦走。陌翁語嫗切莫遲，梅風温雲晴不久。」 江城：臨江之城市、城郭。唐杜甫《上白帝城二首》其一：「江城含變態，一上一回新。」

雲暗湖光雨四垂①，珠璣萬斛撒琉璃②〔一〕。古泉詩：泉跳珠璣萬斛③。紫苔階面寒聲急④〔二〕，有甚心情更賦詩⑤〔三〕。陶淵明《歸去來辭》⑥：臨清流而賦詩。

【校】

①「雨」，丁刊本作「柳」。

②「撤」，藝芸本、丁刊本、《名媛詩歸》作「撒」。

③「跳」，陳藏本作「桃」，今據黄跋本、徐藏本、藝芸本、鐵琴本、丁刊本改。「萬斛」，丁刊本作「萬斛傾」。

④「苔」，黄跋本、徐藏本作「治」，鐵琴本作「湉」。

⑤「甚」，《名媛詩歸》作「急」。「更賦詩」，《名媛詩歸》闕「詩」字。

⑥「辭」，陳藏本作「辟」，黄跋本、徐藏本作「鏡」，鐵琴本闕字，今據藝芸本、丁刊本改。

【注】

〔一〕珠璣萬斛：形容密集的雨珠傾瀉而下。斛，古代量器，宋末之前，十斗爲一斛。琉璃：一種有色半透明的玉石，亦指玻璃，此處形容晶瑩碧透的水面。唐杜甫《渼陂行》：「天地黤慘忽異色，波濤萬頃堆琉璃。」

〔二〕紫苔：紫色的苔蘚。梁沈約《冬節後至丞相第詣世子車中作》詩：「賓階緑錢滿，客位紫苔生。」寒聲：清冷的水聲。唐錢起《藍田溪雜詠二十二首·潺湲聲》：「亂石跳素波，寒聲聞幾處。」

〔三〕「有甚」句：晉陶淵明《歸去來兮辭》：「登東皋以舒嘯，臨清流而賦詩。」

【集評】

「暗」字、「垂」字，妙於説雨。（《名媛詩歸》卷二十）

「有甚」句：如此詩儘可省。（同上）

納涼即事①〔一〕

旋折蓮蓬破緑瓜②〔二〕，古《宴清堂》詞：旋折枝頭新果。酒杯收起點新茶③〔三〕。東坡《定風波》詞：子瞻書困點新茶。飛蠅不到冰壺浄〔四〕，時有涼風入齒牙〔五〕。坡詩：香風入牙頰④。

【校】

①又見於《分門纂類唐宋時賢千家詩選》卷五、《宋元詩·斷腸詩集》卷四、《名媛彙詩》卷十、《名媛詩歸》卷二十。詩題，《千家詩選》作「涼」。

②「蓬」，《千家詩選》《宋元詩》《名媛彙詩》《名媛詩歸》作「房」。

③「點」，《千家詩選》作「試」。

④「頰」，丁刊本作「齒」。

【注】

〔一〕即事：見本書《前集》卷一《春日即事》詩注〔一〕。

〔二〕旋折：隨意折取。宋楊萬里《大司成顔幾聖率同舍招游裴園……得十絶句》其七：「旋折荷花剥蓮子，露爲風味月爲香。」　蓮蓬：蓮花的花托，倒圓錐形，中多小孔，内有蓮實。

〔三〕點茶：猶泡茶。宋蔡襄《茶録》：「鈔茶一錢匕，先注湯，調令極勻。又添注入，環迴擊拂，湯上盞可四分則止。眡其面色鮮白，著盞無水痕爲絶佳。」宋蘇軾《送南屏謙師》詩：「道人曉出南屏山，來試點茶三昧手。」

〔四〕冰壺：古人用壺盛冰以袪暑氣，飛蠅畏寒而避之。南朝宋鮑照《白頭吟》：「直如朱絲繩，清如玉壺冰。」宋周邦彦《浣溪沙》（寶扇輕圓淺畫繒）詞：「飛蠅不到避壺冰。」

〔五〕「時有」句：宋蘇軾《小圃五詠·甘菊》詩：「香風入牙頰，楚些發天藻。」

【集評】

「酒杯」句：女子時常説酒，亦非韻事。（《名媛詩歸》卷二十）

夏雨生涼三首①

烈日如焚正藴隆②〔一〕，《毛詩·雲漢》篇：如惔如焚云云，藴隆沖沖③。黑雲載雨瀉長空④〔二〕。東坡詩：黑雲翻雨未遮山。搜龍霹靂一聲歇⑤〔三〕，《酉陽雜俎》：借霹靂車，有光如電，村落曰有風雨，果然。庭竹瀟瀟來好風〔四〕。古詩：瀟瀟庭外竹，時送好風來。

【校】

①又見於《分門纂類唐宋時賢千家詩選》卷十二（選録第一首）、《宋元詩·斷腸詩集》卷四、《名媛彙詩》卷十、《名媛詩歸》卷二十（選録第一首）、《古今女史·詩集》卷五（選録第二首）。　詩題，《千家詩選》作「夏雨」。

②「藴」，黄跋本、徐藏本作「薀」。

③「沖沖」，陳藏本作「坤坤」，黄跋本、徐藏本作「中中」，鐵琴本、丁刊本作「蟲蟲」，今據藝芸本改。

④「載」，丁刊本作「帶」。

⑤「捜」，《千家詩選》作「乖」。

【注】

〔一〕藴隆：暑氣鬱積而隆盛。《詩經·大雅·雲漢》：「旱既大甚，藴隆蟲蟲。……旱魃爲虐，如惔如焚。」

〔二〕「黑雲」句：宋蘇軾《六月二十七日望湖樓醉書五絶》其一：「黑雲翻墨未遮山，白雨跳珠亂入船。」

〔三〕搜龍：雷神搜捕因苦於行雨而逃匿的乖龍。《太平廣記》卷四百二十五引《北夢瑣言》：「世言乖龍苦於行雨，而多竄匿，爲雷神捕之。或在古木及楹柱之内。」宋楊萬里《九月三日喜雨蓋不雨四十日矣》：「玉帝愁聞旱，雷公怒見鬚。搜龍無彈處，倒海不遺餘。」　霹靂：响雷，震雷。《酉陽雜俎·前集》卷八：「介休縣百姓送解牒，夜止晉祠宇下。夜半，有人叩門云：『介休王暫借霹靂車，某日至介休收麥。』良久，有人應曰：『大王傳語，霹靂車正忙，不及借。』其人再三借之。遂見五六人，秉燭自廟後出，介山使者亦自門騎而入，數人共持一物如幢，扛上環綴旗旛，授與騎者曰：『可點領。』騎者即數其旛，凡十八葉，每葉有光如電起。百姓遂遍報鄰村，令速收麥，將有大風雨。村人悉不信，乃自收刈。至其日，百姓率親情據高阜候天色。及午，介山上有黑雲，氣如窑烟，斯須蔽天，注雨如綆，風吼雷震。凡損麥千餘頃。」

〔四〕「庭竹」句：唐盧綸《題念濟寺暈上人院》詩：「泉響竹瀟瀟，潛公居處遥。」

【集評】

「黑雲」句：不成句。（《名媛詩歸》卷二十）

亦覺老。（同上）

崒嵂金蛇殷殷雷①〔一〕，東坡《望海晚景》詩：電光時掣走金蛇。《毛詩》：殷其雷。過雷班駮漸晴開②〔二〕。雨催涼意詩催雨〔三〕，杜詩：應是雨催詩。又，東坡詩：黑雲催雨雨催詩。當盡新蒭玉友醅〔四〕。玉友，長安白酒名也。

【校】

①「殷殷」，《古今女史》作「隱隱」。

②「班駮」，陳藏本、黄跋本、徐藏本、藝芸本作「班較」，丁刊本、《宋元詩》作「班皎」，今據鐵琴本、《名媛彙詩》、《古今女史》改。

【注】

〔一〕崒嵂（zú lǜ）：高峻貌，此處形容夏季積雨雲如奇峰般高峻，又作「嵂崒」。唐杜甫《橋陵詩三十韻因呈縣内諸官》：「高岳前嵂崒，洪河左瀅濙。」　金蛇：比喻閃電之光。宋蘇軾《望海樓晚景五絶》其二：「雨過潮平江海碧，電光時掣紫金蛇。」　殷殷（yǐn yǐn）：象聲詞，雷聲。唐杜甫《白水縣崔少府十九翁高齋三十韻》詩：「何得空裏雷，殷殷尋地脈。」

〔二〕班駮：錯雜相間，又作「斑駁」。宋李之儀《飲散留别希仲……》詩：「密雨著地三四尺，斑駁雲開日已西。」

〔三〕「雨催」句：唐杜甫《陪諸貴公子丈八溝攜妓納涼晚際遇雨》詩：「片雲頭上黑，應是雨催詩。」宋范成大《雨涼二首呈宗偉》其二：「説與騷人須早計，片雲催雨雨催詩。」

〔四〕篘（chōu）：濾酒用的竹具，此處指用篘過濾。唐段成式《怯酒贈周繇》詩：「大白東西飛正狂，新篘石凍雜梅香。」　玉友：白酒的别稱。宋劉跂作《玉友傳》，稱酒爲玉友。宋曾慥「花中十友」《調笑令》云：「仍有玉友，來奉佳賓，謂酒也。」

【集評】

「雨催」句：翻得新奧。（《古今女史·詩集》卷五）

眼界清無俗事來，要涼更著好詩催〔一〕。上注。涼生還又撩幽恨〔二〕，盧詩：雨生涼意撩詩興。留取孤樽對月開〔三〕。坡詩：對月開芳樽。

【注】

〔一〕好詩催：見上詩注〔三〕。

〔二〕撩：逗引，挑動。宋趙令畤《思遠人》（素玉朝來有好懷）詞：「須知月色撩人恨，數夜春寒不下階。」

〔三〕「留取」句：唐李白《將進酒》詩：「人生得意須盡歡，莫使金樽空對月。」宋陸游《晚步》詩：「臨流揮羽扇，對月傾芳尊。」

雨過

幽篁脱籜緑參差①〔一〕，杜詩：相近竹參差。又，東坡詩：解籜新篁不自持。雨過微風拂面宜②。浴罷晚妝慵不御〔二〕，却親筆硯賦新詩〔三〕。一作：盆池戲水禮魚兒③。杜詩：供以賦新詩④。

【校】

①「幽篁」，陳藏本、黄跋本、徐藏本、藝芸本作「賽雨」，今據丁刊本改。

②「拂」，陳藏本、黄跋本、徐藏本、藝芸本、鐵琴本作「有」，今據丁刊本改。

③「禮」，藝芸本作「摸」，丁刊本作「引」。

④「供」，鐵琴本作「可」，丁刊本作「聊」。

【注】

〔一〕篁：竹叢，竹林。　脱籜（tuò）：竹笋脱壳生長。宋蘇軾《霜筠亭》詩：「解籜新篁不自持，嬋娟已有歲寒姿。」宋朱敦儒《浣溪沙》（雨濕清明香火殘）詞：「脱籜修篁初散緑，褪花新杏未成酸。」　參差：紛紜不齊貌。唐杜甫《過南鄰朱山人水亭》詩：「相近竹參差，相過人不知。」

〔二〕御：使用，此處指化妝。魏曹植《洛神賦》：「芳澤無加，鉛華不御。」

〔三〕「却親」句：唐令狐楚《節度宣武酬樂天夢得》詩：「見擁旌旄治軍旅，知親筆硯事文章。」唐杜甫《巳上人茅齋》詩：「巳公茅屋下，可以賦新詩。」

喜雨①

赤日炎炎燒八荒②〔一〕，《毛詩》：赫赫炎炎。又，杜詩：八荒開壽域。田中無雨苗半黄。古詩：田中龜柝久不雨。天工不放老龍懶，赤電驅雷雲四方③〔二〕。杜詩：雲雷驅號令。又，東坡詩：眼光走電掣金蛇。瓊瑰萬斛寫碧落〔三〕，陂湖池沼皆泱泱〔四〕。高田低田盡沾澤，農喜禾無枯槁傷。我皇聖德布寰宇，六月青天降甘雨〔五〕。《爾雅》：甘雨時降。四海咸蒙滂沛恩〔六〕，九州盡解焦熬苦〔七〕。傾盆勢歇塵點無〔八〕，杜詩：白帝城下忽翻盆。衣袂生涼罷揮羽〔九〕。東坡詩：羽扇綸巾談笑間。江上數峰天外青④〔一〇〕，唐錢起詩：江上數峰青。眼界增明快心腑〔一一〕。韓詩：遠目增雙明。炎熱一洗無留迹⑤〔一二〕，盧詩：俄驚一雨洗炎熾⑥。頓覺好風生兩腋⑦〔一三〕。盧仝《茶歌》：但覺兩腋清風生。紗厨湘簟爽氣新⑧〔一四〕，古《洞仙歌》詞：六尺湘漪簟冷。沉李削瓜浮玉液〔一五〕。古詞：玉泉清累，正好浮瓜沈李。傍池占得秋意多⑨，尚餘珠點綴圓荷〔一六〕。東坡詞：荷珠碎又圓。樓頭月上雲散盡〔一七〕，古詩：雲散月當空。遠水連天天接波〔一八〕。杜詩：遠水兼天静⑩。

【校】

①又見於《宋元詩·斷腸詩集》卷一、《名媛彙詩》卷五、《名媛詩歸》卷十九、《古今女史·詩集》卷三。

②「炎炎」，《宋元詩》作「炎天」。

③「赤」，《宋元詩》《古今女史》作「掣」。

④「峰」，《古今女史》作「聲」。

⑤「熱」，藝芸本作「熟」，鐵琴本作「勢」。

⑥「俄」，黄跋本、徐藏本作「侊」，鐵琴本作「恍」。「一」，黄跋本、徐藏本作墨釘，鐵琴本作「風」。「熾」，丁刊本作「威」。

⑦「生兩腋」，《古今女史》作「生兩掖」。

⑧「新」，《名媛彙詩》《名媛詩歸》《古今女史》作「清」。

⑨「意」，《名媛彙詩》《名媛詩歸》《古今女史》作「氣」。

⑩「静」，黄跋本、徐藏本作「青」，鐵琴本、丁刊本作「浄」。

【注】

〔一〕炎炎：灼熱貌。《詩經·大雅·雲漢》：「旱既大甚，則不可沮。赫赫炎炎，云我無所。」 八荒：八方荒遠的地方。唐杜甫《上韋左相二十韻》：「八荒開壽域，一氣轉洪鈞。」

〔二〕「赤電」句：唐杜牧《華清宫三十韻》詩：「雷霆驅號令，星斗焕文章。」宋蘇軾《起伏龍行》詩：「眼光作電走金蛇，鼻息爲雲擢煙縷。」

〔三〕瓊瑰：泛指珠玉。宋蘇軾《有美堂暴雨》詩：「唤起謫仙泉灑面，倒傾鮫室瀉瓊瑰。」寫（xiè）：傾瀉。碧落：道教語，指青天、天空。唐白居易《長恨歌》：「上窮碧落下黄泉，兩處茫茫皆不見。」

〔四〕陂湖：池塘湖泊。宋曾鞏《追租》詩：「今歲九夏旱，赤日萬里灼。陂湖蹙埃壒，禾黍死磽确。」

〔五〕甘雨：適時而降的好雨，及時雨。《爾雅·釋天》：「甘雨時降，萬物以嘉，謂之醴泉。」泱泱：水深廣貌。《詩經·小雅·瞻彼洛矣》：「瞻彼洛矣，維水泱泱。」

〔六〕滂沛：雨勢盛大貌，又作「霶沛」。唐白居易《喜雨》詩：「西北油然雲勢濃，須臾霶沛雨飄空。」

〔七〕焦熬：因受熬煎而發焦，此處指遭受乾旱煎熬而極端困苦。宋韓琦《歲旱晚雨》詩：「驕陽斷雨脈，焦熬逾五旬。」

〔八〕傾盆：形容雨勢猛烈。唐杜甫《白帝》詩：「白帝城中雲出門，白帝城下雨翻盆。」

〔九〕揮羽：揮動羽扇。宋蘇軾《念奴嬌》（大江東去）詞：「羽扇綸巾談笑間，强虜灰飛煙滅。」

〔一〇〕「江上」句：唐錢起《省試湘靈鼓瑟》詩：「曲終人不見，江上數峰青。」

〔一一〕「眼界」句：唐韓愈、孟郊《城南聯句》：「遥岑出寸碧（愈），遠目增雙明（郊）。」「遠目」句作者爲孟郊。

〔一三〕「炎熱」句：宋王安石《次前韻寄楊德逢》：「一雨洗炎蒸，曠然心志適。」

〔一三〕「頓覺」句：唐盧仝《走筆謝孟諫議寄新茶》詩：「七碗吃不得也，唯覺兩腋習習清風生。」

〔一四〕紗厨：紗帳。宋李清照《醉花陰》（薄霧濃雲愁永晝）詞：「玉枕紗厨，半夜涼初透。」湘簟：用湘竹編成的席子。宋晁端礼《浣溪沙》詞：「湘簟紗厨午睡醒。起來庭院雨初晴。」

〔一五〕沉李：天熱時把瓜果用冷水浸泡後食用。魏曹丕《與吴質書》：「浮甘瓜於清泉，沉朱李於寒水。」後世用「浮瓜沉李」代指消夏樂事。

〔一六〕「尚餘」句：宋蘇軾《阮郎歸》（绿槐高柳咽新蟬）：「玉人纖手掬清泉。瓊珠碎又圓。」

〔一七〕「樓頭」句：宋蘇軾《六月二十日夜渡海》詩：「雲散月明誰點綴，天容海色本澄清。」

〔一八〕「遠水」句：唐杜甫《野望》詩：「遠水兼天净，孤城隱霧深。」

【集評】

「江上」句：雨後幽境。（《名媛詩歸》卷十九）

「傍池」句：寫景真。（同上）

喜雨詩若出女子口中，不過衣袂生涼、紗厨湘簟等語，盡之矣。却寫出農夫喜雨一段實情，歸頌聖德上。局理高渾，非他可及也。（同上）

「四海」二句：欠生動。（《古今女史·詩集》卷三）

「炎熱」八句：竟做到閨閣上去，好生發。（同上）

夏夜①

花底杯傾演漾金〔一〕，古詞：花底傾杯，花影嬌隨人醉。月邊風細竹陰陰〔二〕。古《水調歌頭》：竹邊風細，月色淡陰陰②。故人清遠更真絶，消盡煩襟爽氣深〔三〕。韓文詩：清泉潔塵襟。

【校】

①又見於《宋元詩·斷腸詩集》卷四、《名媛彙詩》卷十、《名媛詩歸》卷二十。

②「色」，黄跋本、徐藏本缺字，作墨釘。

【注】

〔一〕演漾：水波蕩漾。宋賀鑄《減字浣溪沙》詞：「秋水斜陽演漾金。遠山隱隱隔平林。」

〔二〕陰陰：幽暗貌。唐白居易《和微之詩二十三首·和順之琴者》詩：「陰陰花院月，耿耿蘭房燭。」

〔三〕煩襟：煩悶的心懷。唐韓愈《縣齋讀書》詩：「哀狖醒俗耳，清泉潔塵襟。」

【集評】

「月邊」句：景地自佳。（《名媛詩歸》卷二十）

新荷①

平波浮動洛妃鈿②〔一〕，曹子建《神女賦》：洛浦二妃。翠色嬌圓小更鮮③〔二〕。杜詩：圓荷浮小葉。蕩漾湖光三十頃，未知葉底是誰蓮〔三〕。

【校】

①又見於《分門纂類唐宋時賢千家詩選》卷九、《詩淵》一二〇二頁、《宋元詩·斷腸詩集》卷四、《名媛彙詩》卷十、《名媛詩歸》卷二十。

②「波」，《名媛詩歸》作「陂」。「鈿」，黄跋本、徐藏本作「細」，丁刊本作「船」。

③「嬌圓」，《千家詩選》作「團團」。

【注】

〔一〕洛妃：傳説中的洛水女神宓妃。魏曹植《洛神賦》：「黄初三年，余朝京師，還濟洛川。古人有言，斯水之神，名曰宓妃。……或采明珠，或拾翠羽。從南湘之二妃，攜漢濱之游女。」唐宋之問《秋蓮賦》：「既如秦女豔日兮鳳鳴，又似洛妃拾翠兮鴻鶩。」鈿：用金銀玉貝等材料製成的花形首飾。宋王詵《蝶戀花》（小雨初晴回晚照）詞：「楊柳垂垂風裊裊。嫩荷無數青鈿小。」

〔二〕「翠色」句：唐杜甫《爲農》詩：「圓荷浮小葉，細麥落輕花。」

〔三〕蓮：諧音「憐」，南朝樂府民歌用以代指愛人。南朝無名氏《西洲曲》：「採蓮南塘秋，蓮花過人頭。低頭弄蓮子，蓮子青如水。置蓮懷袖中，蓮心徹底紅。憶郎郎不至，仰首望飛鴻。」宋張先《繫裙腰》（惜霜蟾照夜雲天）詞：「東池始有荷新緑，尚小如錢。問何日藕、幾時蓮。」

【集評】

頗似采蓮歌，以其氣易近也。（《名媛詩歸》卷二十）

青蓮花①〔一〕

净土移根體性殊〔二〕，晉惠法師居廬山，寺有白蓮池②，與陶潛十八人同修净土③，號白蓮社。笑他紅白費工夫〔三〕。東坡詩：紅白蓮花相間開。幽姿羞損嬋娟女〔四〕，異色孤芳瀲灩湖〔五〕。顧影有情欺水荇〔六〕，杜《曲江對雨》詩：水荇牽風翠帶長。向人無語鄙風蒲〔七〕。《選》詩：風蒲亂曲渚。一枝摇動清香遠④，幾許詩牋與畫圖〔八〕。杜詩：先披古畫圖。

【校】

①又見於《分門纂類唐宋時賢千家詩選》卷九（録前四句）、《詩淵》二四三七頁、《宋元詩・斷腸詩

集》卷三、《名媛彙詩》卷十五、《名媛詩歸》卷十九、《古今女史·詩集》卷八。
②「池」，陳藏本作「此」，黄跋本、徐藏本作「也」，今據藝芸本、鐵琴本、丁刊本改。
③「陶」，陳藏本、黄跋本、徐藏本作「淘」，今據藝芸本、鐵琴本、丁刊本改。「土」，陳藏本作「王」，黄跋本、徐藏本作「亡」，今據藝芸本、鐵琴本、丁刊本改。
④「摇」，《名媛彙詩》《名媛詩歸》《古今女史》作「遥」。

【注】

〔一〕青蓮花：梵語音譯爲優鉢羅，多産於天竺，瓣長而廣，以其清净香潔，常用以指稱佛門事物。唐李白《陪族叔當塗宰遊化城寺升公清風亭》詩：「了見水中月，青蓮出塵埃。」

〔二〕净土：佛經中指阿彌陀佛所住的清净世界，遠離塵世煩惱和污染。相傳東晉高僧慧遠在廬山東林寺建立蓮社，提倡往生净土。《古今事文類聚·後集》卷三十二：「晉遠法師居廬山東林寺，有白蓮花。與陶潛十八人同修净土，號白蓮社。」

〔三〕紅白：紅色、白色，借指色彩鮮明美麗的花。宋黄庭堅《行邁雜篇六首》其二：「白白紅紅相間開，三三五五踏青來。」

〔四〕嬋娟：參見《前集》卷三《荼蘼》詩注〔六〕。唐李白《寄遠十二首》其十二：「愛君芙蓉嬋娟之艷色，色可餐兮難再得。」

〔五〕瀲灩：水波蕩漾貌。宋蘇軾《飲湖上初晴後雨二首》其二：「水光瀲灩晴方好，山色空濛雨亦奇。」

〔六〕水荇：多年生水草，莖細長，葉對生，漂浮於水面。唐杜甫《曲江對雨》詩：「林花著雨燕脂落，水荇牽風翠帶長。」

〔七〕風蒲：隨風零亂的蒲草。宋蘇軾《乘舟過賈收水閣收不在見其子三首》其二：「娟娟風蒲亂，猗猗水荇長。」孫倬注云：「《選》詩：『風蒲亂曲渚。』」見《東坡詩集注》卷十七。

〔八〕「幾許」句：唐杜甫《大曆三年春白帝城放船出瞿塘峽久居夔府將適江陵，漂泊有詩，凡四十韻》：「喜近天皇寺，先披古畫圖。」

【集評】

「向人」句：二語皆有思理，此句更深於上句。（《名媛詩歸》卷十九）

水梔子①〔一〕

一痕春寄小峰巒②，薝蔔香清水影寒③〔二〕。《酉陽雜俎》：梔子花六出，即西域薝蔔花也。

玉質自然無暑意④〔三〕，古《梔子》詩：先開白玉花。更宜移就月中看〔四〕。裴隣詩⑤：無人起就月中看。

【校】

① 又見於《全芳備祖·前集》卷二十二、《詩淵》二三一七頁、《宋元詩·斷腸詩集》卷四、《名媛彙詩》卷十、《名媛詩歸》卷二十。

② 「一痕春」，《全芳備祖》作「一根曾」。

③ 「薝蔔香」，藝芸本、鐵琴本、《名媛詩歸》作「簷蔔香」。

④ 「意」，丁刊本作「氣」。

⑤ 「隣」，徐藏本、黄跋本、鐵琴本作「林」，丁刊本作「休」。

【注】

〔一〕水梔子：茜草科梔子屬植物，喜温暖濕潤，花冠白色，通常六裂，花香濃鬱，可作盆栽。宋陸游《二友》詩：「清芬六出水梔子，堅瘦九節石菖蒲。」

〔二〕薝蔔：源自梵語，古人以爲即梔子。《全芳備祖·前集》卷二十二引《佛書》：「如人入薝蔔林中，聞薝蔔香，不聞他香。」《酉陽雜俎》卷十八：「諸花少六出者，唯梔子花六出。……其花香甚，相傳即西域薝蔔花也。」

〔三〕玉質：梔子花色潔白如玉。唐劉禹錫《和令狐相公詠梔子花》詩：「色疑瓊樹倚，香似玉京來。」宋蔣堂《梔子花》詩：「未結黄金子，先開白玉花。」

〔四〕「更宜」句：唐盧綸《裴給事宅白牡丹》詩：「別有玉盤承露冷，無人起就月中看。」見《文苑英華》卷三百二十一。此詩又見《萬首唐人絶句》卷六十九作「開元名公」詩，《能改齋漫録》卷七作裴潾《題青龍寺白牡丹》詩。

【集評】

如「一痕春寄」，不得不取之。筆甚粗率，尚能著此四字，非不能工也，只不欲用思耳。（《名媛詩歸》卷二十）

羞燕①

停針無語淚盈眸〔一〕，古《長相思》詞：繡停針。淚盈盈。斷腸梁燕語聲頻。不但傷春夏亦愁〔二〕。杜詩：傷春怯杜鵑②。花外飛來雙燕子〔三〕，古《聲聲慢》詞：雙雙舊家燕子，又飛來、清明池閣。一番飛過一番羞〔四〕。東坡詩：一番葉老一番新。

【校】

①又見於《詩淵》二八一九頁。

②「杜詩」，陳藏本闕，今據黄跋本、徐藏本、藝芸本、丁刊本補。「怯」，丁刊本作「怪」。

【注】

〔一〕「停針」句：唐朱絳《春女怨》詩：「欲知無限傷春意，盡在停針不語時。」宋周行己《春閨怨三首》其二：「停針忽憶當年事，羞見梁間燕子飛。」

〔二〕「不但」句：唐杜甫《秋日夔府詠懷奉寄鄭監審李賓客之芳一百韻》詩：「他日辭神女，傷春怯杜鵑。」

〔三〕「花外」句：唐齊己《新燕》詩：「燕燕知何事，年年應候來。……花外銜泥去，空中接食回。」

〔四〕「一番」句：宋蘇軾《戲贈》詩：「惆悵沙河十里春，一番花老一番新。」

前集卷五

秋景

早秋

一痕雨過濕秋光〔一〕，紈扇初抛自有凉〔二〕。霧影乍隨山影薄，蛩聲偏接漏聲長〔三〕。古《快活年》詞：蛩吟聲不住。又，《小重山》詞：夢魂斷，愁聽漏聲長。周興嗣次韻：紈扇圓潔。

【注】

〔一〕「一痕」句：南唐馮延巳《南鄉子》詞：「細雨濕流光。芳草年年與恨長。」

〔二〕紈扇：細絹製成的團扇。漢班婕妤《怨歌行》：「新裂齊紈素，鮮絜如霜雪。裁成合歡扇，團團似明月。出入君懷袖，動摇微風發。常恐秋節至，凉飆奪炎熱。棄捐篋笥中，恩情中道絶。」梁周興嗣《千字文》：「紈扇圓潔，銀燭煒煌。」

〔三〕蛩聲：蟋蟀的鳴聲。宋王之道《長相思》（風淒淒）詞：「蛩聲悲。漏聲遲。一點青燈明更微。」漏聲：銅壺滴漏之聲。五代薛昭藴《小重山》（秋到長門秋草黄）詞：「至今猶惹御爐香。魂夢斷，愁聽漏更長。」

秋日登樓①

梧影蕭疏套晚晴②，古《金落索》詞：風撼梧桐影碎。淒涼天氣。殘蟬淒楚不堪聽〔一〕。古《品令》詞：殘蟬噪晚。樓高望極秋山去〔二〕，杜詩：清秋望不極。又，古《踏莎行》詞云：樓高莫近闌干倚，平蕪盡處是秋山。溢眼重重疊疊青③〔三〕。古《卜算子》詞：柳外重重疊疊山，遮不斷、愁來路。

【校】

①又見於《詩淵》三五四三頁。

②「套」，丁刊本作「弄」。

③「溢」，丁刊本作「滿」。

【注】

〔一〕殘蟬：秋天的蟬。宋柳永《竹馬子》（登孤壘荒涼）詞：「漸覺一葉驚秋，殘蟬噪晚，素商時序。」

〔二〕「樓高」句：唐杜甫《野望》詩：「清秋望不極，迢遞起曾陰。」宋歐陽修《踏莎行》（候館梅殘）詞：「寸寸柔腸，盈盈粉淚。樓高莫近危闌倚。平蕪盡處是春山，行人更在春山外。」

〔三〕「溢眼」句：宋徐俯《卜算子》（天生百種愁）詞：「柳外重重疊疊山，遮不斷、愁來路。」

秋日雜書二首①

雨過涼生枕簟秋〔一〕，《點絳唇》詞：枕簟冰清，漸覺秋涼也。樓頭新月挂銀鈎〔二〕。《烏夜啼》詞：無言獨上西樓。月如鈎。且無揮扇勞纖手〔三〕，只好燒香伴酒甌②〔四〕。

【校】

①「日」，黄跋本、徐藏本作「二」，丁刊本作「夜」。

②「只好燒香」，丁刊本作「恰好添香」。

【注】

〔一〕枕簟：枕席，代指夏日卧具。南唐馮延巳《鵲踏枝》詞：「蕭索清秋珠淚墜。枕簟微涼，展轉渾無寐。」

〔二〕銀鈎：銀質的鈎，比喻彎月。南唐李煜《烏夜啼》詞：「無言獨上西樓。月如鈎。」

〔三〕纖手：女子柔細的手。漢昭帝《淋池歌》：「秋素景兮泛洪波，揮纖手兮折芰荷。」

〔四〕酒甌：杯、碗之類的酒具。

窗外蛩吟解説秋①〔一〕，古《洞仙歌》詞：窗外蛩吟雨聲細。迢迢清夜憶前遊②〔二〕。《香匳集·雜明詩》：迢恩義吹分。月華飛過西樓上〔三〕，添起離人一段愁〔四〕。古《恩鳳凰上樓吹簫》詞③：又添一段新愁。

【校】

①「吟」，陳藏本、黄跋本、徐藏本作「吟」，今據藝芸本、鐵琴本、丁刊本改。

②「憶」，丁刊本作「惜」。

③「恩」，丁刊本作「思」。

【注】

〔一〕蛩吟：蟋蟀鳴叫。唐錢起《離居夜雨奉寄李京兆》詩：「永夜不可度，蛩吟秋雨滴。」

〔二〕「迢迢」句：宋秦觀《阮郎歸》（湘天風雨破寒初）詞：「麗譙吹罷小單于。迢迢清夜徂。」《香奩集·雜詩》：「迢迢恩義欠分明。」

〔三〕「月華」句：唐白居易《城上對月期友人不至》：「古人惜晝短，勸令秉燭遊。況此迢迢夜，明月滿西樓。」

〔四〕「添起」句：宋李清照《鳳凰臺上憶吹簫》（香冷金猊）詞：「惟有樓前流水，應念我、終日凝眸。凝眸處，從今又添，一段新愁。」

秋夜二首①

夜久無眠秋氣清〔一〕，杜詩：夜深露氣清。燭花頻剪欲三更②〔二〕。鋪床涼滿梧桐月③，月在梧桐缺處明〔三〕。東坡長短句：缺月挂疏桐。

【校】

①又見於《分門纂類唐宋時賢千家詩選》卷六、《彤管新編》卷八、《名媛彙詩》卷十、《名媛詩歸》卷二十、《古今女史・詩集》卷五，均選録第一首。

②「花」，丁刊本作「光」。

③「鋪床」，鐵琴本作「羅衣」。

【注】

〔一〕「夜久」句：唐杜甫《翫月呈漢中王》詩：「夜深露气清，江月滿江城。」

〔二〕燭花：燭芯燒焦形成的花狀物。宋陳造《次韻張守勸農》詩：「遥想一尊同客夜，燭花未剪已詩成。」

〔三〕「月在」句：宋蘇軾《卜算子》詞：「缺月挂疏桐，漏斷人初靜。」

【集評】

「月在」句：又一轉，淺而閒。（《名媛詩歸》卷二十）

桐月詠秋，久屬常徑。「缺處明」三字，他人不能道。（《古今女史·詩集》卷五）

涼天如水夜澄鮮①〔一〕，古《御街行》詞：雲淡碧天如水。又，《醉蓬萊》詞：夜已澄鮮。桂子風清懶去眠〔二〕。《選》沈休詩②：秋風生桂枝。
多謝嫦娥知我意，中秋未到月先圓〔三〕。

【校】

①「夜澄鮮」，陳藏本、黃跋本、徐藏本、藝芸本、鐵琴本「澄」作「汀」，係「澄」字俗體，今據丁刊本改。「夜已澄鮮」，陳藏本、黃跋本、徐藏本、藝芸本「澄」作「江」，爲「汀」字之訛，今據丁刊本改。

②「休」，陳藏本、黃跋本、徐藏本、藝芸本、鐵琴本作「体」，今據丁刊本改。

【注】

〔一〕涼天如水：宋無名氏《御街行》詞：「霜風漸緊寒侵被。……雲淡碧天如水。」澄鮮：清新。南朝宋謝靈運《登江中孤嶼》詩：「雲日相輝映，空水共澄鮮。」宋柳永《醉蓬萊》（漸亭皋葉下）詞：「玉宇無塵，金莖有露，碧天如水。……夜色澄鮮，漏聲迢遞。」

〔二〕桂子：桂花。《文選》卷二十二沈休文（沈約）《鍾山詩應西陽王教》詩：「春光發隴首，秋風生桂枝。」

〔三〕「中秋」句：宋趙處澹《八月十四夜》詩：「明朝秋欲半，今夜月先圓。」

秋夜聞雨三首①

似箭撩風穿帳幕②〔一〕，如傾涼雨咽更籌〔二〕。古《戛金釵》詞：怎數向、更籌記③。冷懷敧枕人無寐〔三〕，古詞：敧枕無眠又無寐。鐵石肝腸也淚流〔四〕。唐皮日休作《桃花賦》云：鐵腸与石心。又，《巫山雲雨散》詞：便直饒、鐵作心腸，也須是淚滴④。

【校】

①「三」，丁刊本作「二」。

②「撩」，鐵琴本作「狂」。

③「數」，陳藏本、藝芸本作「歌」，今據黃跋本、徐藏本、丁刊本改。「記」，丁刊本作「計」。

④「滴」，陳藏本、黃跋本、徐藏本、藝芸本作「適」，今據丁刊本改。

【注】

〔一〕似箭撩風：穿隙而來似箭般直射的風。唐元稹《景申秋八首》其四：「瓶瀉高簷雨，窗來激箭風。」

〔二〕更籌：古代夜間報更用的計時竹簽。宋歐陽澈《小重山》（紅葉傷心月午樓）詞：「無眠久，通夕數更籌。」

〔三〕欹枕：參見本書《前集》卷三《聞子規有感》詩注〔五〕。

〔四〕鐵石肝腸：肝腸如鐵石作成，比喻性格堅毅、不易動感情。唐皮日休《桃花賦序》：「余常慕宋廣平之爲相，貞姿勁質，剛態毅狀，疑其鐵腸與石心，不解吐婉媚辭。」

竹窗瀟索鎮如秋①〔一〕，唐李太白詩：窗作夜鳴秋。雨滴簷花夜不休〔二〕。杜《醉時歌》：燈前細雨簷花落。獨宿廣寒多少恨〔三〕，《龍城録》：八月望日②，明皇遊月宮，見天府榜曰「清虚廣寒之宫」③，少見素娥十餘人，皆皓衣。又，白樂天《長恨歌》：也勝嫦娥不嫁人，夜夜孤眠廣寒殿。一時分付我心頭〔四〕。古《卜算子》：欲把愁分付。又，古詞：算一一、都在我心頭。

【校】

①「瀟」，鐵琴本作「蔽」，丁刊本作「蕭」。

②「望」，黃跋本、徐藏本作「筆」。

③「天」，黃跋本、徐藏本、藝芸本作「大」，丁刊本作「太」。

【注】

〔一〕「竹窗」句：唐李白《謝公亭》詩：「池花春映日，窗竹夜鳴秋。」

〔二〕簷花：靠近屋簷的花。唐杜甫《醉時歌》：「清夜沉沉動春酌，燈前細雨簷花落。」

〔三〕廣寒：即廣寒宮，月中的仙宮。《龍城録》：「開元六年，上皇與申天師、道士鴻都客八月望日夜因天師作術，三人同在雲上，遊月中。……頃見一大宮府，榜曰『廣寒清虚之府』。」宋張耒《七夕歌》：「猶勝姮娥不嫁人，夜夜孤眠廣寒殿。」

〔四〕分付：參見本書《前集》卷二《暮春三首》其三詩注〔二〕。

似箋身材無事瘦〔一〕，古《滿庭芳》詞：似箋身材，纖腰一捻，新來消瘦如削①。如絲腸肚怎禁愁〔二〕。古詞：一寸柔腸，如絲千結②，不奈愁如鐵。鳴窗更聽芭蕉雨③〔三〕，《詩話》載：蔣鈞覽許昱詩，答云：芭蕉葉上無愁雨，自是多情取斷腸。一葉中藏萬斛愁〔四〕。《群玉雜俎》：庾信作《愁賦》：直將一心，能盡萬斛愁④。

【校】

①「消瘦」，陳藏本作「消度」，今據黃跋本、徐藏本、藝芸本、鐵琴本、丁刊本改。

②「二」「千」，陳藏本分別作「十」「十」，今據黄跋本、徐藏本、藝芸本、鐵琴本、丁刊本改。
③「更」，丁刊本作「夜」。
④「庾」，陳藏本作「瘦」，黄跋本、徐藏本、藝芸本作「庱」，今據丁刊本改。「萬」，陳藏本作「方」，今據黄跋本、徐藏本、藝芸本、丁刊本改。

【注】

〔一〕箋：劈成條狀的竹片或竹皮。
〔二〕「如絲」句：唐白居易《楊柳枝詞八首》其八：「人言柳葉似愁眉，更有愁腸似柳絲。柳絲挽斷腸牽斷，彼此應無續得期。」
〔三〕芭蕉雨：芭蕉葉長而寬大，雨滴落在葉上聲音響亮。宋李清照《添字醜奴兒》詞：「窗前誰種芭蕉樹。……傷心枕上三更雨，點滴霖霪。點滴霖霪。愁損北人，不慣起來聽。」《詩話總龜》卷十四引《雅言系述》：「蔣鈞，字不器。……戎昱詩有：『一夜不眠孤客耳，主人門外有芭蕉。』鈞代答云：『芭蕉葉上無愁雨，自是多情聽斷腸。』」
〔四〕萬斛愁：極言憂愁之多。古代以十斗爲一斛。《韻府群玉》卷八引庾信《愁賦》：「且將一寸心，容此萬斛愁。」

秋夜有感

哭損雙眸斷盡腸〔一〕，古《秋蕊香》詞：眼也生應哭破。怕黃昏後到昏黃。古《長相思》詞：好思量①。轉恓惶。啀到黃昏愈斷腸②。更堪細雨新秋夜〔二〕，杜詩：驟雨清秋夜。一點殘燈伴夜長〔三〕。坡詩：孤燈冷豔自明滅③，獨坐無人伴夜長④。

【校】

①「好」，丁刊本作「每」。

②「啀」，陳藏本、鐵琴本作「淚」，丁刊本作「捱」，今據黃跋本、徐藏本、藝芸本改。

③「豔」，黃跋本、徐藏本、藝芸本作「絶」，丁刊本作「焰」。

④「無人伴夜長」，黃跋本、徐藏本缺「長」字。

【注】

〔一〕「哭損」句：宋黃庭堅《江城子》（畫堂高會酒闌珊）词：「省愁煩。淚休彈。哭損眼兒，不似舊時單。」

〔二〕「更堪」句：唐杜甫《江邊星月二首》其一：「驟雨清秋夜，金波耿玉繩。」唐韋應物《雨夜宿清都觀》詩：「靈飆動閶闔，微雨灑瑶林。復此新秋夜，高閣正沉沉。」

〔三〕「一點」句：唐白居易《秋房夜》詩：「水窗席冷未能卧，挑盡殘燈秋夜長。」

中夜

馮夷捧出一輪月〔一〕，《後》馬融頌：馮夷策句芒。河伯吹開萬里雲〔二〕。《莊·秋水》篇：兩涘渚涯之間不辨牛馬①，河伯必然。寥廓無塵河漢遠〔三〕，杜詩：河漢近人流。水光天影接清芬〔四〕。古詩：山光接水光。

【校】

①「辨」，陳藏本、黄跋本、徐藏本、藝芸本、鐵琴本均作「卞」，係「辨」字俗體，今徑改。

【注】

〔一〕馮夷：傳説中的黄河之神，即河伯。此處泛指水神。《後漢書》卷六十《馬融列傳》引《廣成頌》：「撫馮夷，策句芒。超荒忽，出重陽。厲雲漢，横天潢。」宋王禹偁《詠白蓮》詩：「昨夜三更後，姮娥墮玉簪。馮夷不敢受，捧出碧波心。」

〔二〕「河伯」句：《莊子·秋水》：「秋水時至，百川灌河，涇流之大，兩涘渚崖之間不辨牛馬。於是焉河伯欣然自喜，以天下之美爲盡在己。」

〔三〕河漢：銀河。東漢無名氏《古詩十九首·迢迢牽牛星》：「河漢清且淺，相去復幾許。」唐杜甫《十六夜翫月》詩：「關山隨地闊，河漢近人流。」

〔四〕水光：水面映現出的光色。宋邵雍《秋望吟》：「草色連雲色，山光接水光。」清芬：此處指桂花的清香。宋史浩《再次韻胡中方賞丹桂之什》詩：「惟聞丹桂藏青蒨，清芬正滿姮娥殿。」

月夜①

燈花鵲喜兩無憑〔一〕，杜詩：燈花何太喜。又，《天寶遺事》：人間鵲聲皆爲喜兆②，曰靈鵲報喜。那更清宵夢不成〔二〕。古《卜算子》詞云：雲雨陽臺夢不成。月上樓頭天似洗〔三〕，《御街行》詞③：雲淡碧天如洗。愁人別是一般情〔四〕。古《烏夜啼》詞：別是一般滋味在心頭。

【校】

①又見於《彤管新編》卷八、《名媛彙詩》卷十、《名媛詩歸》卷二十、《古今女史·詩集》卷五。

②「間」，丁刊本作「聞」。「兆」，陳藏本作「非」，今據黄跋本、徐藏本、藝芸本、鐵琴本、丁刊本改。

③「街」，黄跋本、徐藏本、鐵琴本作「御」。

【注】

〔一〕燈花：燭芯燒焦形成的花狀物，古人視爲吉兆。《西京雜記》載：「燈花得錢財，乾鵲噪而行人至，蜘蛛集而百事喜。」本書《前集》卷八《燈花》詩自注：「俗謂燈有財花，有客花。」唐杜甫《獨酌成詩》：「燈花何太喜，酒緑正相親。」　鵲喜：《開元天寶遺事》卷下：「時人之家聞鵲聲，皆爲喜兆，故謂『靈鵲報喜』。」唐杜甫《西山三首》其三：「今朝烏鵲喜，欲報凱歌歸。」

〔二〕清宵：清静的夜晚。

〔三〕「月上」句：宋万俟詠《憶秦娥》詞：「天如洗。金波冷浸冰壺裏。」宋無名氏《御街行》詞：「霜風漸緊寒侵被。……雲淡碧天如水。」

〔四〕「愁人」句：南唐李煜《烏夜啼》詞：「無言獨上西樓。……剪不斷。理還亂。是離愁。别是一番滋味在心頭。」

【集評】

「天似洗」，曠然眼界。（《名媛詩歸》卷二十）

「愁人」句：此句翻淺露。（同上）

「月上」二句：果然清沁詩脾。（《古今女史・詩集》卷五）

長宵①

月轉西窗斗帳深〔一〕，坡詩：夜深眠斗帳。燈昏香燼擁寒衾〔二〕。古《四比洞仙歌》詞：銀釭挑盡，紗窗未曉，獨擁寒衾一半。魂飛何處臨風笛〔三〕，古詞：魄散魂飛。《選》詩：何處臨風笛，偏送斷腸聲。腸斷誰家擣夜砧〔四〕。花蕊夫人詩：不喜寒砧擣斷腸。

【校】

① 又見於《彤管新編》卷八、《名媛彙詩》卷十、《名媛詩歸》卷二十、《古今女史·詩集》卷五。

【注】

〔一〕斗帳：形如覆斗的小帳。漢無名氏《古詩爲焦仲卿妻作》：「紅羅複斗帳，四角垂香囊。」宋李之儀《西江月》詞：「醉透香濃斗帳，燈深月淺回廊。當時背面兩伥伥。何況臨風懷想。」

〔二〕寒衾：冰冷的被子。宋李重元《憶王孫》詞：「彤雲風掃雪初晴。天外孤鴻三兩聲。獨擁寒衾不忍聽。」

〔三〕「魂飛」句：宋柳永《傾杯》（鶩落霜洲）詞：「何人月下臨風處，起一聲羌笛。」宋晏幾道《六么令》（雪殘風信）詞：「莫道傷高恨遠，付與臨風笛。」

〔四〕腸斷：形容極度思念或悲傷。　擣夜砧：古代織物質地較爲堅挺，須在石砧上反復舂擣使之柔軟。秋天女子製作冬裝，夜晚搗衣，砧聲不斷。唐韓偓《聯綴體》詩：「隴頭針綫年年事，不喜寒砧搗斷腸。」

【集評】

此皆沿襲語，下筆仍是颯然。（《名媛詩歸》卷二十）

對景謾成

半窗殘照一簾風，古《綺羅香》詞：酒醒後、一枕清風，夢斷處、半窗殘月。小小池亭竹徑通〔一〕。古《鷓鴣天》詞：小小池亭自有涼①。又，唐常建詩：竹徑通幽處。楓葉醉紅秋色裏〔二〕，《選·雜詩》：曉霜楓葉丹。兩三行雁夕陽中〔三〕。杜詩：旅雁兩三行。又，古《鷓鴣天》詞：落花疑恨夕陽中②。

【校】

①「小小池亭自有涼」，陳藏本「池」作「地」，今據黄跋本、徐藏本、藝芸本、鐵琴本、丁刊本改。

②「疑恨」，鐵琴本作「凝限」，丁刊本作「凝恨」。

【注】

〔一〕「小小」句：唐常建《題破山寺後禪院》詩：「竹徑通幽處，禪房花木深。」

〔二〕「楓葉」句：《文選》卷二十二引南朝宋謝靈運《晚出西射堂》詩：「曉霜楓葉丹，夕曛嵐氣陰。」

〔三〕「兩三」句：宋邵雍《秋望吟》：「危樓一百尺，旅雁兩三行。」

七夕①

拜月亭前梧葉稀②〔一〕，東坡詩：拜月無人見臉妝。穿針樓上覺秋遲③〔二〕。《荆楚歲時記》：七夕，婦人以彩絲穿針乞巧。天孫正好貪歡笑④〔三〕，《前・天文志》：織女，天女孫也。那得工夫賜巧絲⑤〔四〕。古《鵲橋仙》詞：我嗏今夜兩情忙⑥，更有甚、工夫送巧⑦。

【校】

①又見於《分門纂類唐宋時賢千家詩選》卷四、《彤管新編》卷八、《宋元詩・斷腸詩集》卷四、《名媛彙詩》卷十（第八葉、十六葉兩處載録，文字有異）、《名媛詩歸》卷二十。

②「拜月亭前」，《宋元詩》《名媛彙詩》（卷十第十六葉）作「金井西風」。「葉」，《千家詩選》作「影」。

③「覺秋遲」，《宋元詩》《名媛彙詩》（卷十第十六葉）作「月光微」。

④「正好貪歡笑」，《宋元詩》作「也赴今宵約」，《名媛彙詩》（卷十第十六葉）作「也赴今宵約」。

⑤「那得工夫賜巧絲」,《宋元詩》作「不賜人間巧樣璣」,《名媛彙詩》(卷十第十六葉)作「不賜人間巧樣機」。

⑥「嗏」,鐵琴本缺字,丁刊本作「笑」。　「兩」,陳藏本、藝芸本缺字,鐵琴本作「西」,今據黄跋本、徐藏本、丁刊本改。

⑦「更」,陳藏本、藝芸本作「便」,今據黄跋本、徐藏本、鐵琴本、丁刊本改。　「甚」,陳藏本、藝芸本、黄跋本、徐藏本作「湛」,今據鐵琴本、丁刊本改。

【注】

〔一〕拜月:古代民俗,女子向新月祝禱,祈請實現願望。唐常浩《贈盧夫人》詩:「佳人惜顔色,恐逐芳菲歇。日暮出畫堂,下階拜新月。拜月如有詞,傍人那得知。歸來投玉枕,始覺淚痕垂。」宋蘇軾《望海樓晚景五絶》其四:「臨風有客吟秋扇,拜月無人見晚妝。」

〔二〕穿針:古代民俗,農曆七月七日夜,女子穿七孔針,向織女星乞求智巧。《荆楚歲時記》:「七夕,婦人結彩縷穿七孔針。……陳瓜果於庭中,以乞巧。」

〔三〕天孫:天之女孫,指織女,相傳巧於織造,與牽牛爲夫婦,分處銀河兩側,每歲七月七日之夜,方得一會。《史記·天官書》:「織女,天女孫也。」唐鮑溶《霓裳羽衣歌》:「人言天孫機上親手迹,有時怨别無所惜。」

〔四〕「那得」句:唐羅隱《七夕》詩:「時人不用穿針待,没得心情送巧來。」

【集評】

「穿針」句：樓上覺秋遠。（《名媛詩歸》卷二十）

「天孫」二句：嘲笑天孫，無理無倫，擬議悲怨，興情徒切。（同上）

中秋①

秋來長是病②，古詞：春來長是病厭厭。不易到中秋③。欲賞今宵月〔一〕，韓詩：一年月明今宵多。須登昨夜樓〔二〕。晉庾亮在武昌，與殷澹之待乘秋夜共登南樓④。露濃梧影淡，古《一叢花》詞：曉來寒露滴疏桐⑤。風細桂香浮〔三〕。仁廟《賜及第進士》詩：仙籍桂香浮。莫做尋常看〔四〕，古中秋《念奴嬌》詞：不比尋常三五夜。嫦娥亦解愁〔五〕。前注。

【校】

①又見於《分門纂類唐宋時賢千家詩選》卷四、《宋元詩·斷腸詩集》卷二、《名媛彙詩》卷十三、《名媛詩歸》卷十九、《古今女史·詩集》卷七。

②「秋來長是病」，《千家詩選》作「光陰如撚指」。

③「易到」，《千家詩選》作「覺是」。

④「待」，丁刊本作「等」。

⑤「寒」，陳藏本該字訛舛難辨，今據黄跋本、徐藏本、藝芸本、鐵琴本、丁刊本改。

【注】

〔一〕「欲賞」句：唐韓愈《八月十五夜贈張功曹》詩：「一年月明今宵多，人生由命非由他，有酒不飲奈明何。」

〔二〕「須登」句：《晉書》卷七十三《庾亮傳》：「亮在武昌，諸佐吏殷浩之徒乘秋夜往共登南樓。俄而不覺亮至，諸人將起避之。亮徐曰：『諸君少住，老子於此處興復不淺。』便據胡床與浩等談詠竟坐。」

〔三〕桂香：桂花的清香。宋仁宗趙禎《賜進士及第》詩：「恩袍草色動，仙籍桂香浮。」

〔四〕「莫做」句：唐釋栖白《八月十五夜翫月》詩：「尋常三五夜，不是不嬋娟。及至中秋滿，還勝別夜圓。」

〔五〕「嫦娥」句：見本卷《秋夜聞雨三首》其二注〔三〕廣寒。

【集評】

「不易到」，甚有惜意。（《名媛詩歸》卷十九）

「欲賞」「須登」，趁口字，可憎。（同上）

「淡」字着「影」字上，遠。（同上）

中秋值雨①

積葉冷翻階〔一〕，坡詩：疏疏梧葉冷翻階②。癡雲暗海涯〔二〕。坡詩：風掣癡雲斷。樓高勞望眼〔三〕，古詩：樓高望眼明。天暝隔吟懷③〔四〕。宛轉愁難遣〔五〕，古詞：愁厭厭。脈脈上心難消遣。團圓事未諧。古《吴音子》詞：早團圓，早早團圓。又，《聲聲慢》詞：心雖相許，事未曾諧。四簷飛急雨④〔六〕，杜《醉時歌》：燈前細雨簷花落。寂寂坐空齋〔七〕。

【校】

①又見於《宋元詩·斷腸詩集》卷二、《名媛彙詩》卷十三、《名媛詩歸》卷十九、《古今女史·詩集》卷七。

②「疏疏」，陳藏本作「速速」，今據黄跋本、徐藏本、藝芸本、丁刊本改。「梧」，丁刊本作「桐」。

③「暝」，《名媛彙詩》《名媛詩歸》《古今女史》作「瞑」。「隔」，《宋元詩》《名媛彙詩》《名媛詩歸》《古今女史》作「苦」。

④「急雨」，《宋元詩》《名媛彙詩》《名媛詩歸》《古今女史》作「雨急」。

【注】

〔一〕翻階：在階前紛亂飛舞。齊謝朓《直中書省》詩：「紅藥當階翻，蒼苔依砌上。」

〔二〕癡雲：停滯不動的雲。宋王道觀《偕黄冕仲雪中聯句》：「密霰俄傳信，癡雲預作媒。」

〔三〕「樓高」句：宋張綱《野望》詩：「日落寒雲薄，樓高望眼迷。」

〔四〕吟懷：作詩的情懷。

〔五〕宛轉：回旋曲折。遣：排遣，抒發。宋黄庭堅《送陳氏女弟至石塘河》詩：「漫言離別愁難遣，今日真成始欲愁。」

〔六〕「四簷」句：宋陳師道《菩薩蠻》詞：「銀潢清淺填烏鵲，晝簷急雨長河落。」唐杜甫《醉時歌》：「清夜沈沈動春酌，燈前細雨簷花落。」

〔七〕「寂寂」句：唐劉禹錫《秋齋獨坐寄樂天兼呈吴方之大夫》詩：「空齋寂寂不生塵，藥物方書繞病身。」

【集評】

「積葉」，新。（《名媛詩歸》卷十九）

「樓高」句：悵望極目，情思迷離。（同上）

「吟懷」，套語，可删。（同上）

獨坐①

捲簾待明月〔一〕，杜詩：開樽待明月。拂檻對西風〔二〕。夜氣涵秋色〔三〕，古詩：秋色光涵夜氣浮。瑤河浸碧空②〔四〕。草根鳴蟋蟀〔五〕，杜《蟋蟀》詩：草根吟不絕。天外叫冥鴻〔六〕。《詩・問明篇》：鴻飛冥冥。又，《符川集・多麗》詞③：幾聲天外歸鴻。幾許舊時事，今宵誰與同。

【校】

① 又見於《宋元詩・斷腸詩集》卷二、《名媛彙詩》卷十三、《名媛詩歸》卷十九、《古今女史・詩集》卷七。

② 「浸」，《宋元詩》《名媛彙詩》《名媛詩歸》作「度」，《古今女史》作「渡」。

③ 「川」，陳藏本、黄跋本、徐藏本、藝芸本作「用」，今據鐵琴本、丁刊本改。

【注】

〔一〕「捲簾」句：唐白居易《郡樓夜宴留客》詩：「捲簾待月出，把火看潮來。」

〔二〕拂檻：拂拭欄干。唐李白《清平調詞三首》其一：「雲想衣裳花想容，春風拂檻露華濃。」

〔三〕涵：浸潤，沉浸。宋胡宿《早雁》詩：「野水涵秋色，霜雲結夜寒。」

〔四〕瑶河：銀河的美稱。

〔五〕「草根」句：唐杜甫《促織》詩：「草根吟不穩，牀下夜相親。」

〔六〕冥鴻：高遠地飛翔的鴻雁。《揚子法言》卷五《問明篇》：「鴻飛冥冥，弋人何篡焉。」唐杜牧《寄宣州鄭諫議》詩：「文石陛前辭聖主，碧雲天外作冥鴻。」

【集評】

「草根」句：幽細。（《名媛詩歸》卷十九）

悶懷二首①

黄昏院落雨瀟瀟〔一〕，《毛詩》：風雨瀟瀟。獨對孤燈恨氣高〔二〕。坡詩：獨坐對孤燈。針綫懶拈腸自斷〔三〕，古《憶王孫》詞：針綫慵拈午夢長。梧桐葉葉剪風刀〔四〕。《滿庭芳》詞云：風剪梧桐。又，《選》詩云：落葉秋風利似刀。

【校】

①又見於《宋元詩·斷腸詩集》卷四、《名媛彙詩》卷十、《名媛詩歸》卷二十、《古今女史·詩集》卷五。詩題，《名媛詩歸》、《古今女史》作「悶懷」。

【注】

〔一〕瀟瀟：風雨急驟貌。《詩經·鄭風·風雨》：「風雨瀟瀟，雞鳴膠膠。」唐吴二娘《長相思》（深畫眉）詞：「巫山高，巫山低。暮雨瀟瀟郎不歸。」

〔二〕「獨對」句：唐白居易《初與元九别後忽夢見之……》詩：「獨對孤燈坐，陽城山館中。」

〔三〕「針綫」句：宋李重元《憶王孫》（風蒲獵獵小池塘）詞：「針綫慵拈午夢長。」

〔四〕「梧桐」句：《宣室志》卷六引商山三大夫《秋物聯句》：「秋月圓如鏡，秋風利似刀。」

【集評】

「梧桐」句：腸斷處全在此句寫出。（《名媛詩歸》卷二十）

秋雨沉沉滴夜長〔一〕，韓詩：夜雨滴空階①。夢難成處轉淒涼。東坡詩：夢難成處轉悽惶。芭蕉葉上梧桐裏〔二〕，《詩話》載：蔣鈞覽許昱詩，答云：芭蕉葉上無愁雨，自是多情取斷腸。又，白樂天《長恨歌》：秋雨梧桐葉落時。點點聲聲有斷腸。注見上。

【校】

①「韓」「滴」，陳藏本、黄跋本、徐藏本二字互乙，今據藝芸本、鐵琴本、丁刊本改。

【注】

〔一〕「秋雨」句：梁何遜《臨行與故遊夜别》詩：「夜雨滴空階，曉燈暗離室。」

〔二〕「芭蕉」句：參見本卷《秋夜聞雨三首》其三注。唐白居易《長恨歌》：「春風桃李花開夜，秋雨梧桐葉落時。」唐温庭筠《更漏子》（玉爐香）詞：「梧桐樹。三更雨。不道離情正苦。一葉葉。一聲聲。空階滴到明。」

【集評】

「秋雨」二句：秋思逼人，更兼夜雨，其淒涼處，不言可知。（《名媛詩歸》卷二十）着一「有」字，便生變。（《古今女史・詩集》卷五）

湖上閑望二首①

照水芙蓉入眼明〔一〕，敗荷枯葦鬧秋聲③〔二〕。疏雲不雨陰長定④〔三〕，喚起詩懷酒興清⑤〔四〕。

〔一〕古《金菊對芙蓉》詞②：映照水、幾簇芙蓉。

〔二〕古詞：同賞敗荷疏柳。

〔三〕杜詩：火雲天不雨。

〔四〕《選》詩：景入詩懷雅，花添酒興濃。

【校】

①又見於《宋元詩・斷腸詩集》卷四、《名媛彙詩》卷十、《名媛詩歸》卷二十、《古今女史・詩集》卷五，均僅選録第一首。

②「金」，陳藏本作「盆」，今據黃跋本、徐藏本、藝芸本、鐵琴本、丁刊本改。

③「鬧」，《宋元詩》《名媛彙詩》《名媛詩歸》《古今女史》作「動」。

④「疏雲不雨陰長定」，《宋元詩》《名媛彙詩》《名媛詩歸》《古今女史》作「秋雲淡淡山如畫」。

⑤「喚起詩懷」，《宋元詩》《名媛彙詩》《名媛詩歸》《古今女史》作「喚起書懷」。

【注】

〔一〕芙蓉：荷花的別名。唐温庭筠《蘭塘詞》：「小姑歸晚紅妝淺，鏡裏芙蓉照水鮮。」

〔二〕「敗荷」句：宋張耒《鵁鶄》詩：「敗荷枯葦一方池，溪上鵁鶄坐得知。」

〔三〕「疏雲」句：唐盧綸《送萬巨》詩：「霜葉無風自落，秋雲不雨空陰。」《雲齋廣録》卷三引無名氏詩：「六月火雲天不雨，請君來此憑欄杆。」

〔四〕酒興：飲酒的興致。唐白居易《詠懷》：「白髮滿頭歸得也，詩情酒興漸闌珊。」

【集評】

「敗荷」句：「動」字生感。（《名媛詩歸》卷二十）

「喚起」句：接句大敗。（同上）

薄雲疏日弄陰晴〔一〕，山秀湖平眼界清。《選》詩：十里湖平眼界寬。不必西風吹葉下〔二〕，愁人滿耳是秋聲〔三〕。陳簡齋詩：莫遣西風吹葉盡，却愁無處着秋聲。

【注】

〔一〕疏日：稀疏的日光。宋陳師道《和秦太虛湖上野步》詩：「曉風疏日乍相親，黯黯輕寒拂拂春。」弄：玩弄，此處指變幻陰晴。宋蘇舜欽《初晴遊滄浪亭》詩：「夜雨連明春水生，嬌雲濃暖弄陰晴。簾虛日薄花竹靜，時有乳鳩相對鳴。」宋辛棄疾《江神子》詞：「剩雲殘日弄陰晴。晚山明。小溪橫。枝上綿蠻，休作斷腸聲。」

〔二〕「不必」句：戰國屈原《九歌·湘君》：「嫋嫋兮秋風，洞庭波兮木葉下。」唐賈島《憶江上吳處士》詩：「秋風吹渭水，落葉滿長安。」

〔三〕「愁人」句：唐白居易《題李十一東亭》詩：「相思夕上松臺立，蛩思蟬聲滿耳秋。」宋陳與義《秋夜》詩：「莫遣西風吹葉盡，却愁無處著秋聲。」

中秋聞笛①

誰家橫笛弄輕清〔一〕，杜詩：橫笛未休吹。喚起離人枕上情。坡詞：喚起離情，慵推孤枕。自是斷腸聽不得，非干吹出斷腸聲〔二〕。阮晟聞笛曰：客中月夜聞此聲，使人腸斷。

【校】

①又見於《分門纂類唐宋時賢千家詩選》卷十八、《詩淵》一四五七頁、《彤管新編》卷八、《宋元詩·斷腸詩集》卷四、《名媛彙詩》卷十、《名媛詩歸》卷二十、《古今女史·詩集》卷五。詩題，《千家詩選》作「笛」。

【注】

〔一〕橫笛：笛子，專指七孔橫吹之笛，與古笛直吹者相對而言。唐杜甫《宴戎州楊使君東樓》詩：「樓高欲愁思，橫笛未休吹。」杜甫《吹笛》詩：「吹笛秋山風月清，誰家巧作斷腸聲。」唐李白《春夜洛城聞笛》詩：「誰家玉笛暗飛聲，散入春風滿洛城。」　輕清：輕柔而清越。宋丁謂《簫》詩：「輕清楊柳曲，和樂鳳凰音。」

〔二〕非干：不相關。　斷腸聲：《補注杜詩》卷三十《吹笛》詩注云：「阮晟聞笛曰：『客中月夜聞此聲韻，使人腸斷。』」

【集評】

「聽不得」，不必敘次詳明，而感事懷人，語音激宕，徘徊不已。（《名媛詩歸》卷二十）

「非干」句：耳聰目明舌亦辣。（《古今女史·詩集》卷五）

前集卷六

秋景

九日①

去年九日愁何限〔一〕，東坡《九日東樓》作②：去年重陽不可説。重上心來益斷腸。古《三天四見》詞：愁厭厭，脈脈上心來③，難消遣。秋色夕陽俱淡薄，坡詩：秋光淡薄夕陽中。淚痕離思共淒涼④。古《採蓮令》詞：重陽淚眼，又早是、苦離腸。征鴻有陣全無信⑤〔二〕，唐王勃《滕王閣記》：雁陣驚寒。又，《朝中措》云：征雁不來無信，教人空度重陽。黄菊無情却有香⑥。古《滿庭芳》詞：黄菊正飄香⑦。自覺近來清瘦了⑧，古《于飛樂》詞：近來清瘦，爲誰爲誰。懶將鸞鑑照容光⑨〔三〕。《異苑》：罽賓國王獲一鸞，垂鑑照之，乃悲鳴而舞。又，《意難忘》詞⑩：瘦減容光。

【校】

①又見於《宋元詩・斷腸詩集》卷三、《名媛彙詩》卷十五、《名媛詩歸》卷十九、《古今女史・詩集》卷八。

②「東」，丁刊本作「登」。

③「脉脉上心來」，黄跋本、徐藏本、藝芸本、鐵琴本、丁刊本「來」作「中」。

④「淚痕」「共」，《宋元詩》《名媛彙詩》《名媛詩歸》《古今女史》分别作「閨情」「總」。

⑤「陣」，《宋元詩》《名媛彙詩》《名媛詩歸》《古今女史》作「序」。

⑥「無情却」，《宋元詩》、《名媛彙詩》、《名媛詩歸》、《古今女史》、丁刊本作「多情更」。

⑦「正」，黄跋本、徐藏本作「王」，鐵琴本作「玉」。

⑧「近」，《宋元詩》《名媛彙詩》《名媛詩歸》《古今女史》作「年」。

⑨「鸞鑑」，《名媛彙詩》、《名媛詩歸》、《古今女史》、丁刊本作「鸞鏡」。

⑩「難」，陳藏本作「誰」，今據黄跋本、徐藏本、藝芸本、丁刊本改。

【注】

〔一〕九日：農曆九月九日重陽節。宋蘇軾《九日黄樓作》詩：「去年重陽不可説，南城夜半千漚發。」

〔二〕征鴻有陣：遷徙的雁群成列而飛，多指秋天南飛的雁群。唐王勃《滕王閣序》：「雁陣驚寒，聲斷衡陽之浦。」 信：古人相傳大雁能傳遞書信。《漢書》卷五十四《李廣蘇建傳》載：漢武帝遣蘇武攜張勝、常惠等人出使匈奴，匈奴徙蘇武於北海，常惠等各置他所。「昭帝即位。數年，匈奴與漢和親。漢求武等，匈奴詭言武死。後漢使復至匈奴，常惠請其守者與俱，得夜見漢使，具自陳道。教使者謂單于，言天子射上林中，得雁，足有係帛書，言武等在某澤中。使者大喜，如惠語以讓單于。單于視左右而驚，謝漢使曰：『武等實在。』」宋蘇軾《正月二十日與潘郭二生出郊尋春……》詩：「人似秋鴻来有信，事如春夢了無痕。」

〔三〕鸞鑑：即「鸞鏡」，此處指妝鏡。《山堂肆考》卷一八二引《異苑》：「罽賓國王獲一鸞，懸鏡以照之，鸞睹影，乃悲鳴而舞。」 容光：儀容風采。唐元稹《鶯鶯傳》：「自從消瘦減容光，萬轉千回懶下床。」宋周邦彦《意難忘》（衣染鶯黄）詞：「又恐伊、尋消問息，瘦減容光。」

【集評】

「有序」，黯黯依人，傷情處更在「全無信」上。（《名媛詩歸》卷十九）

對景忽入心事，趣處亦其憤處。（《古今女史・詩集》卷八）

寓懷二首①

淡月疏雲九月天②〔一〕，陳簡齋詩：疏雲淡月已三更。醉霜危葉墜江寒③〔二〕。唐白樂天詩：醉貌如霜葉，雖紅不是春。孤窗鎮日無聊賴④〔三〕，編緝詩詞改抹看〔四〕。

【校】

①又見於《宋元詩·斷腸詩集》卷四、《名媛彙詩》卷十、《名媛詩歸》卷二十（僅録第二首）。詩題，藝芸本作「寫懷二首」。

②「淡月疏雲」，《宋元詩》《名媛彙詩》作「疏雨悲風」。

③「醉霜危葉」，《宋元詩》《名媛彙詩》作「酣霜楓葉」。

④「孤」，《宋元詩》《名媛彙詩》作「小」。

【注】

〔一〕淡月疏雲：清淡的月光，稀疏的薄雲。宋吴則禮《李氏園詩》：「暗香又逐落英去，奈此疏雲淡月何？」

〔二〕「醉霜」句：唐白居易《醉中對紅葉》詩：「醉貌如霜葉，雖紅不是春。」

〔三〕鎮日：整天。無聊賴：此處指精神無所寄托。

〔四〕編緝：即「編輯」，此處指整理、加工已有的作品。改抹：塗改，修改。

菊有黄華籬檻邊〔一〕，《禮記·月令》：菊有黄華。怨鴻聲重下寒天①〔二〕。偏宜小閣幽窗下，獨自燒香獨自眠〔三〕。東坡詩：掃地燒香閉閤眠。

【校】

①「怨鴻聲重」，《宋元詩》《名媛彙詩》《名媛詩歸》作「哀鴻聲杳」。

【注】

〔一〕黃華：即「黃花」，此處指菊花。《禮記·月令》：「季秋之月……鞠有黃華。」宋李清照《醉花陰》（薄霧濃雲愁永晝）詞：「莫道不消魂，簾捲西風，人似黃花瘦。」籬檻（jiàn）：保護花木的籬笆和柵欄。宋韓淲《玉田道中得詩二句因足之》詩：「萸糝人家皆取醉，菊花籬檻亦爭妍。」

〔二〕怨鴻：悲鳴的鴻雁。

〔三〕「獨自」句：宋蘇軾《南堂五首》其五：「掃地燒香閉閤眠，簟紋似水帳如煙。」

【集評】

閑適，似山居偶作。（《名媛詩歸》卷二十）

秋日述懷

婦人雖軟眼〔一〕，順受老人《永遇樂》詞：我不成，心酸眼軟。淚不等閑流〔二〕。我因無好況，古詞：自家無好況。揮斷五湖秋〔三〕。順受老人詞：占斷清秋①，五湖景物供心眼。

【校】

①「占」，陳藏本、黄跋本、徐藏本、鐵琴本作「古」，今據藝芸本、丁刊本改。

【注】

〔一〕軟眼：愛流淚，容易動感情。宋韓駒《十絶爲亞卿作》其九：「縱言眼軟偏饒淚，莫道心癡不解愁。」

〔二〕等閑：輕易，隨便。

〔三〕五湖：江南五大湖的總稱。《史記》卷六十《三王世家》：「大江之南，五湖之間，其人輕心。」司馬貞《索隱》：「五湖者，具區、洮滆、彭蠡、青草、洞庭是也。」唐杜甫《歸雁》詩：「年年霜露隔，不過五湖秋。」宋吴禮之《風入松》詞：「蘋汀蓼岸荻花洲。占斷清秋。五湖景物供心眼，幾曾有、一點閒愁。」

秋日偶成

初合雙鬟學畫眉〔一〕，《燭影摇紅》詞云：黛眉巧畫宫妝淺①。未知心事屬他誰。《雙雁兒》

詞：這心事，仗他誰。待將滿抱中秋月，沈約詩②：抱月過中秋。分付蕭郎萬首詩〔二〕。《南史》：難得蕭郎一紙書。

【校】

①「燭」「黛」「巧」「妝」，陳藏本分別作「濁」、「岱」、「马」、「雅」，今據黄跋本、徐藏本、藝芸本、鐵琴本、丁刊本改。

②「沈」，陳藏本作「洗」，今據黄跋本、徐藏本、藝芸本、鐵琴本、丁刊本改。

【注】

〔一〕雙鬟：古代年輕女子的兩個環形髮髻。成年則合鬟，挽髮而笄。宋韓駒《十絶爲亞卿作》其九：「初合雙鬟觸事羞，離筵酌酒强回頭。」 畫眉：以黛描飾眉毛。宋周邦彦《燭影摇紅》詞：「芳臉匀紅，黛眉巧畫宫妝淺。」

〔二〕蕭郎：《列仙傳》卷上：「蕭史者，秦穆公時人也，善吹簫。……穆公有女字弄玉，好之，公遂以女妻焉。日教弄玉作鳳鳴。……一旦，皆隨鳳凰飛去。」後世以「蕭郎」代稱女子愛戀的男子。唐上元夫人《留別》詩：「蕭郎不顧鳳樓人，雲澀回車淚臉新。」

秋日晚望

煙濃難認別州山〔一〕，柳子厚詩：家在他州那个山。仿佛鷗群浴遠灘〔二〕。杜：晴浴鷗群分處處。一點客帆摇動處〔三〕。李白《望天門山》詩：客帆一點日邊來。排雲紅日弄光寒①〔四〕。韓昌黎詩：排雲叫閶闔。又，杜甫《晚晴》詩：赤日照曜西邊來，六龍寒急光徘徊。

【校】

①「光寒」，陳藏本、藝芸本作「先寒」，今據黄跋本、徐藏本、鐵琴本、丁刊本改。

【注】

〔一〕別州：他州，遠方州郡。宋魏野《題崇勝院河亭》詩：「數聲離岸櫓，幾點别州山。」

〔二〕「仿佛」句：唐杜甫《夔州歌十絶句》其六：「晴浴狎鷗分處處，雨隨神女下朝朝。」

〔三〕「一點」句：唐李白《望天門山》詩：「兩岸青山相對出，孤帆一片日邊來。」

〔四〕排雲：排開雲層。唐韓愈《齪齪》詩：「排雲叫閶闔，披腹呈琅玕。」光寒：唐杜甫《晚晴》詩：「赤日照耀從西來，六龍寒急光徘徊。」

秋夜牽情三首①

纖纖新月挂黄昏〔一〕，《訴衷情》詞：黄昏新月一鈎纖②。人在幽閨欲斷魂〔二〕。《滿江紅》詞云③：魂夢斷，難尋覓。牋素拆封還又改④〔三〕，《定風波》詞：素牋封了還重拆。酒杯慵舉却重温。燈花占斷燒心事〔四〕，羅袖長供挹淚痕⑤〔五〕。《符川集・黃昏》詩：故將羅袖裛啼痕。益悔風流多不足，須知恩愛是愁根〔六〕。古《滿江紅》詞：誰知恩愛變成愁恨。

【校】

①鐵琴本、丁刊本題無「三首」二字。

②「衷」，陳藏本作「懷」，今據黃跋本、徐藏本、藝芸本、鐵琴本、丁刊本改。「一」，陳藏本缺，今據黃跋本、徐藏本、藝芸本、鐵琴本、丁刊本補。

③「江」，陳藏本作「二」，今據黃跋本、徐藏本、藝芸本、鐵琴本、丁刊本改。

④「拆封」，藝芸本、丁刊本作「折封」。

⑤「挹淚」，丁刊本作「把淚」。

【注】

〔一〕纖纖：新月尖細貌。南唐李中《七夕》詩：「可惜穿針方有興，纖纖初月苦難留。」

〔二〕幽閨：深閨，此處指女子居處。

〔三〕牋素：精美的紙張和白絹，代指書信。唐張籍《秋思》詩：「洛陽城裏見秋風，欲作家書意萬重。復恐匆匆説不盡，行人臨發又開封。」宋歐陽修《感庭秋》詞：「紅牋封了還重拆。」

〔四〕「燈花」句：見本書《前集》卷五《月夜》詩注〔一〕。

〔五〕羅袖：絲織衣物的長袖。唐吴燭《銅雀妓》詩：「長舒羅袖不成舞，却向風前承淚珠。」

〔六〕愁根：憂愁的根源，亦比喻憂愁深重難以消除。唐施肩吾《秋吟獻李舍人》詩：「腸結愁根酒不消，新驚白髮長愁苗。」

簷外秋清繡綺窗〔一〕，菊煙月露冷浮香〔二〕。杜詩：火雲洗月路。寒更二十五聲點〔三〕，《群玉雜俎》李郢詩：江風徹骨不成睡，二十五聲秋點長。相應愁情爾許長〔四〕。

【注】

〔一〕秋清：秋日氣候清爽。唐王昌齡《贈宇文中丞》詩：「秋清寧風日，楚思浩雲水。」綺窗：雕刻或繪飾得很精美的窗户。

〔二〕菊煙：菊花上籠罩的煙霧。宋林逋《深居雜興六首》其一：「門庭静極霖苔露，籬援涼生梟菊煙。」月露：月下的露滴。唐杜甫《貽華陽柳少府》詩：「火雲洗月露，絶壁上朝暾。」

〔三〕寒更：寒夜的更點。梁蕭繹《燕歌行》：「漫漫悠悠天未曉，遥遥夜夜聽寒更。」二十五聲點：古代夜晚報時，每夜分爲五更，每更分爲五點，共計二十五點。唐李郢《宿杭州虚白堂》詩：「江風徹曉不得睡，二十五聲秋點長。」

〔四〕爾許：如許，如此。

閑悶閑愁百病生〔一〕，張子野《浣溪沙》詞：閑愁閑悶月偏長。有情終不似無情〔二〕。古詞：無情却被多情惱。風流意思鐫磨盡〔三〕，《石鼓歌》：可鐫於頑石。離别肝腸鑄寫成。

【注】

〔一〕閑悶閑愁：無端無謂的煩悶憂愁。宋万俟詠《卓牌兒》（東風緑楊天）詞：「閑悶閑愁難消遣，此日年年意緒。」宋晏殊《浣溪沙》（青杏園林煮酒香）詞：「乍雨乍晴花自落，閒愁閒悶日偏長。爲誰消瘦減容光。」

〔二〕「菊煙」句：宋晏幾道《秋蕊香》詞：「歌徹郎君秋草。别恨遠山眉小。無情莫把多情惱。第一歸來須早。」宋蘇軾《蝶戀花》（花褪殘紅青杏小）詞：「笑漸不聞聲漸悄。多情却被無情惱。」

〔三〕鐫（juān）：雕刻。唐韓愈《石鼓歌》：「鐫功勒成告萬世，鑿石作鼓隳嵯峨。」

木犀四首①〔一〕

彈壓西風擅衆芳〔二〕，林和靖詩：衆芳摇落獨争妍②。十分秋色爲君忙③〔三〕。晏平仲《秋夜》詩：一出十分秋④。一枝淡貯書窗下⑤〔四〕，《晉》：郤詵對策：桂林一枝。人與花心各自香⑥。

【校】

①又見於《分門纂類唐宋時賢千家詩選》卷十（選録第一首）、《全芳備祖·前集》卷十三（選録第一、第四首）、《詩淵》一一二四頁。黄跋本、徐藏本僅録第一首第一句及其注文，其餘全缺。鐵琴本同缺，據别本鈔補。丁刊本録第一、三、四首，所缺第二首誤題爲《秋夜牽情》，據「小玲瓏山館舊鈔本增」入《補遺》。　詩題，各本均脱，今據《詩淵》補。《千家詩選》題作《桂花》。

②「靖」，陳藏本作「清」，丁刊本作「晴」，今據黄跋本、徐藏本、藝芸本、鐵琴本改。

③「君」，《千家詩選》《全芳備祖》《詩淵》作「伊」，丁刊本作「誰」。

④「晏」，鐵琴本作「安」，藝芸本、丁刊本作「孔」。　「一」，藝芸本、丁刊本作「寫」。　「一出十分秋」，陳藏本「十」作「土」，今據藝芸本、鐵琴本、丁刊本改。

⑤「貯」，《千家詩選》作「竚」。

⑥「與」，陳藏本作「輿」，今據藝芸本、鐵琴本、丁刊本、《千家詩選》、《全芳備祖》、《詩淵》改。

【注】

〔一〕木犀：木犀科木犀屬常緑灌木或小喬木，葉橢圓形或狹長橢圓形，花黄色或橙紅色或黄白色，簇生於葉腋，香氣濃鬱，秋季盛開，通稱桂花，又稱巖桂。

〔二〕彈壓：見本書《前集》卷三《瑞香》詩注。 擅：獨特出群。 衆芳：百花。 宋林逋《山園小梅二首》其一：「衆芳摇落獨暄妍，占盡風情向小園。」

〔三〕「十分」句：宋釋德洪《次韻履道雨霽見月二首》其一：「今宵掃疏影，寫出十分秋。」

〔四〕一枝：《晉書》卷五十二《郤詵傳》：「武帝於東堂會送，問詵曰：『卿自以爲何如？』詵對曰：『臣舉賢良對策，爲天下第一，猶桂林之一枝，崑山之片玉。』」 淡貯：淡雅，淡静，又作「淡竚」「淡佇」。宋劉摯《再次紅梅兼簡李質夫》詩：「攢萼亂鬚能淡佇，抱枝寒蓓更疏斜。」

移根蟾窟不尋常〔一〕，古木犀《滿庭芳》詞：月窟移根。枝葉猶如月露香①〔二〕。杜詩：月明垂月露。可笑當年陶靖節〔三〕，東籬猶殢菊花黃〔四〕。晉陶潛，號靖節，詩曰：採菊東籬下。

【校】

①「如」，藝芸本作「垂」，《詩淵》、丁刊本作「霑」。

【注】

〔一〕移根蟾窟：從月宮移植而來。蟾窟即蟾宫，古代傳説月中有蟾蜍，故用以借指月亮。相傳月中又有桂樹。宋孫應時《和真長木犀》其一：「一從月窟移根到，不落人間第二香。」 尋常：平常，普通。

〔二〕月露：月中的露滴。唐李商隱《無題二首》其二：「風波不信菱枝弱，月露誰教桂葉香。」唐杜甫《貽華陽柳少府》詩：「火雲洗月露，絶壁上朝暾。」

〔三〕陶靖節：即陶淵明，一名潛，字元亮，潯陽柴桑（今江西九江）人，晉宋之際著名文學家，卒後私謚爲靖節徵士。宋周敦頤《愛蓮説》：「水陸草木之花，可愛者甚蕃。晉陶淵明獨愛菊。」

〔四〕東籬：晉陶潛《飲酒二十首》其五：「採菊東籬下，悠然見南山。」　殢（tì）：迷戀，沈湎。

酷愛清香折一枝〔一〕，木犀《念奴嬌》詞：乘興折取玉枝①，滿身蘭麝②。又見上篇注③。故簪香髻驀思惟④〔二〕。古詩：佳人折取簪香髻。若教水月浮清淺，消得林逋兩句詩〔三〕。林和靖《梅》詩：疏影横斜水清淺，暗香浮動月黄昏。

【校】

①「玉」，鐵琴本作「一」。

②「麝」，陳藏本、藝芸本、丁刊本作「窮」，鐵琴本缺，今據《念奴嬌》（沁園秋早）詞改，參見注〔一〕。

③「篇」，陳藏本、藝芸本、丁刊本作「蔦」，鐵琴本缺，今依文意改。

④「故簪香髻」，《詩淵》作「欲簪花髻」。

【注】

〔一〕「酷愛」句：宋無名氏《念奴嬌》（沁園秋早）詞：「乘興折取一枝，滿身蘭麝，不減蟾宫好。」

〔二〕驀：忽然。思惟：思量。唐韋莊《荷葉盃》（絶代佳人難得）詞：「一雙愁黛遠山眉。不忍更思惟。」

〔三〕林逋：北宋隱逸詩人，字君復，錢塘（今浙江杭州）人，隱居於杭州西湖孤山，志節高尚，自稱「以梅爲妻，以鶴爲子」，卒謚和靖先生。兩句詩：指林逋詠梅詩作《山園小梅》中的名句：「疏影横斜水清淺，暗香浮動月黄昏。」

月待圓時花正好，花將殘後月還虧〔一〕。坡詩：月圓還缺又還圓①。又，古詞：花有重開月再圓②。須知天上人間道③，木犀《念奴嬌》詞：一點芳姿④，信道是、不比人間凡木⑤。同禀秋清在一時〔二〕。陳簡齋《詠木犀》詩：清秋時節一齊開。

【校】

①「月圓」，陳藏本作「日圓」，今據藝芸本、鐵琴本、丁刊本改。

②「月再圓」，陳藏本作「日再圓」，藝芸本作「日□圓」，丁刊本作「月兩圓」，今據鐵琴本改。

③「人間道」，藝芸本、丁刊本、《全芳備祖》、《詩淵》作「人間物」。

④「點」，藝芸本作「占」。

⑤「信」，陳藏本缺，鐵琴本作「却」，今據藝芸本、丁刊本補。「凡」，鐵琴本作「草」。

【注】

〔一〕「花將」句：宋蘇軾《月兔茶》詩：「一似佳人裙上月，月圓還缺缺還圓。」宋胡偉《宮詞》（集句）：「金輿玉輦無行迹（李遠），花有重開月再圓（古詞）。」

〔二〕稟：領受，承受。秋清：秋天氣候的明浄清爽。宋倪思《南劍道中桂》詩：「想見秋清風月裏，綴金粟顆臉輪香。」

堂下巖桂秋晚未開作詩促之①〔一〕

著意裁詩特地催〔二〕，古木犀詞：費盡騷人詞與詩。花須著意聽新詩〔三〕。杜詩：欹眠聽新詩。清香未吐黄金粟〔四〕，古巖桂詞：巖玉枝頭金粟鬭②。嫩蕊猶藏碧玉枝③。不是地寒偏放晚，定知花好故開遲④。也宜急趁無風雨，莫待霜高露結時〔五〕。周興嗣續章⑤：露結爲霜。

【校】

①黄跋本、徐藏本缺此詩。又見於《分門纂類唐宋時賢千家詩選》卷十，題作《秋晚未開》。「下」，丁刊本作「上」。

②「金粟鬭」，陳藏本「粟」作「要」，今據藝芸本、鐵琴本、丁刊本改。

③「蕊」，《千家詩選》作「葉」。
④「開」，《千家詩選》作「教」。
⑤「續章」，藝芸本「□章」，鐵琴本缺，丁刊本作「千文」。

【注】

〔一〕巖桂：桂花的别稱。見前《木犀四首》詩注。
〔二〕裁詩：作詩。唐元稹《酬樂天書懷見寄》：「月照山館花，裁詩寄相憶。」
〔三〕「花須」句：唐韓愈《喜侯喜至贈張籍張徹》詩：「欹眠聽新詩，屋角月豔豔。」
〔四〕黄金粟：形容桂花（木犀）花小如粟，色黄如金。宋楊萬里《題徐載叔雙桂樓》詩：「年年八月九月時，黄金粟綴青瑶枝。」
〔五〕霜高露結：深秋氣温降低，由凝露變爲結霜。梁周興嗣《千字文》：「雲騰致雨，露結爲霜。」

白菊①

回旋秋色溥清露〔一〕，杜詩：玉露溥清秋②。淩厲西風潔嫩霜③〔二〕。韓愈詩：霜風放菊佳④。莫作東籬等閑看〔三〕，清新曾借廣寒香⑤〔四〕。淵明《九日》詩：採菊東籬下。

【校】

①黄跋本、徐藏本缺此詩。又見於《詩淵》二四二六頁。

②「溥清秋」，陳藏本作「潔清我」，鐵琴本作「潔清秋」，今據藝芸本、丁刊本改。

③「潔」，藝芸本、丁刊本作「紫」。「韓愈詩：霜風放菊佳」，陳藏本、鐵琴本缺，藝芸本缺「放」字，今據丁刊本補。

④「清新」，《詩淵》作「清真」，藝芸本、丁刊本作「下清」。

【注】

〔一〕回旋：回環旋遶。溥（tuán）：露多貌，一説爲露珠圓貌。《詩經·鄭風·野有蔓草》：「野有蔓草，零露溥兮」。宋張守《和人晚秋白菊》詩：「溥溥清露洗殘妝，静倚疏籬暗吐芳。」唐杜甫《江月》詩：「玉露團清影，銀河没半輪。」

〔二〕「淩厲」句：唐韓愈《薦士》詩：「霜風破佳菊，嘉節迫吹帽。」

〔三〕「莫作」句：晉陶潛《飲酒二十首》其五：「採菊東籬下，悠然見南山。」

〔四〕廣寒香：月中桂花的香氣。廣寒，指月宫。宋王十朋《林下十二子詩·桂子蒼》：「疑是廣寒宫裏種，一秋三度送天香。」

前集卷七

冬　景

冬日梅窗書事四首①

明窗瑩几浄無塵②〔一〕，坡詩：明窗浄几清無塵。月映幽窗夜色新。潘岳詩：明月入窗暗。惟有梅花無限意③，射人又放一枝春④〔二〕。《莊子·逍遥篇》：藐姑射之山，有神人居焉。又，晉陸凱詩：江南無所有，聊贈一枝春。

【校】

①又見於《詩淵》三二六三頁、《宋元詩·斷腸詩集》卷四（僅録第一首）、《名媛彙詩》卷十（僅録第一首）、《古今女史·詩集》卷五（僅録第一首）。

②「瑩」，《古今女史》作「浄」。

③「無限意」，《詩淵》缺「限」字，《宋元詩》《名媛彙詩》《古今女史》作「消息早」。
④「射人又放」，《宋元詩》、《名媛彙詩》《古今女史》、丁刊本作「對人先放」。

【注】
〔一〕瑩几：光潔的小桌。宋蘇軾《龍尾硯歌》：「碧天照水風吹雲，明窗大几清無塵。」
〔二〕射人：似箭般徑直地射向人。唐韋莊《寄薛先輩》詩：「瑶樹帶風侵物冷，玉山和雨射人清。」《莊子·逍遥遊》：「藐姑射之山，有神人居焉。」　一枝春：《太平御覽》卷九七〇引《荆州記》：「陸凱與范曄相善，自江南寄梅花一枝詣長安與曄，并贈花詩曰：『折花逢驛使，寄與隴頭人。江南無所有，聊贈一枝春。』」

愛日烘簷暖似春〔一〕，《左傳》：冬日可愛。梅花描摸雪精神〔二〕。清香未寄江南夢，偏惱幽閑獨睡人〔三〕。

【注】
〔一〕愛日烘簷：冬日温暖的陽光照在屋檐上，與「愛日烘晴」意近。唐宋璟《梅花賦》：「愛日烘晴，明蟾照夜。」宋盧炳《蝶戀花·和人探梅》詞：「羅幕護寒遮曉霧。愛日烘晴，又是年華暮。瀟灑江梅争欲吐。暗香漏泄春來處。」《春秋左傳注疏》卷十八：「酆舒問於賈季曰：

『趙衰、趙盾孰賢？』對曰：『趙衰，冬日之日也；趙盾，夏日之日也。』杜預注：「冬日可愛，夏日可畏。」

〔二〕描摸：即「描模」，模仿或表現某種事物的形象、情狀、特性。

〔三〕惱：引逗，撩撥。宋王安石《夜直》詩：「春色惱人眠不得，月移花影上闌干。」

病起眼前俱不喜〔一〕，坡詩：病起烏雲正作堆①。可人惟有一枝梅〔二〕。坡詩：竹外一枝斜更好。未容明月橫疏影〔三〕，林和靖詩：疏影橫斜水清淺，暗香浮動月黃昏。且得清香寄酒杯〔四〕。坡詩：清香入酒杯。

【校】

①「正」，陳藏本作「止」，今據黃跋本、徐藏本、藝芸本、鐵琴本、丁刊本改。「堆」，陳藏本作「雉」，黃跋本、徐藏本、藝芸本、鐵琴本作「雌」，今據丁刊本改。

【注】

〔一〕「病起」句：宋蘇軾《岐亭道上見梅花戲贈季常》詩：「行當更向釵頭見，病起烏雲正作堆。」

〔二〕可人：稱人心意。一枝：宋蘇軾《和秦太虛梅花》詩：「多情立馬待黃昏，殘雪消遲月出早。江頭千樹春欲闇，竹外一枝斜更好。」

〔三〕參見本書《前集》卷六《木犀四首》其三注〔三〕。

〔四〕「且得」句：宋楊傑《賞梅呈仲元》詩：「十年不見錦川梅，今日清香入酒杯。」

的皪江梅淺淺春〔一〕，坡詩：春來幽谷水潺潺，的皪梅花草棘間①。小窗相對自清新。幽香特地成牽役〔二〕，坡詩：二月驚梅曉②，幽香此地無。不似梨花入夢頻〔三〕。古《梅》詞：枉被梨花瘦損，又成春夢③。又，《詩話》云：高情已逐曉雲空，不與梨花同夢。

【校】

①「皪」，陳藏本作「爍」，據藝芸本、鐵琴本、丁刊本改。

②「曉」，丁刊本作「晚」。

③「春」，陳藏本作「牽」，今據黄跋本、徐藏本、藝芸本、鐵琴本、丁刊本改。

【注】

〔一〕的皪〔三〕：光亮、鮮明貌。宋蘇軾《梅花二首》其一：「春來幽谷水潺潺，的皪梅花草棘間。」江梅：古代常見的野生梅花品種。宋范成大《梅譜》：「江梅，遺核野生、不經栽接者，又名直脚梅，或謂之野梅。凡山間水濱荒寒清絶之趣，皆此本也。花稍小而疏瘦有韻，香最清，實小而硬。」

〔二〕幽香：清淡的香氣。宋蘇軾《中隱堂詩》其三：「二月驚梅晚，幽香此地無。」牽役：心情被牽動，不由自主。

〔三〕「不似」句：宋孔夷《水龍吟》（歲窮風雪飄零）詞：「算襄王，枉被梨花瘦損，又成春夢。」宋蘇軾《西江月·梅花》（玉骨那愁瘴霧）詞：「高情已逐曉雲空。不與梨花同夢。」

二色梅①

綴雪融酥各自芳〔一〕，坡詩：春工點酥作梅花。兩般顏色一般香。古詩：染成顏色費春風。瑤池會罷朝元客〔二〕，《列·周穆王篇》：穆王賓西王母，觴於瑤池上。縞素仙裳問道裝〔三〕。《梅》詩：縞袂朱裳取次妝。

【校】

① 又見於《詩淵》二四三五頁。

【注】

〔一〕綴雪：此處形容梅花如雪綴結枝頭。唐羅鄴《早梅》詩：「綴雪枝條似有情，凌寒澹注笑妝成。」酥：酪類，用牛羊乳提煉而成的食品。唐皮日休《櫻桃花》詩：「婀娜枝香拂酒壺，向陽疑是不融酥。」宋蘇軾《蠟梅一首贈趙景貺》：「天工點酥作梅花，此有蠟梅禪老家。」

〔二〕瑶池：古代傳説昆侖山上西王母所居有醴泉、瑶池。《列子》卷三《周穆王篇》：「遂賓於西王母，觴於瑶池之上。」朝元：道教徒朝拜神仙。唐姚鵠《玉真觀尋趙尊師不遇》詩：「羽客朝元晝掩扉，林中一徑雪中微。」

〔三〕縞素：純白色的絹。唐白居易《西樓喜雪命宴》詩：「四郊鋪縞素，萬室甃瓊瑶。」道裝：道教徒的裝束和打扮。

山脚有梅一株地差背陰冬深初結蕊作絶句寄之①〔一〕

溪橋野店梅都綻②〔二〕，古唐詩：一樹寒梅白玉條，迥臨村路傍溪橋③。此地冬深尚未寒〔三〕。坡詩：寒心未肯隨春態。寄語梅花且寧奈④〔四〕，枝頭無雪不堪看〔五〕。坡詩：便教踏雪看梅花。

【校】

①又見於《詩淵》二五五二頁，題作「山脚有梅一株」。「株」，藝芸本作「枝」。

②「都」，丁刊本作「多」。

③「村」，陳藏本、黄跋本、徐藏本作「利」，藝芸本塗改爲「村」，鐵琴本作「修」，今據丁刊本改。

④「語」，丁刊本作「與」。

【注】

〔一〕差（chā）：略微。

〔二〕「溪橋」句：唐戎昱《早梅》詩：「一樹寒梅白玉條，迥臨村路傍溪橋。」

〔三〕「此地」句：宋蘇軾《紅梅三首》其一：「寒心未肯隨春態，酒暈無端上玉肌。」

〔四〕寧奈：忍耐，亦作「寧耐」。宋丘崈《好事近》（整整一冬晴）詞：「桃李且須寧耐，有無邊春色。」

〔五〕「枝頭」句：宋蘇軾《次韻楊公濟奉議梅花十首》其十：「穠李争春猶辦此，更教踏雪看梅花。」

雪夜對月賦梅①

一樹梅花雪月間，見上注。梅清月皎雪光寒〔一〕。坡詩：檀暈妝成雪月明②。看來表裏俱清徹〔二〕，坡詩：器潔泉新表裏清。酌酒吟詩興儘寬〔三〕。

【校】

①又見於《詩淵》二三一〇頁。

②「暈」，陳藏本、黄跋本、徐藏本、藝芸本、鐵琴本作「量」，今據丁刊本改。

【注】

〔一〕「梅清」句：宋蘇軾《次韻楊公濟奉議梅花十首》其九：「鮫綃剪碎玉簪輕，檀暈妝成雪月明。」

〔二〕表裏：表面和内部，内外。宋蘇軾《真一酒》詩：「稻垂麥仰陰陽足，器潔泉新表裏清。」宋張孝祥《念奴嬌》（洞庭青草）詞：「素月分輝，明河共影，表裏俱澄澈。」

〔三〕儘（jǐn）：任由，聽憑。

欲雪①

寒雀無聲滿竹籬②〔一〕，《念奴嬌》詞：凍雲閣雨③。漸長空迤邐，嚴凝天氣。愁雀無聲深院静。凍雲四暮雪將垂④〔二〕。杜詩：北風天正寒。北風不看人情面〔三〕，控勒梅花不放枝〔四〕。杜詩：山意衝寒欲放梅。

【校】

①又見於《分門纂類唐宋時賢千家詩選》卷十三，題作「途中遇雪」。

②「寒雀」，《千家詩選》作「寒鵲」。「滿」，《千家詩選》作「繞」。

③「凍」，陳藏本作「陳」，今據黄跋本、徐藏本、藝芸本、鐵琴本、丁刊本改。

④「暮」，《千家詩選》作「幕」，丁刊本作「羃」。

【注】

〔一〕寒雀：寒天的麻雀。宋蘇軾《南鄉子·梅花詞和楊元素》詞：「寒雀滿疏籬。争抱寒柯看玉蕤。」

〔二〕凍雲：嚴冬的陰雲。唐方干《冬日》詩：「凍雲愁暮色，寒日淡斜暉。」宋曹勛《水龍吟》詞：「凍雲閣雨，長風送雪，萬里無凝滯。」

〔三〕「北風」句：唐杜甫《山館》詩：「南國晝多霧，北風天正寒。」

〔四〕「控勒」句：唐杜甫《小至》詩：「岸容待臘將舒柳，山意衝寒欲放梅。」控勒，控制。宋釋德洪《次韻曾英發兼簡若虚》詩：「坐令萬象受控勒，知君有筆真如椽。」

雪①

一夜青山换玉尖②〔一〕，古詞：一夜青山老。了無塵翳半痕兼〔二〕。寒鴉打食圍沙渚〔三〕，凍雀藏身宿晝簷〔四〕。坡詩：寒雀喧喧凍不飛。野外易尋東郭履③〔五〕，《前漢》：東方朔號東郭先生，貧困。行雪中，履上有下無，足踐地。人笑之。月中難認塞翁髯〔六〕。《選》：塞上翁失馬，安知非爲福耶。梅花恣逞春情性，不管風姨號令嚴〔七〕。《初學記》：風姨，風神也。

【校】

①又見於《分門纂類唐宋時賢千家詩選》卷十三，題作「途中遇雪」。

②「换玉」，《千家詩選》作「玉换」。

③「履」，《千家詩選》作「屨」。

【注】

〔一〕「一夜」句：宋陳瓘《青玉案》（碧空黯淡同雲繞）詞：「珠簾纔捲，美人驚報，一夜青山老。」宋金朋説《雪山》詩：「青山莫謂長無老，一夜飛瓊盡白顚。」

〔二〕塵翳：塵垢，灰塵。宋吴琚《水龍吟》（紫皇高宴蕭臺）詞：「玉樣乾坤，八荒同色，了無塵翳。」

〔三〕打食：鳥獸到窩外尋找食物。

〔四〕「凍雀」句：宋蘇軾《次韻楊公濟奉議梅花十首》其八：「寒雀喧喧凍不飛，遶林空啅未開枝。」

〔五〕東郭履：《史記》卷一二六《滑稽列傳》：「東郭先生久待詔公車，貧困飢寒，衣敝，履不完。行雪中，履有上無下，足盡踐地。道中人笑之。東郭先生應之曰：『誰能履行雪中，令人視之，其上履也，其履下處乃似人足者乎？』」宋蘇軾《謝人見和前篇二首》（按：指《雪後書北臺壁二首》）其一：「敗履尚存東郭足，飛花又舞謫仙簷。」）

〔六〕塞翁：邊塞地區的老人。《淮南子》卷十八《人間訓》：「夫禍福之轉而相生，其變難見也。近塞上之人有善術者，馬無故亡而入胡，人皆吊之。其父曰：『此何遽不爲福乎？』居數月，其馬將胡駿馬而歸，人皆賀之。其父曰：『此何遽不能爲禍乎？』家富良馬，其子好騎，墮而折其髀，人皆吊之。其父曰：『此何遽不爲福乎？』居一年，胡人大入塞，丁壯者引弦而戰，近塞之人，死者十九，此獨以跛之故，父子相保。故福之爲禍，禍之爲福，化不可極，深不可測也。」《六臣注文選》卷十四班固《幽通賦》「北叟頗識其倚伏」句注：「北叟，塞上翁也。馬亡入胡，人吊之。翁曰：『安知非福乎？』後，馬將駿馬而歸。」

〔七〕風姨：古代傳説中的司風之神，唐人小説稱爲「封姨」。《博異志·崔玄微》記崔玄微獨處一院，遇楊氏、李氏、陶氏，又有一緋衣小女，姓石名醋醋。坐未定，門外報封家姨來也。封氏言詞泠泠，有林下風氣。後諸女求玄微每歲歲日爲作朱幡禦風。「玄微乃悟諸女曰姓楊、李、陶及衣服顔色之異，皆衆花之精也。緋衣名醋醋，即石榴也。封十八姨，乃風神也。」宋無名氏《驀山溪》（素苞淡注）詞：「竹籬茅舍，斜倚爲誰愁，應有恨，負幽情，惟恐風姨妒。」宋陳與義《中秋不見月》詩：「高唐妒婦心不閒，招得封姨同作難。」

誰剪飛花六出尖〔一〕，《韓詩外傳》：是花五出，獨雪花六出。素娥肌肉瑩相兼〔二〕。分明幻玉迷青嶂〔三〕，輕薄隨風入畫簷①〔四〕。坡詩：半夜寒光落畫簷。凍筆想停詩客手〔五〕，唐李白於便殿草詔，時大寒，筆凍甚，宮女各執筆以呵之云云②。時號詩客。寒蓑宜擁釣翁髯〔六〕。張志和詩：江上晚來堪畫處，漁人披得一蓑歸。長安陋巷多貧士〔七〕，《語》：在陋巷，人不堪其憂。可見鶉衣透膽嚴〔八〕。《荀・大略篇》③：子夏憂貧，衣若縣鶉。又，韓子蒼：昨夜陰風透膽寒。

【校】

①「入畫簷」，《千家詩選》作「入畫簾」。

②「呵」，陳藏本、黄跋本、徐藏本作「可」，丁刊本作「訶」，今據藝芸本、鐵琴本改。

③「荀」，陳藏本、黄跋本、徐藏本作「苟」，今據藝芸本、鐵琴本、丁刊本改。「略」，陳藏本作墨釘，今據黄跋本、徐藏本、藝芸本、鐵琴本、丁刊本補。

【注】

〔一〕六出：花分瓣稱爲出，雪花六角，故稱六出。《藝文類聚》卷二引《韓詩外傳》：「凡草木花多五出，雪花獨六出。」校注者按：《藝文類聚》誤引，實出《宋書》卷二十九《符瑞志》：「大明五年正月戊午元日，花雪降殿庭。時右衛將軍謝莊下殿，雪集衣。還白，上以爲瑞。於是公卿並作花雪詩。史臣按《詩》云：『先集爲霰。』《韓詩》曰：『霰，英也。』花葉謂之英。《離騷》云『秋菊之落英』，左思云『落英飄颻』是也。然則霰爲花雪矣。草木花多五出，花雪獨六出。」

〔二〕素娥：白衣美女。唐許渾《對雪》詩：「素娥冉冉拜瑶闕，皓鶴紛紛朝玉京。」

〔三〕青嶂：如同屏障般的青山。

〔四〕「輕薄」句：宋蘇軾《雪後書北臺壁二首》其一：「五更曉色來書幌，半夜寒聲落畫簷。」

〔五〕「凍筆」句：《開元天寶遺事》卷下：「李白於便殿對明皇撰詔誥，時十月大寒，筆凍莫能書字。帝敕宫嬪十人侍於李白左右，令各執牙筆呵之，遂取而書其詔。其受聖眷如此。」

〔六〕「寒蓑」句：唐柳宗元《江雪》詩：「孤舟蓑笠翁，獨釣寒江雪。」唐鄭谷《雪中偶題》詩：「江上晚來堪畫處，漁人披得一蓑歸。」

〔七〕陋巷：簡陋的巷子。多指貧士居處簡陋，生活清苦，安貧樂道。《論語·雍也》：「子曰：『賢哉，回也！一簞食，一瓢飲，在陋巷。人不堪其憂，回也不改其樂。賢哉，回也！』」

〔八〕鶉衣：形容衣服破爛不堪。鶉，一種羽毛有斑的鵪鶉，頭細而無尾。《荀子》卷十九《大略》：「子夏貧，衣若縣鶉。」透膽：滲透到肝膽裏，此處形容程度極深、令人畏懼的嚴寒。宋高言《干友人詩》：「昨夜陰風透膽寒，地爐無火酒瓶乾。」

雪晴①

飢禽高噪日三竿〔一〕，劉禹錫詩：日出三竿春霧消。積雪回風墮指寒〔二〕。杜詩：急雪舞回風。秀色暗添梅富裕②，緑梢明報竹平安③〔三〕。坡詩：平安時報故人書。又，《酉陽雜俎》：唐李德裕，北都惟童子寺有竹一窠，絶長數尺，公令其寺綱維每日報竹平安④。冷侵翠袖詩肩聳⑤〔四〕，坡詩：夜寒應聳作詩肩。春入紅爐酒量寬〔五〕。杜詩：爐存火似紅⑥。又，古詞：聞道酒腸寬似海⑦。簾外有山千萬疊〔六〕，古詞：山萬疊，水千重云云。醉眸渾作怒濤看⑧〔七〕。古詩：怒濤捲雪接天來。

【校】

①又見於《分門纂類唐宋時賢千家詩選》卷十三，題作「途中遇雪」。

②「裕」，《千家詩選》作「貴」。

③「梢」，陳藏本作「稍」，今據黄跋本、徐藏本、藝芸本、鐵琴本、丁刊本、《千家詩選》改。

④「酉陽雜俎」，陳藏本、黄跋本、徐藏本作「西陽雜俎」，今據藝芸本、鐵琴本、丁刊本改。「公」，陳藏本作「父」，今據黄跋本、徐藏本、藝芸本、鐵琴本、丁刊本改。「綱」，陳藏本、黄跋本、徐藏本、藝芸本作「網」，今據鐵琴本、丁刊本改。

⑤「冷」，陳藏本、黄跋本、徐藏本作「吟」，藝芸本、鐵琴本作「吟」，今據丁刊本、《千家詩選》改。

⑥「似」，陳藏本、黄跋本、鐵琴本作「以」，據丁刊本改。

⑦「海」，陳藏本、黄跋本、徐藏本作「梅」，今據藝芸本、鐵琴本、丁刊本改。

⑧「渾」，《千家詩選》作「回」。

【注】

〔一〕日三竿：太陽升起已有三根竹竿高，形容天已大亮，時間不早。唐劉禹錫《竹枝詞》：「日出三竿春霧消，江頭蜀客駐蘭橈。」

〔二〕回風：旋風。唐杜甫《對雪》詩：「亂雲低薄暮，急雪舞回風。」　墮指：凍掉手指。

〔三〕「緑梢」句：《酉陽雜俎·續集》卷十：「衛公言，北都惟童子寺有竹一窠，纔長數尺，相傳其寺綱維每日報竹平安。」唐李德裕封衛國公，世稱李衛公。宋蘇軾《次韻劉貢父西省種竹》詩：「白首林間望天上，平安時報故人書。」

〔四〕翠袖：青緑色衣袖，泛指女子的裝束。唐杜甫《佳人》詩：「天寒翠袖薄，日暮倚脩竹。」　詩肩聳：宋蘇軾《是日宿水陸寺寄北山清順僧二首》其二：「遥想後身窮賈島，夜寒應聳作詩肩。」

〔五〕紅爐：燒得很旺的火爐。唐杜甫《對雪》詩：「瓢棄樽無緑，爐存火似紅。」　酒量寬：唐劉叉《自問》詩：「酒腸寬似海，詩膽大於天。」

〔六〕「簾外」句：宋向子諲《鷓鴣天》（只有梅花似玉容）詞：「山萬疊，水千重。一雙胡蝶夢能通。」

〔七〕醉眸：醉眼。　渾：全然，都。　怒濤：洶涌的波濤。宋柳永《望海潮》（東南形勝）詞：

「怒濤捲霜雪，天塹無涯。」

圍爐①

圜坐紅爐唱小詞〔一〕，《天香》詞：青帳垂氈愛密，紅爐放教圍小云云。已被金樽勸倒。又唱新詞故相惱。旋篘新酒賞新詩〔二〕。大家莫惜今宵醉②，一別參差又幾時〔三〕。柳子厚詩：一別參差知幾秋。

【校】

①又見於《詩淵》一五三〇頁。

②「宵」，丁刊本作「朝」。

【注】

〔一〕圜（huán）：環繞。紅爐：見前首《雪晴》詩注〔五〕。宋王觀《天香》（霜瓦鴛鴦）詞：「青帳垂氈要密，紅爐放圍宜小。……已被金樽勸倒。又唱個新詞故相惱。」

〔二〕旋：漫然，隨意。篘：見本書《前集》卷四《夏雨生涼三首》其二注〔四〕。

〔三〕參差：蹉跎，錯過。宋秦觀《水龍吟》（小樓連遠横空）詞：「玉佩丁東別後。悵佳期、參差難又。」

除日〔一〕

爆竹聲中臘已殘〔二〕，古詩：爆竹驚夜眠。酴酥酒暖燭花寒〔三〕。坡詩：不辭醉後飲屠蘇。
朦朧曉色籠春色〔四〕，古詞：紗窗曉色朦朧。便覺風光不一般①〔五〕。古詞：別是一般風色好②。

【校】

①「風光」，藝芸本作「春光」。

②「別是一般」，陳藏本、黄跋本、徐藏本作「別是般」，今據藝芸本、鐵琴本、丁刊本改。「風色」，藝芸本作「春色」。

【注】

〔一〕除日：農曆臘月（十二月）的最後一天。唐張子容《除日》詩：「臘月今知晦，流年此夕除。」

〔二〕「爆竹」句：宋王安石《元日》詩：「爆竹聲中一歲除，春風送暖入屠蘇。」

〔三〕酴酥：一種可以祛除瘟疫的藥酒，又作「酴蘇」「屠蘇」。古人有正月初一从幼至長依次飲屠蘇酒的習俗。宋蘇軾《除夜野宿常州城外二首》其二：「但把窮愁博長健，不辭最後飲屠酥。」　燭花：燭芯燒焦形成的花狀物。

〔四〕「朦朧」句：宋張耒《晨起》詩：「曉色淡朦朧，園林白露濃。」

〔五〕風光：風景，景色。梁王僧孺《至牛渚憶魏少英》詩：「非願歲物華，徒用風光好。」

除夜①〔一〕

窮冬欲去尚徘徊〔二〕，唐李福業《守歲》詩：冬去更籌盡②。獨坐頻斟守歲杯〔三〕。一夜臘寒隨漏盡〔四〕，李詩：寒暄一夜隔。十分春色被朝來③〔五〕。坡詩：春逐五更來④。桃符自寫新翻句⑤〔六〕，古詞：更作句桃符。又，坡詩：佳名會得新翻句。玉律誰吹定等灰〔七〕。《前漢·律歷志》：黃帝取之所谷，斷兩節間而吹之，爲黃鍾之宮⑥。又，《晉·律歷志》：效地氣於管灰，律氣應則灰飛⑦。且是作詩人未老，換年添歲莫相催。《秋千兒》詞：小子裏拜一聲⑧，明年又添一歲。

【校】

①又見於《名媛彙詩》卷十五、《名媛詩歸》卷十九、《古今女史·詩集》卷八。

②「盡」，陳藏本、黃跋本、徐藏本作「尺」，鐵琴本缺，今據藝芸本、丁刊本改。

③「被」，鐵琴本作「彼」，丁刊本作「破」。

④「五更來」，陳藏本、黃跋本、徐藏本作「五更米」，今據藝芸本、鐵琴本、丁刊本改。

⑤「翻」，《古今女史》作「聯」。

⑥「所」，丁刊本作「嶰」。「鍾」，黃跋本、徐藏本、藝芸本作「中」。

⑦「晉」，陳藏本、黃跋本、徐藏本作「唶」，今據藝芸本、鐵琴本、丁刊本改。「灰飛」，黃跋本、徐藏本作「夾飛」。

⑧「兒」，陳藏本作「此」，鐵琴本作「歲」，今據黃跋本、徐藏本、藝芸本、丁刊本改。「拜一」，黃跋本、徐藏本作「灯□」，藝芸本、丁刊本作「燈□」。

【注】

〔一〕除夜：即除夕，農曆臘月（十二月）最後一天的夜晚，舊歲至此夜而除。

〔二〕窮冬：隆冬，深冬。唐白居易《聞雷》詩：「窮冬不見雪，正月已聞雷。」唐李福業《嶺外守歲》詩：「冬去更籌盡，春隨斗柄回。」

〔三〕守歲：除夕夜達旦不眠，迎候新年的到來。唐孟浩然《歲除夜有懷》詩：「守歲家家應未卧，相思那得夢魂來。」

〔四〕「一夜」句：唐李福業《嶺外守歲》詩：「寒暄一夜隔，客鬢兩年催。」漏，古代使用銅壺滴漏計時。

〔五〕「十分」句：唐史青《應詔賦得除夜》詩：「寒隨一夜去，春逐五更來。」

〔六〕桃符：五代時在桃木板上書寫聯語，其後書寫於紙上，即春聯。新翻：新創作。宋蘇軾《玉盤盂二首》其一：「佳名會作新翻曲，絶品難尋舊畫圖。」

〔七〕「玉律」句：相傳黃帝時伶倫截竹爲筒，以筒之長短分別聲音的清濁高下。後人以玉管製爲標準定音器，故稱玉律。樂器之音，依以爲準。分陰、陽各六，共十二律。又以十二律配十二月，燒葭莩（蘆葦中的薄膜）成灰，置於律管中，放密室內，以占氣候。某一節候到，某律管中葭灰即飛出。《漢書》卷二十一《律曆志》：「黄帝使泠綸自大夏之西，昆侖之陰，取竹之解谷生，其竅厚均者，斷兩節間而吹之，以爲黄鐘之宫。」《晉書》卷十六《律曆志》：「又叶時日於晷度，效地氣於灰管，故陰陽和則景至，律氣應則灰飛。」《後漢書志》卷一《律曆志》：「候氣之法，爲室三重，户閉，塗釁必周，密布緹縵。室中以木爲案，每律各一，内庳外高，從其方位，加律其上，以葭莩灰抑其内端，案曆而候之。氣至者灰動。」定等灰，隨節候之氣從相應律管中飛出的葭灰。

【集評】

「莫相催」三字，驚顧悚然。（《名媛詩歸》卷十九）

平平語氣，籠得寬轉。（同上）

前集卷八

吟賞

湖上小集①

門前春水碧於天〔一〕，杜詩：碧色動柴門。又，坡詩：春波如天漲平湖。坐上詩人逸似仙〔二〕。唐李白往見賀知章，知章曰：子，謫仙人也②！白璧一雙無玦缺③〔三〕，《史記》：虞卿説趙王④，賜白璧一雙。吹簫歸去又無緣〔四〕。《列仙傳》：蕭史者，善吹簫，作鳳鳴。一夕，夫婦乘鳳去⑤。

【校】

①又見於《宋元詩·斷腸詩集》卷四、《名媛彙詩》卷十、《名媛詩歸》卷二十、《古今女史·詩集》卷五。詩題，《宋元詩》作「春日雜書」，《名媛彙詩》、《名媛詩歸》、《古今女史》作「春宵」。

②「謫」，陳藏本、黄跋本、徐藏本作「誦」，今據藝芸本、鐵琴本、丁刊本改。

③「白璧」句，《宋元詩》《名媛彙詩》《名媛詩歸》《古今女史》作「彩鳳一雙雲外落」。「璧」，陳藏本作「壁」，今據黄跋本、徐藏本、藝芸本、鐵琴本、丁刊本改。「玦」，丁刊本作「玷」。
④「卿」，陳藏本、鐵琴本作「郎」，今據黄跋本、徐藏本、藝芸本、丁刊本改。
⑤「善吹簫」，陳藏本、黄跋本、徐藏本作「善吹蕭」，今據藝芸本、鐵琴本、丁刊本改。「夫」，黄跋本、徐藏本、藝芸本作「天」。「婦」，陳藏本、黄跋本、徐藏本、藝芸本作「歸」，今據鐵琴本、丁刊本改。

【注】

〔一〕「門前」句：唐韋莊《菩薩蠻》詞：「人人盡説江南好。遊人只合江南老。春水碧於天。畫船聽雨眠。」唐杜甫《春水》詩：「朝來没沙尾，碧色動柴門。」宋蘇軾《送宋構朝散知彭州迎侍二親》詩：「春波如天漲平湖，鞓紅照坐香生膚。」

〔二〕「坐上」句：《新唐書》卷二百二《文藝傳》：「李白，字太白。……天寶初，南入會稽，與吴筠善。筠被召，故白亦至長安。往見賀知章，知章見其文，歎曰：『子，謫仙人也！』」

〔三〕白璧一雙：《史記》卷七十六《平原君虞卿列傳》：「虞卿者，游説之士也。躡蹻檐簦説趙孝成王。一見，賜黄金百鎰，白璧一雙。」玦：古時佩帶的玉器，環形，有缺口。

〔四〕吹簫：參見《前集》卷六《秋日偶成》詩注〔二〕。

【集評】

「坐上」句：太醜！上句何等有意，忽入此等可笑語，恨之。（《名媛詩歸》卷二十）

「吹簫」句：落落不群。（《古今女史·詩集》卷五）

下湖即事①〔一〕

晴波碧漾浸春空②〔二〕，遂館清寒柳曳風③〔三〕。隔岸誰家修竹外⑤〔四〕，杏花斜裊一枝紅⑥〔五〕。

〔一〕古詩：晴波浸碧空。

〔三〕柳子厚詩：遂館清寒春寂寂，柳絲無力以春風④。

〔五〕《水龍吟》詞：名園相倚，初開繁杏⑦，一枝遥見。竹外斜穿。

【校】

①又見於《宋元詩·斷腸詩集》卷四、《名媛彙詩》卷十、《名媛詩歸》卷二十。

②「浸春空」，丁刊本作「浸長空」，《宋元詩》《名媛彙詩》《名媛詩歸》作「接長空」。

③「遂館清寒」，丁刊本作「書館清寒」，《宋元詩》《名媛彙詩》《名媛詩歸》作「書館春寒」。

④「春寂寂」，鐵琴本作「清寂寂」，丁刊本作「多寂寂」。「以」，鐵琴本作「似」，丁刊本作「曳」。

⑤「外」，《宋元詩》《名媛彙詩》《名媛詩歸》作「裏」。

⑥「裊」，鐵琴本作「插」，《宋元詩》《名媛彙詩》《名媛詩歸》作「映」。

⑦「開」，陳藏本作「親」，今據黃跋本、徐藏本、藝芸本、鐵琴本、丁刊本改。

【注】

〔一〕下湖：乘舟入湖。　即事：見本書《前集》卷一《春日即事》詩注〔一〕。

〔二〕晴波：陽光下的水波。唐陸龜蒙《和襲美重玄寺雙矮檜》詩：「更憶早秋登北固，海門蒼翠出晴波。」

〔三〕遂館：即「邃館」，深幽的館舍。「遂」通「邃」。

〔四〕「隔岸」句：宋蘇軾《和秦太虛梅花》詩：「竹外一枝斜更好。」修竹，高高的竹子。唐杜甫《佳人》詩：「天寒翠袖薄，日暮倚脩竹。」

〔五〕「杏花」句：宋晁端禮《水龍吟》詞：「小桃零落春將半。雙燕却來池館。名園相倚，初開繁杏，一枝遥見。竹外斜穿，柳間深映，粉愁香怨。」斜裊，花枝橫斜搖曳、細長柔弱的樣子。唐韋莊《浣溪沙》詞：「清曉妝成寒食天，柳毬斜裊間花鈿。」

【集評】

「柳曳風」，飄揚之甚。（《名媛詩歸》卷二十）

西樓寄情①

靜看飛蠅觸曉窗②〔一〕，坡詩：窗間但見蠅鑽紙③。注：飛蠅觸窗紙，没个出頭時。　宿酲未醒倦梳妝④〔二〕。《江神子》詞：今朝鴛帳酒醒初云云，還憂酒，解醒無。又，古詞：晚起倦梳妝。强調朱粉西樓上⑤〔三〕，《西江月》詞：强調朱粉對菱花。蹙損眉峰懶畫。愁裹春山畫不長⑥〔四〕。古詞：盈盈秋水⑦，淡淡春山。

【校】

①又見於《詩淵》七六一頁、《宋元詩·斷腸詩集》卷四、《名媛彙詩》卷十、《名媛詩歸》卷二十。

②「静看飛蠅觸」，《宋元詩》《名媛彙詩》《名媛詩歸》作「蛺蝶雙飛過」。

③「鑽」，陳藏本作「鐀」，黄跋本、徐藏本作「鎮」，鐵琴本作「觸」，今據藝芸本、丁刊本改。

④「倦」，《宋元詩》作「卷」。

⑤「强調朱粉西樓上」，《宋元詩》《名媛彙詩》《名媛詩歸》作「閒情俱付東流水」。

⑥「裹」，《宋元詩》《名媛彙詩》《名媛詩歸》作「看」。

⑦「秋」，黄跋本、徐藏本作「火」。

【注】

〔一〕「静看」句：宋蘇軾《贈虔州慈雲寺鑑老》詩：「窗間但見蠅鑽紙，門外唯聞佛放光。」《施顧注東坡先生詩》卷三十六《次韻定慧欽長老見寄八首》其一：「鈎簾歸乳燕，穴紙出癡蠅。」注引《傳燈録》：「古靈和尚見其師窗下看經次，有一蠅子鑽紙不得出，即爲偈曰：『空門不肯出，投窗也大奇。百年鑽故紙，何日出頭時。』」
〔二〕宿酲：宿醉。　倦梳妝：宋楊冠卿《好事近》詞：「晚起倦梳妝，斜軃翠鬟雲鬢。」
〔三〕朱粉：古代女子化妝用的胭脂和鉛粉，又作「紅粉」。前蜀牛嶠《菩薩蠻》（舞裙香暖金泥鳳）詞：「愁勻紅粉淚，眉剪春山翠。」
〔四〕春山：春日山色黛青，喻指女子姣好的眉毛。宋阮閱《眼兒媚》（樓上黄昏杏花寒）詞：「也應似舊，盈盈秋水，淡淡春山。」

書窗即事①〔一〕

花落春無語〔二〕，古詩：盡日問花花不語，爲誰零落爲誰開。春歸鳥自啼〔三〕。坡詩：啼鳥落花春寂寂。多情是蜂蝶〔四〕，古詩：遊蜂與蛺蝶，來往有多情②。飛過粉牆西〔五〕。唐詩：蛺蝶穿花竹外通，翩翩又復粉牆東③。

【校】

①又見於《詩淵》七六一頁（選録第一首）、《彤管新編》卷八（選録第一首）、《名媛彙詩》卷六、《名媛詩歸》卷十九、《古今女史·詩集》卷四。

②「蛺」，陳藏本作「蜂」，鐵琴本缺，今據黄跋本、徐藏本、藝芸本、丁刊本改。「有多情」，陳藏本

作「有多晴」，黃跋本、徐藏本作「有多晴」，鐵琴本缺，丁刊本作「是多情」，今據藝芸本改。

③「蛺」，陳藏本、鐵琴本作「蜂」，今據黃跋本、徐藏本、藝芸本、丁刊本改。　「翩翩」，陳藏本、藝芸本、鐵琴本作「朝朝」，今據黃跋本、徐藏本、丁刊本改。

【注】

〔一〕即事：見本書《前集》卷一《春日即事》詩注〔一〕。

〔二〕「花落」句：唐嚴惲《落花》詩：「盡日問花花不語，爲誰零落爲誰開。」

〔三〕「春歸」句：宋蘇軾《與梁左藏會飲傅國博家》詩：「東堂醉卧呼不起，啼鳥落花春寂寂。」

〔四〕「多情」句：唐裴説《牡丹》詩：「遊蜂與蝴蝶，來往自多情。」宋李綱《寓寧國縣圃中桃李雜花盛開感而賦詩》：「溪山有意相輝映，蜂蝶多情自往來。」

〔五〕粉牆：塗刷成白色的牆。唐王駕《雨晴》詩：「蛺蝶飛來過牆去，却疑春色在鄰家。」

【集評】

「是」字，蒙上「花落」「春歸」字，語意苦。（《名媛詩歸》卷十九）

落落自見。（同上）

情思如畫。（《古今女史·詩集》卷四）

一陣挫花雨①〔一〕，古詞：夜來一陣催花雨。高低飛落紅〔二〕。杜：風花高下飛。榆錢空萬疊〔三〕，古詩：風榆落小錢。買不住春風。古詞：滿地榆錢，算來難、買住春歸。

【校】

①「挫」，藝芸本、《古今女史》作「催」。

【注】

〔一〕挫：摧折。宋韓淲《走筆答上饒》詩：「夜來一陣催花雨，二十四番花信風。」

〔二〕「高低」句：唐杜甫《寒食》詩：「寒食江村路，風花高下飛。」

〔三〕「榆錢」三句：万俟詠《木蘭花慢》（恨鶯花漸老）詞：「縱岫壁千尋，榆錢萬疊，難買春留。」榆錢，即榆莢，榆樹的果實。因其初春時先於葉而生，聯綴成串，形似銅錢，故名。唐張仲素《春遊曲三首》其一：「煙柳飛輕絮，風榆落小錢。」

【集評】

「買不住」，妙甚。（《名媛詩歸》卷十九）

飄宕處，妙在帶憨氣、稚氣。（同上）

夜留依緑亭①〔一〕 二首

水鳥棲煙夜不喧〔二〕，《本草》云：水鳥棲滿樹②。風傳宫漏到湖邊〔三〕。古詞：夜長宫漏傳心遠。三更好月十分魄〔四〕，坡詩：明朝好月到三更。萬里無雲一樣天〔五〕。古詩：萬里無雲天一色。

【校】

①又見於《詩淵》三四八九頁、《宋元詩·斷腸詩集》卷四、《名媛彙詩》卷十、《名媛詩歸》卷二十。

②「滿」，丁刊本、《名媛詩歸》作「煙」。

【注】

〔一〕依緑亭：亭名取自唐杜甫詩《陪鄭廣文遊何將軍山林十首》其一：「名園依緑水，野竹上青霄。」

〔二〕棲：禽鳥歇宿。唐劉禹錫《楊柳枝》詩：「揚子江頭煙景迷，隋家宫樹拂金堤。嵯峨猶是當時色，半蘸波中水鳥棲。」

〔三〕宫漏：古代宫中使用銅壺滴漏計時，故稱宫漏。唐白居易《同錢員外禁中夜直》詩：「宫漏三聲知半夜，好風涼月滿松筠。」宋阮逸女《花心動》（仙苑春濃）詞：「夜長宫漏傳聲遠，紗窗映，銀釭明滅。」

〔四〕「三更」句：宋蘇軾《贈孫莘老七絶》其四：「暫借官奴遣吹笛，明朝新月到三更。」魄，新月初生或圓而始缺時不明亮的部分，此處泛指月光。唐李商隱《街西池館》詩：「疏簾留月魄，珍簟接煙波。」

〔五〕「萬里」句：宋李之儀《學書十絶》其八：「萬里無雲天一色，單衣不試似初春。」

【集評】

「棲煙」説水鳥，若有一段寄托。（《名媛詩歸》卷二十）

結句無味，則全詩俱損。故詩家振響之法，不可不知。（同上）

雨換新涼秋興濃①〔一〕，《選》：時秋積雨霽，新涼入郊墟②。流螢明滅緑楊中〔二〕。《螢火》詩：雨打應難濕③，風吹轉更明。庭虚池印一方月〔三〕，周詞：窗外月照，一方天井④。樓静簷披四面風⑤〔四〕。《小重山》詞：六曲勾欄四面風。

【校】

①「雨换」，陳藏本、黄跋本、徐藏本、藝芸本作「兩換」，《宋元詩》《名媛彙詩》《名媛詩歸》作「雨過」，今據鐵琴本、丁刊本、《詩淵》改。

②「墟」，陳藏本作「虚」，今據黄跋本、徐藏本、藝芸本、鐵琴本、丁刊本改。
③「濕」，陳藏本、黄跋本、徐藏本、鐵琴本作「温」，丁刊本作「滅」，今據藝芸本校改。
④「井」，陳藏本缺，今據黄跋本、徐藏本、藝芸本、鐵琴本、丁刊本補。
⑤「簷」，《宋元詩》《名媛彙詩》《名媛詩歸》作「簾」。

【注】

〔一〕「雨換」句：唐韓愈《符讀書城南》詩：「時秋積雨霽，新涼入郊墟。」

〔二〕流螢：飛行無定的螢火蟲。唐李嘉祐《詠螢》詩：「夜風吹不滅，秋露洗還明。」宋張元幹《石州慢》（雨急雲飛）詞：「誰家疏柳低迷，幾點流螢明滅。」

〔三〕「庭虚」句：唐劉禹錫《金陵五題·生公講堂》詩：「高坐寂寥塵漠漠，一方明月可中庭。」宋楊澤民《側犯》（九衢豔質）詞：「窗外月照，一方天井。」

〔四〕「樓静」句：唐張籍《宿廣德寺寄從男》詩：「古寺客堂空，開簾四面風。」

【集評】

「一方月」，明遠。（《名媛詩歸》卷二十）

閑步①

天街平貼净無塵②〔一〕，韓詩：天街小雨潤如酥③。又，古詩：無塵從不掃。燈火春摇不夜城④〔二〕。《齊地記》解道康曰：齊有不夜城⑤。乍得好涼宜散步⑥，《選》：散步後塘趁晚凉⑦。朦朧新月弄疏明⑧。《小重山》詞：一霫新月上。

【校】

①又見於《宋元詩·斷腸詩集》卷四、《名媛彙詩》卷十、《名媛詩歸》卷二十。

②「平貼浄」，《宋元詩》《名媛彙詩》《名媛詩歸》作「蕩蕩静」。

③「潤」，陳藏本作「閏」，鐵琴本缺，今據黄跋本、徐藏本、藝芸本、丁刊本改。

④「春摇」，《宋元詩》《名媛彙詩》《名媛詩歸》作「熒煌」。

⑤「有」，陳藏本作「育」，今據黄跋本、徐藏本、藝芸本、鐵琴本、丁刊本改。

⑥「好」，《宋元詩》《名媛彙詩》《名媛詩歸》作「新」。

⑦「晚涼」，陳藏本、黄跋本、徐藏本作「晚綡」，今據藝芸本、鐵琴本、丁刊本改。

⑧「朦朧新月弄」，《宋元詩》《名媛彙詩》《名媛詩歸》作「一鈎新月映」。

【注】

〔一〕天街：京城中的街道。唐韓愈《早春呈水部張十八員外二首》其一：「天街小雨潤如酥，草色遥看近却無。」平貼：平整妥貼。無塵：唐韓愈《奉和虢州劉給事使君三堂新題二十一詠·竹徑》詩：「無塵從不掃，有鳥莫令彈。」

〔二〕不夜城：此處形容城市夜晚燈火通明，如同白晝。《齊地記》所載「不夜城」是古地名。宋蘇軾《雪後到乾明寺遂宿》詩：「風花誤入長春苑，雲月長臨不夜城。」《集注分類東坡先生詩》卷五注：「解道康《齊地記》曰：『齊有不夜城。蓋古者有日，夜中照於東境，故萊子立此城，以不夜爲名。』」

【集評】

「得」字、「宜」字疏冷。（《名媛詩歸》卷二十）

「疏明」特説出「映」字，麗而静，空而遠，清光徘徊。（同上）

聞鵲①

牆頭花外説新情②〔一〕，古詩：紅粉牆頭，緑楊樓外，聲聲喚起新愁恨③。撥去閑愁着耳聽。《選》：鳴雁來時着耳聽。青鳥已承雲信息④〔二〕，《漢武帝故事》：七月七日於承華殿，有青鳥來殿前。注：青鳥，乃鵲也。預先來報兩三聲⑤〔三〕。《天寶遺事》：喜鵲，能報喜也。

【校】

① 又見於《分門纂類唐宋時賢千家詩選》卷十九、《詩淵》二八二〇頁、《宋元詩·斷腸詩集》卷四、

《名媛彙詩》卷十、《古今女史·詩集》卷五。　詩題，《千家詩選》作「鵲」。

②「牆頭花外」，《宋元詩》《名媛彙詩》《古今女史》作「簷頭花外」。「説新情」，丁刊本、《千家詩選》作「説新晴」，《宋元詩》《名媛彙詩》《古今女史》作「噪風晴」。

③「唤」，陳藏本作「换」，今據黄跋本、徐藏本、藝芸本、鐵琴本、丁刊本改。

④「青鳥已承」，《宋元詩》《名媛彙詩》《古今女史》作「靈鳥已承」。

⑤「預先來報」，《名媛彙詩》、《古今女史》作「預來先報」。

【注】

〔一〕「牆頭」句：宋康與之《風入松》（畫橋流水欲平闌）詞：「紅杏牆頭院落，緑楊樓外秋千。」

〔二〕青鳥：神話傳説中爲西王母取食、傳信的神鳥。《藝文類聚》卷九一引《漢武故事》：「七月七日，上於承華殿齋，正中，忽有一青鳥從西方來，集殿前。上問東方朔，朔曰：『此西王母欲來也。』有頃，王母至，有二青鳥如烏，俠侍王母旁。」南唐李璟《浣溪沙》（手捲真珠上玉鈎）詞：「青鳥不傳雲外信，丁香空結雨中愁。」

〔三〕「預先」句：見本書《前集》卷五《月夜》詩注〔一〕鵲喜。

【集評】

當家。（《古今女史·詩集》卷五）

試墨①

翠樓高壓浙山頭，海角湖光豁醉眸〔一〕。坡詞：山頭望湖光潑眼。萬景入簾吹不捲〔二〕，劉禹錫詩：草色入簾青②。一般心做百般愁。

【校】

①又見於《詩淵》一四七五頁。

②「詩」，陳藏本、黄跋本、徐藏本作「請」，今據藝芸本、鐵琴本、丁刊本改。

【注】

〔一〕「海角」句：宋蘇軾《至秀州贈錢端公安道并寄其弟惠山老》詩：「山頭望湖光潑眼，山下濯足波生指。」豁，舒展，開闊。唐李群玉《登蒲澗寺後二巖三首》其二：「青天豁眼快，碧海醒心秋。」醉眸，醉眼。

〔二〕「萬景」句：舊題唐劉禹錫《陋室銘》：「苔痕上階緑，草色入簾青。」

燈花 俗謂燈有財花，有客花，故成末句①〔一〕

蘭釭和氣散氤氳〔二〕，《選》詩：和氣散氤氳。忽作元珠吐穗新〔三〕。劉禹錫詩：燈花吐穗金粟生。膏脈破芽非藉手〔四〕，敷芳成豔不關春〔五〕。韓《燈花》詩：那肯待春紅②。疑猜海角天涯事〔六〕，古詞：到如今，甘心海角天涯。攪亂衾寒枕冷人〔七〕。古：枕冷衾寒，夜長無奈愁何。我欲生憐心焰上，何妨好客致清貧〔八〕。山谷詩：好客不嫌貧太甚，水晶盤燈水晶□③。

【校】

①又見於《詩淵》一三九二頁、《宋元詩·斷腸詩集》卷三、《名媛彙詩》卷十五、《名媛詩歸》卷十九、《古今女史·詩集》卷八。

②「肯待」，陳藏本、黄跋本、徐藏本、藝芸本作「青待」，今據鐵琴本、丁刊本改。

③「燈水晶□」，鐵琴本作「對水晶鹽」，丁刊本作「有水晶鹽」。

【注】

〔一〕燈花：見本書《前集》卷五《月夜》詩注〔一〕。

〔二〕蘭釭：燃蘭膏的燈，亦爲對燈的美稱。唐施肩吾《夜宴曲》：「蘭釭如晝曉不眠，玉堂夜起沈香煙。」氤氳：煙氣彌漫的樣子。

〔三〕元珠：圓形的珍珠。

〔四〕膏脈破芽：肥沃的土壤中新芽破土而出，此處形容潤澤的燈芯燒結出燈花。藉：借助。

〔五〕「敷芳」句：唐韓愈《詠燈花同侯十一》詩：「自能當雪暖，那肯待春紅。」敷芳，開花。

〔六〕海角天涯：形容偏僻遥遠的地方。唐白居易《潯陽春三首·春生》詩：「春生何處闇周遊，海角天涯遍始休。」

〔七〕衾寒枕冷：枕被俱冷，形容獨眠的孤寂凄涼。宋柳永《爪茉莉》（每到秋來）詞：「衾寒枕冷，夜迢迢，更無寐。」

〔八〕「何妨」句：宋王琮《哭潘令》詩：「官爲吟詩折，家因好客貧。」

【集評】

結語殊無雅度。（《名媛詩歸》卷十九）

是一佳謎。（《古今女史·詩集》卷八）

書王庵道姑壁①

短短牆圍小小亭，山谷詩：竹外周圍短短牆云云。半簷疏玉響泠泠②〔一〕。古詩：脩竹拂簷鳴戛玉。塵飛不到人長静〔二〕，王介甫詩：紅塵飛不到。一篆爐煙兩卷經〔三〕。

【校】

①又見於《詩淵》一六一七頁（失注作者姓名）、《宋元詩·斷腸詩集》卷四、《名媛彙詩》卷十、《名媛詩歸》卷二十。

②「半」，《宋元詩》缺，《名媛彙詩》《名媛詩歸》作「茅」。

【注】

〔一〕疏玉：形容竿竿綠竹青翠如玉。宋吴可《筠寮》詩：「獨出萬物表，清蟾映疏玉。」泠泠：形容聲音清越、悠揚。

〔二〕「塵飛」句：唐裴度《溪居》詩：「紅塵飛不到，時有水禽啼。」

〔三〕篆：盤香的喻稱。宋秦觀《減字木蘭花》（天涯舊恨）詞：「欲見回腸，斷盡金鑪小篆香。」

【集評】

「半簷」句：光景幽疏。（《名媛詩歸》卷二十）

東馬塍①〔一〕

一塍芳草碧芊芊〔二〕，《選》詩：王孫離恨草芊芊。活水穿花暗護田〔三〕。王介甫詩：一水護田將綠遶。蠶事正忙農事急〔四〕，坡詩全句。又，杜詩：農務村村急。不知春色爲誰妍〔五〕。東坡《海棠》詩：開盡東風誰與妍②。

【校】

①又見於《詩淵》二二七六頁、《宋元詩·斷腸詩集》卷四、《名媛彙詩》卷十、《名媛詩歸》卷二十。

②「誰與妍」，黃跋本、徐藏本、鐵琴本作「誰與析」。

【注】

〔一〕東馬塍（chéng）：《咸淳臨安志》卷三十：「東、西馬塍在餘杭門外，土細宜花卉，園人工於種接。都城之花皆取焉。」

〔二〕塍：田埂。　芳草：香草。唐儲嗣宗《和顧非熊先生題茅山處士閒居》詩：「唯有階前芳草色，年年惆悵憶王孫。」　芊芊：草木茂盛的樣子。

〔三〕「活水」句：宋王安石《書湖陰先生壁二首》其一：「一水護田將緑遶，兩山排闥送青來。」

〔四〕「蠶事」句：唐杜甫《春日江村五首》其一：「農務村村急，春流岸岸深。」

〔五〕「不知」句：宋蘇軾《送鄭户曹》詩：「東歸不趁花時節，開盡春風誰與妍。」

【集評】

「蠶事」句：叙風土，率意已見。（《名媛詩歸》卷二十）

墨梅①〔一〕

若個龍眠手〔二〕，宋朝李伯時善畫，號爲龍眠居士。能傳處士詩〔三〕。即林和靖，孤山處士。借他窗上影〔四〕，古詞：月移疏影上窗紗。寫作雪中枝〔五〕。劉禹錫《梅》詩：雪中未問和羹事。頃刻回春色〔六〕，韓詩：能開頃刻花。輕盈動玉巵〔七〕。古詞：輕盈照路旁。不能殷七七〔八〕，《漁隱叢話》：一日，周寶謂殷七七曰：鶴林寺花天下奇絶。後人作詩曰：安得道人殷七七，不論時節使花開②。横笛月中吹〔九〕。古《梅》詩：憑仗高樓莫吹笛。

【校】

①又見於《宋元詩·斷腸詩集》卷二、《名媛彙詩》卷十三、《名媛詩歸》卷十九、《古今女史·詩集》卷七。

②「論」，陳藏本作「侖」，今據黄跋本、徐藏本、藝芸本、鐵琴本、丁刊本改。

【注】

〔一〕墨梅：用墨筆畫的梅花。《志雅堂雜鈔》：「衡州有花光山，長老仲仁能作墨梅，所謂花光梅是也。」《古今畫鑑》：「楊補之墨梅甚清絶，水仙亦奇，自號逃禪老人。」元王惲《跋楊補之墨梅後》：「花光梅在前宋爲第一，賞之者至有『買舟來住』之語。及補之一出，變枯硬爲秀潤。」

〔二〕若個：哪個。龍眠：北宋畫家李公麟，字伯時，自號龍眠居士，擅長白描。宋汪藻《戲題寂庵》詩：「安得龍眠手，添成憩寂圖。」

〔三〕處士：北宋詩人林逋，見《前集》卷六《木犀四首》（其三）注〔三〕。

〔四〕「借他」句：宋陳與義《梅》詩：「愛欹纖影上窗紗，無限輕香夜遶家。」

〔五〕「寫作」句：宋王曾《早梅》詩：「雪中未問和羹事，且向百花頭上開。」

〔六〕頃刻：片刻，極短的時間。唐韓湘《言志》詩：「解造逡巡酒，能開頃刻花。」

〔七〕「輕盈」句：宋榮譚《南鄉子》詞：「江上野梅芳。粉色盈盈照路傍。」玉巵，玉製的酒杯。

〔八〕殷七七：唐代道士，以善幻術知名於世。《太平廣記》卷五十二引《續仙傳》：「殷七七，名天祥，又名道筌，嘗自稱七七。……每日醉歌曰：『彈琴碧玉調，藥鍊白朱砂。解醖頃刻酒，能開非時花。』」《苕溪漁隱叢話・後集》卷三十引《續仙傳》：「鶴林寺有杜鵑花。……一日，周寶謂殷七七曰：『鶴林寺花天下奇絶，嘗聞汝能開頃刻花，此花可副重九乎？』曰：『可也。』乃前二日往鶴林寺宿。中夜，女子來謂七七曰：『妾爲上蒼所命，下司此花，非久即歸閬苑，今爲道者開之。』來日，寺僧訝花漸拆，至九日爛熳。後經兵火，其花遂亡，信歸閬苑矣。」宋蘇軾《後十餘日復至》詩：「安得道人殷七七，不論時節遣花開。」

〔九〕「横笛」句：《能改齋漫録》卷三：「《樂府雜録》載，笛者，羌樂也。古曲有《落梅花》《折楊柳》，非謂吹之則梅落耳。……然後世皆以吹笛則梅花落，如戎昱《聞笛》詩云『平明獨惆悵，飛盡一庭梅』，崔櫓《梅》詩『初開已入雕梁畫，未落先愁玉笛吹』，《青瑣集》詩『憑仗高樓莫吹笛，大家留取倚欄看』，皆不悟其失耳。惟杜子美、王之涣、李太白不然。……李云『黄鶴樓中吹玉笛，江城五月落梅花』，亦謂笛有二曲也。」宋謝逸《梅》詩：「但有仙人殷七七，從教横笛月中吹。」

【集評】

起二句，太着色相。（《名媛詩歸》卷十九）

月臺①〔一〕

下視紅塵意眇然②〔二〕，班固《西都賦》：紅塵四合。翠欄十二出雲顛〔三〕。古詞：獨倚欄干十二。縱眸愈覺心寬大〔四〕，唐劉禹錫詩：始覺起寬大③。碧落無垠遶地圓④〔五〕。唐白樂天《長恨歌》：上天同歸碧落。

【校】

① 黄跋本、徐藏本、鐵琴本、丁刊本《前集》卷八止於《墨梅》詩，後缺《月臺》《雲掩半月》二詩，陳藏本、藝芸本不缺，鐵琴本補録二詩於卷六之末，丁刊本補録於《補遺》。又見於《詩淵》三〇七五頁。

② 「眇」，鐵琴本作「渺」。

③ 「起寬大」，陳藏本作「起覽大」，鐵琴本、丁刊本缺，今據藝芸本改。

④ 「垠」，丁刊本作「根」。

【注】

〔一〕月臺：賞月之臺。《吳郡圖經續記》卷上：「近晏大夫處善葺故亭於城西北隅，號曰月臺，以便登覽。」《方輿勝覽》卷六《浙東路・紹興府》「月臺」：「舊有此臺，不知其址。汪綱創，在鎮越堂之前。」

〔二〕紅塵：車馬揚起的飛塵，此處指繁華之地。《文選》卷一引班固《西都賦》：「闐城溢郭，旁流百廛。紅塵四合，煙雲相連。」眇然：廣遠貌。

〔三〕翠欄十二：青緑色的欄干曲曲折折。十二，言欄干曲折之多。唐李商隱《碧城三首》其一：「碧城十二曲闌干，犀辟塵埃玉辟寒。」宋米芾《水調歌頭》（砧聲送風急）詞：「可愛一天風物，遍倚闌干十二，宇宙若萍浮。」雲顛：雲端。

〔四〕「縱眸」句：唐劉禹錫《客有爲余話登天壇遇雨之狀因以賦之》詩：「俯觀群動静，始覺天宇大。」縱眸：放眼觀看。

〔五〕碧落：道教語。青天，天空。《永樂大典戲文三種校注》引《小孫屠》第十三齣：「在天同歸碧落，入地共返黄泉。」唐白居易《長恨歌》：「上窮碧落下黄泉，兩處茫茫皆不見。」

雲掩半月①

霜月迎寒着意圓②〔一〕，《禮》：篇黄氏吹《豳》迎寒③。又，東坡詩：玉帳夜談霜月苦。横天雲浪礙嬋娟④〔二〕。坡詞：千里共嬋娟。嫦娥未肯全梳掠⑤〔三〕，見前注。玉鑑先教露半邊〔四〕。

【校】

①黄跋本、徐藏本缺此首，鐵琴本補録於卷六之末，丁刊本補録於《補遺》。又見於《分門纂類唐宋時賢千家詩選》卷十二。

②「霜月迎寒」，《千家詩選》作「霜月凝寒」。

③「吹」，陳藏本作「次」，丁刊本缺，今據藝芸本、鐵琴本改。

④「礙」，陳藏本、鐵琴本作「共」，今據藝芸本、丁刊本、《千家詩選》改。

⑤「肯」，鐵琴本作「許」。

【注】

〔一〕霜月：寒夜的月亮。宋蘇軾《送曾仲錫通判如京師》詩：「玉帳夜談霜月苦，鐵騎曉出冰河裂。」迎寒：謂迎接寒氣初來。《周禮・春官・籥章》：「中春，晝擊土鼓，龡《豳詩》以逆暑。中秋夜迎寒，亦如之。」《太平御覽》卷二十四引《周禮》：「籥章氏，掌仲秋擊土鼓、吹《豳詩》以迎寒氣。」鄭注「篇黄」當爲「籥章」。

〔二〕嬋娟：美好的月光。宋蘇軾《水調歌頭》（明月幾時有）詞：「但願人長久，千里共嬋娟。」

〔三〕梳掠：梳妝。

〔四〕玉鑑：玉鏡，此處形容皎潔的月亮。宋王炎《又題月臺》詩：「玉鑑照空無盡境，冰輪碾水不生瀾。」

前集卷九

閨怨

傷别①　二首

覽鏡驚容却自嫌〔一〕，唐李益詩：衰鬢臨朝鏡，將看却自疑。逢春長盡病懨懨②〔二〕。《香奩集》：年年三月病懨懨。吹花弄粉新來懶〔三〕，周詞：弄粉調朱揉素手③，問何時重握。惹恨供愁舊日添〔四〕。《沁園春》詞：凝眸。悔上層樓。便惹起新愁和舊愁④。生怕子規聲到耳〔五〕，杜荀鶴詩：蜀魄聲聲到耳邊。苦羞雙燕影穿簾⑤〔六〕。杜詩：風簾入雙燕。眉頭眼底無他事〔七〕，古詞：離情愁思，盡分付、眉頭眼底。須信離情一味嚴〔八〕。黄山谷詩：併作南樓一味涼⑥。

【校】

①陳藏本《前集》僅存八卷，今以黄跋本爲底本校録《前集》卷九、卷十。此首又見於《分門纂類

唐宋時賢千家詩選》卷一、《名媛彙詩》卷十五、《名媛詩歸》卷十九、《古今女史·詩集》卷八。　詩題，《千家詩選》作「傷春」。

②「盡」，《千家詩選》、丁刊本作「是」。
③「朱」，丁刊本作「脂」。
④「和」，藝芸本作「何」，丁刊本作「與」。
⑤「影」，《千家詩選》作「語」。
⑥「樓」，黄跋本、徐藏本作「横」，藝芸本、丁刊本作「來」，今據鐵琴本改。

【注】

〔一〕「覽鏡」句：唐李益《照鏡》詩：「衰鬢朝臨鏡，將看却自疑。」宋蘇軾《送喬仝寄賀君六首》其一：「紅顔白髮驚妻孥，覽鏡自嫌欲棄軀。」

〔二〕病懨懨：形容病弱精神不振，亦作「病厭厭」。唐韓偓《春盡日》詩：「把酒送春惆悵在，年年三月病厭厭。」宋歐陽修《定風波》（過盡韶華不可添）詞：「把酒送春惆悵甚。長恁。年年三月病厭厭。」

〔三〕弄粉：調弄脂粉，打扮妝飾。宋周邦彦《丹鳳吟》（迤邐春光無賴）詞：「弄粉調朱柔素手，問何時重握。」

〔四〕惹恨供愁：引發、滋長愁思怨恨。唐賈至《春思二首》其一：「東風不爲吹愁去，春日偏能惹恨長。」宋辛棄疾《水龍吟》(楚天千里清秋)：「遥岑遠目，獻愁供恨，玉簪螺髻。」

〔五〕子規：杜鵑鳥。參見本書《前集》卷一《春霽》詩注〔七〕。唐杜荀鶴《聞子規》詩：「楚天空闊月成輪，蜀魄聲聲似告人。」

〔六〕「苦羞」句：齊謝朓《和王主簿怨情》詩：「花叢亂數蝶，風簾入雙燕。」宋人注杜甫詩引「謝玄暉：風簾入雙燕」，鄭元佐注誤引爲杜詩。南唐馮延巳《鵲踏枝》(六曲闌干偎碧樹)：「誰把鈿箏移玉柱，穿簾海燕驚飛去。」

〔七〕「眉頭」句：宋張孝祥《眼兒媚》詞：「曉來江上荻花秋。做弄個離愁。……須知此去應難遇，直待醉方休。如今眼底，明朝心上，後日眉頭。」

〔八〕一味：完全，單純。宋黄庭堅《鄂州南樓書事》詩：「清風明月無人管，併作南樓一味涼。」

嚴：深重，濃重。

【集評】

「苦羞」句：觸物增緒，正有其情。(《名媛詩歸》卷十九)

無限淒其，滿腔悲憤。(《古今女史・詩集》卷八)

雙燕呢喃語畫梁〔一〕，《黄遺》唐王榭燕事云①：下視梁上雙燕呢喃。勸人休恁苦思量②〔二〕。《于飛樂》詞③：教我莫思量④，怎不思量。逢春觸處須縈恨〔三〕，《最高樓》詞：却教人，逢春怕，見花羞⑤。對景無時不斷腸〔四〕。寒食梨花新月夜〔五〕，坡詩：共藉梨花作寒食。晏殊詩：梨花院落溶溶月。黄昏楊柳舊風光。繁華種種成愁恨〔六〕，坡詩：愁悶歸來種種長。最是西樓近夕陽〔七〕。梁溪詩：西樓立盡夕陽斜。

【校】

①「榭」，藝芸本、丁刊本作「謝」，鐵琴本作「楙」。

②「勸」，丁刊本作「都」。

③「于飛樂」，丁刊本作「子飛泉」。

④「莫思量」，黄跋本、徐藏本、鐵琴本作「莫量思」，今據藝芸本、丁刊本改。

⑤「花羞」，丁刊本作「華屋」。

【注】

〔一〕「雙燕」句：宋劉斧《摭遺》載，唐王榭，金陵人。航海舟破，抵一洲，遇翁嫗，以女妻榭。榭詢其國名，女曰「烏衣國也」。後榭思歸，國王命取飛雲軒來，令榭入其中，閉目，王命翁嫗扶持送歸。榭但聞風聲怒濤，既久，開目，已至其家。坐堂上，四顧無人，惟梁上有雙燕呢喃。榭仰視，乃知所止之國，燕子國也。鄭注「黄遺」，當爲「摭遺」。呢喃，燕子的鳴叫聲。宋薛季宣《寒食雨》詩：「言歸社雁已家鄉，紫燕呢喃識舊梁。甚雨疾風寒食夜，旅人情緒一思量。」

畫梁，有彩繪裝飾的屋梁。

〔二〕休恁：不要這樣。 思量：想念，相思。宋李之儀《謝池春》（殘寒銷盡）詞：「不見又思量，見了還依舊。爲問頻相見，何似長相守。」

〔三〕「逢春」句：唐韋莊《春愁》詩：「寓思本多傷，逢春恨更長。」觸處，到處，隨處，極言其多。宋辛棄疾《一剪梅》（塵灑衣裾客路長）詞：「別離觸處是悲涼。夢裏青樓，不忍思量。」縈恨，牽惹愁思。

〔四〕「對景」句：唐武元衡《長安賊中寄題江南所居茱萸樹》詩：「今來獨向秦中見，攀折無時不斷腸。」

〔五〕寒食梨花：寒食節前後，梨花正開。宋周邦彦《蘭陵王》（柳陰直）詞：「梨花榆火催寒食。」宋蘇軾《送表弟程六知楚州》詩：「功成頭白早歸來，共藉梨花作寒食。」宋晏殊《寓意》詩：「梨花院落溶溶月，柳絮池塘淡淡風。」

〔六〕「繁華」句：唐司空圖《南北史感遇十首》其九：「昔日繁華今日恨，雉媒聲晚草芳時。」種種，宋蘇軾《送李供備席上和李詩》：「風流別後人人憶，才器歸來種種長。」

〔七〕「最是」句：宋晏殊《清平樂》（紅箋小字）詞：「斜陽獨倚西樓，遥山恰對簾鉤。」

訴愁

苦没心情只愛眠〔一〕，邊孝先，腹便便。懶讀書，只愛眠。 夢魂還又到愁邊〔二〕。 趙文鼎詩：

相思情不極，有夢到愁邊。舊家庭院春長鎖〔三〕，山谷詞云：舊家楊柳依依緑，長鎖春來庭院。今夜樓臺月正圓〔四〕。古詩：近水樓臺先得月。錦帳□□雙鳳帶①〔五〕，《文粹》李《廬山謡》云：屏風九疊雲錦帳②。獸爐閑爇水沈煙③〔六〕。坡詩：水沈銷盡碧煙横。又，《滿庭芳》詞：獸爐煙斷，殘燭照庭幃。良辰美景俱成恨〔七〕，坡詩：良辰美景俱難并④。莫問新年與舊年。

【校】

①「錦帳□□雙鳳帶」，黄跋本、徐藏本、藝芸本作「錦夜樓臺雙鳳帶」，「夜樓臺」三字與上句重複，鐵琴本作「錦帳樓臺雙鳳帶」，亦重出二字，均不足據。丁刊本作「鳳帶□□雲錦□」，亦不足據。第二字今據鐵琴本作「帳」，第三、第四字暫缺。此句冀校本作「鳳帶□□雲錦帳」，校勘記云：「『□□』，周振甫先生疑作『空垂』。」

②「雲錦帳」，丁刊本作「雲錦張」。

③「閑」，丁刊本作「開」。

④「美景俱難并」，藝芸本作「樂事古難并」，鐵琴本作「美景與誰共」，丁刊本作「樂事古來并」。

【注】

〔一〕「苦没」句：《後漢書》卷八十《文苑列傳》：「邊韶字孝先，陳留浚儀人也。以文章知名，教授數百人。韶口辯，曾晝日假卧，弟子私嘲之曰：『邊孝先，腹便便。懶讀書，但欲眠。』韶潛聞之，應時對曰：『邊爲姓，孝爲字。腹便便，《五經》笥。但欲眠，思經事。寐與周公通夢，静與孔子同意。師而可嘲，出何典記？』嘲者大慚。韶之才捷皆此類也。」

〔二〕「夢魂」句：宋史達祖《風流子》（飛瓊神仙客）詞：「還因秀句，意流江外，便隨輕夢，身墮愁邊。……好在夜軒涼月，空自團圓。」

〔三〕舊家：過去，從前。宋無名氏《聲聲令》詞：「簾移碎影，香褪衣襟。舊家庭院嫩苔侵。」

〔四〕「今夜」句：宋蘇麟獻范仲淹求薦詩：「近水樓臺先得月，向陽花木易逢春。」

〔五〕「錦帳」句：唐李白《廬山謡寄盧侍御虚舟》：「廬山秀出南斗傍，屏風九疊雲錦張。」錦帳，錦製的帷帳。鳳帶，繡有鳳凰花樣的衣帶。宋晁端禮《雨霖鈴》（槐陰添緑）詞：「薔薇花下曾記，雙鳳帶、索題詩曲。」宋蘇軾《西江月》詞：「聞道雙銜鳳帶，不妨單著鮫綃。夜香知與阿誰燒。悵望水沈煙裊。」

〔六〕獸爐：獸形的香爐。宋晁端禮《緑頭鴨》詞：「錦堂深，獸爐輕噴沈煙。」爇：焚燒。水沈：用沈香製作的香。《本草綱目》卷三十四：「（沈香）木之心節置水則沈，故名沈水，亦曰水沈。」宋蘇軾《佛日山榮長老方丈五絶》其五：「日射回廊午枕明，水沈銷盡碧煙横。」宋程垓《謁金門》（花簇簇）詞：「小院春深窗鎖緑。水沈風斷續。」

〔七〕良辰美景：美好的時光和景物。南朝宋謝靈運《擬魏太子鄴中集八首・序》：「天下良辰、美景、賞心、樂事，四者難并。」宋蘇軾《次韻楊褒早春》詩：「良辰樂事古難並，白髮青衫我亦歌。」

愁懷①　二首

鷗鷺鴛鴦作一池〔一〕，古詞：鴛鴦鷗鷺，浴亂一池春碧。須知羽翼不相宜〔二〕。東君不與花爲主②〔三〕，古詞：把酒祝東君，願與花枝長爲主③。何似休生連理枝④〔四〕。白樂天詩：在地願爲連理枝。

【校】

①又見於《宋元詩·斷腸詩集》卷四、《名媛彙詩》卷十、《名媛詩歸》卷二十，均選録第一首。

②「不」，《宋元詩》《名媛彙詩》《名媛詩歸》作「是」。

③「長」，丁刊本作「去」。

④「何似休生」，《宋元詩》《名媛彙詩》《名媛詩歸》作「一任多生」。

【注】

〔一〕鷗鷺：水鳥名。鷗，羽毛色灰或白，嘴鈎曲，翼長而尖，浮於水上，輕漾如漚。鷺，嘴直而尖，頸細而長，脚高尺餘，林棲水食。鴛鴦：水鳥名。善游泳，體小於鴨，雄鳥羽色絢麗，雌鳥羽色蒼褐。相傳雌雄偶居不離，常用以比喻夫婦。

〔二〕相宜：合適。宋張孝祥《卜算子》詞：「雪月最相宜，梅雪都清絶。」

〔三〕東君：司春之神。宋曾覿《生查子》（温柔鄉内人）詞：「東君深有情，解與花爲主。」宋嚴蕊《卜算子》（不是愛風塵）詞：「花落花開自有時，總是東君主。」

〔四〕何似：何如。用反問的語氣表示不如。唐王樞《和嚴惲落花詩》：「春風底事輕摇落，何似從来不要開。」連理枝：兩樹枝條相連。比喻恩愛的夫婦。唐白居易《長恨歌》：「在天願作比翼鳥，在地願爲連理枝。」

【集評】

「須知」句：氣樸而直。（《名媛詩歸》卷二十）

《愁懷》云：「鷗鷺鴛鴦作一池，須知羽翼不相宜。東君是與花爲主，一任多生連理枝。」案《愁懷》一首，大似諷夫納姬之作。近有才婦諷夫納姬詩云：「荷葉與荷花，紅緑兩相配。鴛鴦自有群，鷗鷺莫入隊。」政與此詩闇合。《遊覽志餘》改後二句作「東君不與花爲主，何似休生連理枝」，以爲淑真厭薄其夫之佐證。何樂爲此，其心地殆不可知。（《蕙風詞話》卷四）

滿眼春光色色新〔一〕，杜詩：庭春入眼濃。花紅柳緑總關情〔二〕。《武陵春》詞：柳緑花紅春爛熳。欲將鬱結心頭事〔三〕，付與黃鸝叫幾聲〔四〕。古詞云：葉底黃鸝三兩聲。

【注】

〔一〕「滿眼」句：唐杜甫《庭草》詩：「楚草經寒碧，庭春入眼濃。」

〔二〕「花紅」句：唐薛稷《餞唐永昌》詩：「更思明年桃李月，花紅柳緑宴浮橋。」

〔三〕鬱結：憂思煩惱糾結不解。

〔四〕「付與」句：宋晏殊《破陣子》（燕子來時新社）詞：「池上碧苔三四點，葉底黄鸝一兩聲。日長飛絮輕。」

舊愁①　二首

銀屏屈曲障春風〔一〕，古詞：斷腸屈曲屏山。獨抱寒衾睡正濃〔二〕。《洞仙歌》詞：獨擁香衾一半。啼鳥一聲驚夢破②〔三〕，山谷詩：午窗正作故園夢，誰遣黄鸝啼一聲。亂愁依舊鎖眉峰〔四〕。古詞：蹙損兩眉峰。

【校】

①又見於《精選唐宋千家聯珠詩格》卷七（選録第二首）、《宋元詩·斷腸詩集》卷四（選録第一首）、《名媛彙詩》卷十（選録第一首）、《名媛詩歸》卷二十（選録第一首）。詩題，《聯珠詩格》

作「春怨」。

②「驚夢破」，《名媛詩歸》作「驚破夢」。

【注】

〔一〕銀屏：鑲銀的屏風。唐白居易《長恨歌》：「攬衣推枕起徘徊，珠箔銀屏邐迤開。」屈曲：彎曲，曲折。宋趙長卿《鷓鴣天》（寶篆龍煤燒欲殘）詞：「幽夢斷，舊盟寒。那時屈曲小屏山。」

〔二〕寒衾：冰冷的被子。宋揚無咎《瑞鶴仙》詞：「聽梅花再弄。殘酒醒，無寐寒衾愁擁。」

〔三〕「啼鳥」句：宋黃庭堅《和斌老悟道頌》：「黃鸝臨夢啼一聲，白日當窗始知錯。」唐杜審言《賦得妾薄命》詩：「啼鳥驚殘夢，飛花攪獨愁。」

〔四〕眉峰：眉頭。宋張孝祥《醉落魄》（輕黃澹緑）詞：「多情早是眉峰蹙。一點秋波，閒裏覷人毒。」

【集評】

「依舊」從「驚夢」説來，正是愁懷不可耐處。（《名媛詩歸》卷二十）

花影重重疊綺窗〔一〕，杜荀鶴詩：日高花影重。又，潘安仁詩：明月入綺窗。篆煙飛上枕屏香〔二〕。古詩：一篆飛煙遶畫屏。無情鶯舌驚春夢①〔三〕，韓詩：鶯舌巧如簧。喚起愁人對夕陽〔四〕。古詩：喚起新愁和舊愁②。

【校】

①「情」，丁刊本作「塵」。

②「和」，丁刊本作「知」。

【注】

〔一〕花影：唐杜荀鶴《春宮怨》詩：「風暖鳥聲碎，日高花影重。」綺窗：雕刻或繪飾得很精美的窗户。梁江淹《雜體詩三十首·潘黄門岳述哀》：「明月入綺窗，髣髴想蕙質。」鄭元佐注誤以江淹擬潘岳詩爲潘岳所作。

〔二〕篆煙：盤香的煙縷。宋葉夢得《鷓鴣天》詞：「夾路行歌盡落梅。篆煙香細嫋寒灰。」枕屏：枕前屏風。宋歐陽修《贈沈遵》詩：「有時醉倒枕溪石，青山白雲爲枕屏。」

〔三〕「無情」句：唐魚玄機《暮春有感寄友人》詩：「鶯語驚殘夢，輕妝改淚容。」鶯舌，鶯聲。宋張先《西江月》（體態看來隱約）詞：「嬌春鶯舌巧如簧。飛在四條絃上。」

〔四〕「喚起」句：宋黄庭堅《初至葉縣》詩：「千年往事如飛鳥，一日傾愁對夕陽。」宋盧炳《減字木蘭花》（傳消寄息）詞：「欲見無由。惹起新愁與舊愁。」

供愁

寂寂疏簾挂玉樓〔一〕，康伯可詞：玉樓人靜。高捲疏簾情迴。樓頭新月曲如鈎〔二〕。《烏夜啼》詞：無言獨上西樓，月如鈎。不須問我情深淺，鈎動長天遠水愁〔三〕。杜詩：遠水接天静①。

【校】

①「遠水接」，黄跋本、徐藏本缺「水」字，今據藝芸本、鐵琴本、丁刊本補。

【注】

〔一〕「寂寂」句：唐鄭谷《春暮詠懷寄集賢韋起居衮》：「寂寂風簾信自垂，楊花筍籜正離披。」宋李清照《小重山》（春到長門春草青）：「花影壓重門。疏簾鋪淡月，好黄昏。」

〔二〕「樓頭」句：南唐李煜《烏夜啼》詞：「無言獨上西樓。月如鈎。」

〔三〕「鈎動」句：唐杜甫《野望》詩：「遠水兼天浄，孤城隱霧深。」宋石孝友《滿江紅》（雁陣驚寒）詞：「對長天遠水，落霞孤鶩。」

恨别

調朱弄粉總無心〔一〕，周詞：弄粉調脂揉素手，問何時重握。瘦覺寬餘纏臂金〔二〕。古《散子》詞：枕扁佳人纏臂金。別後大拚憔悴損〔三〕，古詞：添憔悴，看肌瘦損①。思情未抵此情深。

【校】

①「看」，《全宋詞》：「案『看』疑『香』之訛。」

【注】

〔一〕調朱弄粉：調弄脂粉，打扮妝飾。宋周邦彦《丹鳳吟》（迤邐春光無賴）詞：「弄粉調朱柔素手，問何時重握。」

〔二〕纏臂金：女子戴在臂上的金釧。宋蘇軾《寒具》詩：「夜來春睡濃於酒，壓褊佳人纏臂金。」

〔三〕拚（pàn）：豁出去，捨棄不顧。　憔悴損：因憂戚、思念而枯槁瘦病至極。宋柳永《傾杯》（鶩落霜洲）詞：「想繡閣深沈，爭知憔悴損、天涯行客。」宋李清照《聲聲慢》（尋尋覓覓）詞：「滿地黃花堆積。憔悴損，如今有誰忺摘？」

寄恨①

如毛細雨藹遥空〔一〕，古詩：細雨亂如毛。偏與花枝着意紅〔二〕。杜詩：花蕊亞枝紅②。人自多愁春自好，天應不語悶應同〔三〕。《語》：天何言哉。吟牋謾有千篇苦〔四〕，坡詩：應有千篇唱和詩③。心事全無一點通〔五〕。窗外數聲新百舌〔六〕，東坡④：卧聞百舌呼春風。喚回楊柳正眠中〔七〕。《漫叟詩話》注：漢苑中有柳，狀如人形，號人柳，一日三眠三起云云。

【校】

①又見於《詩淵》七六一頁。詩題，丁刊本作「寄别」。

②「亞枝」，黄跋本、徐藏本、鐵琴本作「亞坡」，今據藝芸本、丁刊本改。

③「唱」，黄跋本、徐藏本作「喝」，今據藝芸本、鐵琴本、丁刊本改。

④「東」，黄跋本、徐藏本作「裹」，鐵琴本缺，今據藝芸本、丁刊本改。

【注】

〔一〕如毛細雨：細密如毛的小雨。宋楊萬里《春雨不止》詩：「春雨如毛又似埃，雲開還合合還開。」　藹：籠罩，布滿。《六臣注文選》卷三十一引劉鑠《擬明月何皎皎》詩：「落宿半遥城，浮雲藹層闕。」吕向注：「藹，蓋也。」宋林逋《寄上金陵馬右丞》詩：「惠愛如春威似霜，神明佳政藹餘杭。」

〔二〕「偏與」句：唐杜甫《上巳日徐司録林園宴集》詩：「鬢毛垂領白，花蕊亞枝紅。」着意，使盡心力，用心。宋歐陽修《玉樓春》（黄金弄色輕於粉）詞：「勸君着意惜芳菲，莫待行人攀折盡。」

〔三〕「天應」句：《論語・陽貨》：「子曰：天何言哉？四時行焉，百物生焉。」

〔四〕吟牋：詩稿。宋周邦彦《瑞龍吟》（章臺路）詞：「吟牋賦筆，猶記燕臺句。」謾：徒然。千篇：宋蘇軾《次韻曹九章見贈》詩：「雞豚異日爲同社，應有千篇唱和詩。」

〔五〕「心事」句：唐李商隱《無題二首》其一：「身無彩鳳雙飛翼，心有靈犀一點通。」

〔六〕百舌：鳥名。善鳴，其聲多變化。《淮南子》卷十六《説山訓》：「人有多言者，猶百舌之聲。」高誘注：「百舌，鳥名，能易其舌，效百鳥之聲，故曰百舌。以喻人雖事多言，無益於事。」宋蘇軾《安國寺尋春》詩：「卧聞百舌呼春風，起尋花柳村村同。」

〔七〕「喚回」句：鄭元佐注謂用八柳三起三眠事，當不確。此爲楊柳。宋釋惠洪《訪鑒禪師不遇書其壁》：「花醉發狂風日釅，柳眠喚起語音真。」

寄情①

欲寄相思滿紙愁〔一〕，坡詩：別後寄我書滿蓮紙②，苦恨相思不相見。魚沈雁杳又還休〔二〕。古詞：恨江南塞北，魚沈雁杳，空腸斷③、書難寄④。分明此去無多地〔三〕，古詞：去不遠，路無多。如在天涯無盡頭〔四〕。李陵《與蘇武詩》：相去萬餘里，各在天一涯。

【校】

①又見於《詩淵》七六〇頁、《彤管新編》卷八、《名媛彙詩》卷十、《名媛詩歸》卷二十、《古今女史·

詩集》卷五。

②「書滿蓮紙」，丁刊本作「書滿紙」。

③「空腸斷」，藝芸本作「空斷腸」。

④「難」，鐵琴本作「誰」。

【注】

〔一〕「欲寄」句：唐杜牧《寄遠》詩：「欲寄相思千里月，溪邊殘照雨霏霏。」宋蘇軾《送顏復兼寄王鞏》詩：「清詩草聖俱入妙，別後寄我書連紙。苦恨相思不相見，約我重陽嗅霜蕊。」

〔二〕魚沈雁杳：古人認爲魚、雁可以傳信，魚沉雁杳喻指没有信使，書信不通，彼此音訊斷絶。唐戴叔倫《相思曲》：「魚沉雁杳天涯路，始信人間别離苦。」

〔三〕「分明」句：唐李商隱《無題》詩：「蓬山此去無多路，青鳥殷勤爲探看。」

〔四〕「如在」句：《文選》卷二十九引《古詩十九首・行行重行行》：「相去萬餘里，各在天一涯。」鄭元佐注誤記爲李陵作，實爲無名氏詩。

【集評】

「分明」句：苦苦尋思，如遠如近，胸中總無定主。（《名媛詩歸》卷二十）

「分明」二句：室邇人遐之唤。（《古今女史・詩集》卷五）

無寐　二首

吹徹雲簫夜未賒〔一〕，古詞：鳳簫吹徹沈孤雁。梨花帶月映窗紗〔二〕。晏殊詩：梨花院落溶溶月。休將往事思量遍①〔三〕，《點絳唇》詞：思量遍。淚痕如綫。潋灩新愁亂似麻〔四〕。《符川集》詩：紛紛事如麻。

【校】

①「往事」，黄跋本、徐藏本作「姓事」，丁刊本作「姓氏」，今據藝芸本、鐵琴本改。

【注】

〔一〕雲簫：古代管樂器，排簫的一種。宋蔡襄《夢中作》詩：「誰人得似秦臺女，吹徹雲簫上紫煙。」宋無名氏《魚遊春水》（秦樓東風裏）詞：「鳳簫聲杳沈孤雁，目斷澄波無雙鯉。」夜未賒：夜尚未深。賒，時間長久。

〔二〕「梨花」句：宋晏殊《寓意》詩：「梨花院落溶溶月，柳絮池塘淡淡風。」宋万俟詠《三臺》詞：「見梨花初帶夜月，海棠半含朝雨。」

〔三〕「休將」句：宋無名氏《點絳唇》（春雨濛濛）詞：「薄倖不來，前事思量遍。無由見。淚痕如綫。」宋辛棄疾《鷓鴣天》（困不成眠奈夜何）詞：「暗將往事思量遍，誰把多情惱亂他。」

〔四〕瀲灩：水波蕩漾貌。此處形容愁思盈溢波動。　亂似麻：形容愁緒紛亂如麻。唐楊炯《送豐城王少府》詩：「愁結亂如麻，長天照落霞。」宋王十朋《夜雨述懷》詩：「夜深風雨撼庭芭，喚起新愁似亂麻。」

背彈珠淚暗傷神〔一〕，《噴饒人》詞①：儘啜情一飽，淚珠彈了重揾②，背人睡也。挑盡寒燈睡不成〔二〕。花蕊夫人詞：剔盡殘燈夢不成③。卸却鳳釵尋睡去〔三〕，上床開眼到天明〔四〕。坡詩：擁褐橫眠天未明④。

【校】

①「噴饒人」，丁刊本作「噴繞人」，《全宋詞》：「案『噴饒人』疑是『慣饒人』之訛，見後同書《後集》卷四引。」

②「了」，黃跋本、徐藏本、藝芸本、丁刊本作「子」，今據鐵琴本改。

③「剔」，黃跋本、徐藏本、藝芸本作「別」，今據鐵琴本、丁刊本改。

④「橫」，藝芸本作「莫」，鐵琴本作「襆」，丁刊本缺。

【注】

〔一〕「背彈」句：唐韓偓《懶卸頭》詩：「侍女動妝奩，故故驚人睡。那知本未眠，背面偷垂淚。」宋張元幹《祝英臺近》（枕霞紅）詞：「可堪疏雨梧桐，空階絡緯，背人處、偷彈珠淚。」

〔二〕「挑盡」句：見本書《斷腸詞·減字木蘭花》（獨行獨坐）詞：「愁病相仍。剔盡寒燈夢不成。」唐韋莊《定西番》詞：「挑盡金燈紅燼，人灼灼，漏遲遲，未眠時。」《類説》卷五十六引《歐公詩話》：「呂文穆薄遊一縣，胡旦隨父宰邑。客有譽呂，舉其詩云『挑盡寒燈夢不成』，胡笑曰：『乃是一渴睡漢耳。』」

〔三〕「卸却」句：唐韓偓《懶卸頭》詩：「懶卸鳳凰釵，羞人鴛鴦被。」鳳釵，古代女子用於綰髮的首飾，釵頭作鳳形。

〔四〕「上床」句：宋蘇軾《地爐次柳子玉韻》詩：「細聲蚯蚓發銀瓶，擁褐横眠天未明。」

酒醒①

夢回酒醒嚼盂冰〔一〕，坡詩：酒醒夢回春日盡。侍女貪眠喚不膺〔二〕。《倚醉》詩：敲遍闌干喚不膺②。瘦瘠江梅知我意③〔三〕，隔窗和月謾騰騰〔四〕。

【校】

① 又見於《詩淵》一五一頁。

② 「闌干」，黄跋本、徐藏本、藝芸本作「子」，丁刊本作「了」，今據鐵琴本改。

③「瘖」，丁刊本作「瘠」。

【注】

〔一〕「夢回」句：宋蘇軾《四時詞》其四：「酒醒夢回聞雪落，起來呵手畫雙鴉。」

〔二〕嚌：答話。唐韓偓《倚醉》詩：「分明窗下聞裁剪，敲遍闌干喚不嚌。」

〔三〕「瘦瘖」句：宋張先《好事近》（燈燭上山堂）詞：「前夜雪清梅瘦，已不禁輕摘。」瘖（shěng），瘦。江梅，見本書《前集》卷七《冬日梅窗書事四首》其四注〔一〕。

〔四〕謾：隨意。　騰騰：悠閒貌。

睡起　二首

起來不喜匀紅粉〔一〕，古詞：睡起捲簾無一事，匀了面，没心情。强把菱花照病容〔二〕。《六帖》：魏武帝有菱花鏡。腰瘦故知閑事惱〔三〕，坡詩：沈郎腰瘦不勝衣。淚多只爲别情濃。《卜算子》詞：你爲情多淚亦多。

【注】

〔一〕匀紅粉：均匀地塗搽胭脂和鉛粉，指女子化妝。宋辛棄疾《南歌子》（散髮披襟處）詞：「鬬匀紅粉照香腮。有個人人，把做鏡兒猜。」五代張泌《江城子》（碧欄干外小中庭）詞：「睡起卷簾無一事，匀面了，没心情。」

〔二〕菱花：此處指銅鏡。古代銅鏡多爲六角形或背面刻有菱形紋飾，稱菱花鏡。唐楊凌《明妃怨》詩：「匣中縱有菱花鏡，羞對單于照舊顔。」《白氏六帖事類集》卷四：「魏武帝有菱花鏡。」

〔三〕「腰瘦」句：宋蘇軾《次韻王鞏顔復同泛舟》詩：「沈郎清瘦不勝衣，邊老便便帶十圍。」

懶對妝臺拂黛眉〔一〕，《阮郎歸》詞：無心傍照臺①。任它雙鬢向煙垂〔二〕。侍兒全不知人意，猶把梅花插一枝〔三〕。《群玉雜俎》云：帝折梅一枝，插妃子冠上。

【校】

①「無」，黄跋本、徐藏本作「元」，今據藝芸本、鐵琴本、丁刊本改。「照」，鐵琴本作「鏡」，丁刊本作「妝」。

【注】

〔一〕「懶對」句：宋晁端禮《訴衷情》詞：「金盆水冷又重煨。不肯傍妝臺。從教髻鬟鬆慢，斜𩬊捲雲釵。蓮步穩，黛眉開。後園回。手挼柳帶，鬢插梅梢，探得春來。」妝臺，女子梳妝用的鏡臺。黛眉，黛畫之眉。

〔二〕「任他」句：唐韋莊《天仙子》（悵望前回夢裏期）詞：「眉眼細，鬢雲垂。唯有多情宋玉知。」

〔三〕「猶把」句：宋晏幾道《于飛樂》（曉日當簾）詞：「嬌蟬鬢畔，插一枝、淡蕊疏梅。」《開元天寶遺事》卷上：「御苑新有千葉桃花，帝親折一枝，插於妃子寶髻上，曰：此個花尤能助嬌態也。」

清瘦①

春花秋月若浮漚〔一〕，古詞：春花秋月何時了。怎得心如不繫舟〔二〕。杜詩：心如不繫舟。

肌骨大都無一把〔三〕，周詞：玉骨爲愁減，瘦來無一把。可憐禁駕許多愁②〔四〕。

【校】

① 又見於《宋元詩・斷腸詩集》卷四。

② 「可憐禁駕」，丁刊本作「何堪更駕」。

【注】

〔一〕春花秋月：春秋佳景，泛指美好時光。南唐李煜《虞美人》詞：「春花秋月何時了。往事知多少。」浮漚：水面上的泡沫，喻指世事短暫無常。唐李遠《題僧院》詩：「百年如過鳥，萬事盡浮漚。」

〔二〕不繫舟：比喻自由自在而無所牽挂。《莊子・列禦寇》：「巧者勞而知者憂，無能者無所求，飽食而敖遊，汎若不繫之舟，虚而敖遊者也。」宋周必大《題孫氏四皓圖》：「遊金山妙高臺，壁間有東坡族姪……繪公像，公自贊云：『目若新生之犢，心如不繫之舟。要問平生功業，黄州惠州崖州。』」

〔三〕「肌骨」句：宋周邦彦《塞垣春》（暮色分平野）詞：「玉骨爲多感，瘦來無一把。」唐李商隱《偶成轉韻七十二句贈四同舍》詩：「天官補吏府中趨，玉骨瘦來無一把。」

〔四〕禁駕：承受，忍耐。亦作「禁架」。

悶書

淚粉匀開滿鏡愁〔一〕，坡詩：粉淚無窮似梅雨。麝煤拂斷遠山秋①〔二〕。古詩：巧畫遠山眉。一痕心寄銀屏上〔三〕，不見人來竹葉舟〔四〕。《異聞録》：陳季卿居長安，十年不歸。一日，在青龍寺看壁上《寰瀛圖》②，尋江南路，太息曰：「何日得歸？」有一翁在傍曰：「何難？」乃折階前竹葉置渭中。視之，一舟甚大。恍然登舟，頃刻而歸。妻子忻然。

【校】

①「煤」，黄跋本、徐藏本、藝芸本作「媒」，今據鐵琴本、丁刊本改。

②「瀛」，黄跋本、徐藏本、丁刊本作「浦」，鐵琴本作「海」，今據藝芸本改。

【注】

〔一〕淚粉：女子臉上的鉛粉間雜着眼淚。「淚粉勻」指含淚化妝。宋晏幾道《采桑子》詞：「西樓月下當時見，淚粉偷勻。歌罷還顰。恨隔爐煙看未真。」宋蘇軾《席上代人贈別三首》其一：「淚眼無窮似梅雨，一番勻了一番多。」滿鏡愁：宋周邦彦《南鄉子》（晨色動妝樓）詞：「不會沈吟思底事，凝眸。兩點春山滿鏡愁。」

〔二〕麝煤：含有麝香的墨，此處指女子畫眉的香墨。遠山：女子所畫遠山眉。《西京雜記》卷二：「文君姣好，眉色如望遠山，臉際常若芙蓉。」宋晏幾道《生查子》詞：「遠山眉黛長，細柳腰肢嫋。」

〔三〕銀屏：鑲銀的屏風。宋石孝友《浣溪沙》（迎客西來送客行）詞：「煙染暮山浮紫翠，霜凋秋葉復丹青。憑誰圖寫入銀屏。」

〔四〕「不見」句：《錦繡萬花谷·後集》卷二十六引《異聞録》：「陳季卿，江南人。舉進士長安，十年不歸。一日於青龍訪僧不值，憩於火閣。有終南山翁亦俟僧。久之，壁間有《寰瀛圖》，季卿尋江南路，嘆曰：『得自此歸，不悔無成。』翁曰：『此易耳。』起折階前竹葉置渭水中，曰：『注目於此，則如願。』季卿熟視，見一舟甚大。恍然登舟，其去甚速，旬餘至家。更復登舟，再遊青龍寺，見山翁尚擁褐而坐。季卿曰：『非夢乎？』後妻子自江南来，曰某日歸，題詩於西齋。始知非夢。」

前集卷十

雜題

幼年聞説，有一人鬻文於京師辟雍之前〔一〕，多士之前①〔二〕，遂令作一絶②，以《掬水月在手》爲題〔三〕。客不思而書云③：「無事江頭弄碧波，分明掌上見姮娥。」諸公遂止之，獻金以賙其行〔四〕④。予喜此二句，恨不見全篇⑤。因暇，謾吟續之。然翰墨文章之能，非婦人女子之事，性之所好，情之所鍾，不覺自鳴爾。併成《弄花香滿衣》一絶於後⑥。

【校】

①「之前」，丁刊本無，當因上句亦有「之前」二字而删。

②「絶」，丁刊本作「絶句」。

③「思」，黄跋本、徐藏本、鐵琴本作「志」，今據藝芸本、丁刊本改。
④「獻」，藝芸本作「斂」。
⑤「見」，藝芸本作「記」。
⑥「併」，藝芸本作「因」。

【注】

〔一〕鬻（yù）：賣。　辟（bì）雍：本爲西周天子所設大學，校址呈圓形，四周環水，象徵教化流行。前門之外有便橋。東漢以後，歷代皆有辟雍。除北宋末年爲太學之預備學校外，均爲行乡飲、大射或祭祀之禮的地方。

〔二〕多士：衆多的賢士。《詩經·大雅·文王》：「濟濟多士，文王以寧。」晉盧諶《答魏子悌》詩：「多士成大業，群賢濟弘績。」

〔三〕掬水月在手：唐于良史《春山夜月》詩：「春山多勝事，賞翫夜忘歸。掬水月在手，弄花香滿衣。興來無遠近，欲去惜芳菲。南望鳴鐘處，樓臺深翠微。」

〔四〕賙（zhōu）：周濟，救濟。

掬水月在手①

無事江頭弄碧波②〔一〕，古詩：捧出碧波心③。分明掌上見嫦娥〔二〕。後漢張衡《靈隱憲》

序：羿請不死藥於西王母，羿妻竊而食之，奔月爲嫦娥④。不知李謫仙人在〔三〕，東坡詩：何時謫仙人⑤。注：賀知章一見李白曰：子謫仙人也。曾向江頭捉得麽⑥〔四〕。李白采石江捉月。

【校】

①又見於《詩淵》三九六一頁、《精選唐宋千家聯珠詩格》卷十七、《宋元詩・斷腸詩集》卷四、《名媛彙詩》卷十、《名媛詩歸》卷二十、《古今女史・詩集》卷五。

②「頭」，《聯珠詩格》作「湖」。

③「捧」，丁刊本作「月」。

④「爲」，黄跋本、徐藏本作「於」，今據藝芸本、鐵琴本、丁刊本改。

⑤「何時謫仙人」，黄跋本、徐藏本「仙」作「而」，今據藝芸本、鐵琴本、丁刊本改。

⑥「江頭」，《聯珠詩格》作「船邊」。

【注】

〔一〕碧波：清澄緑色的水波。《詩話總龜》卷二：「王元之内翰五歲已能詩。因太守賞白蓮，倅言元之能，與語於太守，因召而吟一絶云：『昨夜三更後，姮娥墮玉簪。馮夷不敢受，捧出碧波心。』」王元之，名禹偁，北宋詩人。

〔二〕嫦娥：神話中的月中女神，借指月亮。即「姮娥」。《太平御覽》卷四引張衡《靈憲》：「羿請不死藥於西王母，羿妻姮娥竊以奔月，托身於月，是爲蟾蜍。」

〔三〕李謫仙人：指唐代詩人李白。唐李白《對酒憶賀監二首·序》：「太子賓客賀公於長安紫極宫一見余，呼余爲謫仙人。因解金龜换酒爲樂。」《本事詩》：「李太白初自蜀至京師，舍於逆旅。賀監知章聞其名，首訪之。既奇其姿，復請所爲文，出《蜀道難》以示之。讀未竟，稱歎者數四，號爲謫仙。」宋蘇軾《與程正輔游碧落洞》詩：「何時謫仙人，来作鈞天聲。」

〔四〕「曾向」句：《容齋隨筆》卷三：「世俗多言李太白在當塗采石因醉泛舟於江，見月影，俯而取之，遂溺死。故其地有捉月臺。予按李陽冰作太白《草堂集序》云：『陽冰試弦歌於當塗，公疾亟，草藁萬卷，手集未修，枕上授簡，俾爲序。』又李華作太白墓誌，亦云：『賦《臨終歌》而卒。』乃知俗傳良不足信。」

【集評】

「分明」句：句俗而無味。（《名媛詩歸》卷二十）

擬題甚佳，惜詩太不稱耳。（同上）

「不知」二句：用事不爲事用。（《古今女史·詩集》卷五）

弄花香滿衣①

豔紅影裏擷芳回②〔一〕，沾惹春風兩袖歸〔二〕。《神童詩》：袖大惹春風。夾路露桃渾欲笑〔三〕，崔護詩：桃花依舊笑春風。不禁蜂蝶遶人飛〔四〕。杜：飛飛蜂蝶多。

【校】

① 又見於《詩淵》三九六一頁、《宋元詩·斷腸詩集》卷四、《名媛彙詩》卷十、《名媛詩歸》卷二十、《古今女史·詩集》卷五。

② 「回」，丁刊本作「菲」。

【注】

〔一〕擷芳：采摘芳草。宋錢惟演《樞密王左丞宅新菊》詩：「擷芳多楚澤，得地勝陶籬。」

〔二〕「沾惹」句：《萬姓統譜》卷四十六載，北宋汪洙九歲善賦詩，見上官時身穿短褐，上官問曰：「神童衫子何短耶？」汪洙對曰：「神童衫子短，袖大惹春風。未去朝天子，先來謁相公。」世人將其詩詮補成集，作爲蒙學教材，稱作《汪神童詩》。

〔三〕露桃：桃花。語本《樂府詩集》卷二十八《雞鳴》詩：「桃生露井上，李樹生桃傍。」唐崔護《題都城南莊》詩：「人面不知何處在，桃花依舊笑春風。」渾：幾乎，簡直。唐杜甫《春望》詩：「白頭搔更短，渾欲不勝簪。」

〔四〕「不禁」句：唐杜甫《絶句六首》其二：「藹藹花蕊亂，飛飛蜂蝶多。」

【集評】

亦平平語耳，較前作差勝，則其語氣稍逸也。（《名媛詩歸》卷二十）

「不禁」句：馥馥有氣。（《古今女史・詩集》卷五）

會魏夫人席上命小環妙舞曲終求詩於予以飛雪滿群山爲韻作五絶①〔一〕

飛字韻

管絃催上錦裀時〔二〕，李白詩：絃管醉春風。體段輕盈祇欲飛②〔三〕。古《于飛樂》詞：天然體段殊常。又，《聲聲令》詞云：未怕飛燕似輕盈。若使明皇當日見〔四〕，阿鸞無計恍楊妃③〔五〕。《群玉雜俎・楊妃外傳》：明皇令楊妃舞，妃曰：迎娘歌喉玉窗窱④，蠻兒舞帶金葳蕤。

【校】

①又見於《宋元詩・斷腸詩集》卷四、《名媛彙詩》卷十、《名媛詩歸》卷二十。詩題，《宋元詩》作《醉中賦「飛雪滿群山」五絶》。《名媛彙詩》題作《飛雪滿群山五首》，序云：「同時有魏夫人者，亦能詩。嘗置酒以邀淑貞，命小鬟隊舞，因索詩，以『飛雪滿群山』爲韻。淑貞醉中拔筆而賦。」《名媛詩歸》題作《飛雪滿群山》，序云：「魏夫人置酒相邀，命小鬟隊舞，索詩，以『飛雪滿群山』

爲韻，淑真醉中援筆而賦。」「環」，丁刊本作「鬟」。

②「段」，《宋元詩》《名媛彙詩》《名媛詩歸》作「態」。

③「恍」，丁刊本作「況」。

④「簃」，黄跋本、徐藏本、丁刊本作「條」，鐵琴本作「篠」，今據藝芸本改。

【注】

〔一〕魏夫人：不詳。明清人多誤以爲朱淑真詩中的魏夫人是北宋曾布（一〇三六—一一〇七）之妻、魏泰之姊，但朱淑真生活在南宋時期，與曾布之妻並不同時。小環：小丫鬟。

〔二〕管絃：管樂器与絃樂器，亦代指樂器演奏。唐白居易《憶舊遊》詩：「修蛾慢臉燈下醉，急管繁絃頭上催。」唐李白《宮中行樂詞八首》其三：「煙花宜落日，絲管醉春風。」錦裀：錦製的墊褥，此處指舞蹈時地上所鋪錦墊。又作「錦茵」。宋朱敦儒《南鄉子》（宮樣細腰身）詞：「歌舞鬬輕盈。不許楊花上錦茵。」

〔三〕「體段」句：《拾遺記》卷六：「（漢成）帝常以三秋閒日，與（趙）飛燕戲於太液池。……帝每憂輕蕩以驚飛燕。……每輕風時至，飛燕殆欲隨風入水。」體段，身段，體態。

〔四〕明皇：唐玄宗李隆基謚號爲至道大聖大明孝皇帝，后世詩文多稱爲明皇。

〔五〕阿蠻：唐代善舞的女伶謝阿蠻。《明皇雜録》：「新豐市有女伶曰謝阿蠻，善舞《凌波曲》，常出入宮中，楊貴妃遇之甚厚，亦遊於國忠及諸姨宅。」唐鄭嵎《津陽門詩》：「瑶光樓南皆紫禁，梨園仙宴臨花枝。迎娘歌喉玉窅窱，蠻兒舞帶金葳蕤。」恍：茫然。

【集評】

「催上」兩字，是命小鬟隊舞事。（《名媛詩歸》卷二十）

「袛」字亦澹宕。（同上）

「阿蠻」句：評語帶嘲，語氣妙。（同上）

雪字韻

香茵穩襯半鈎月〔一〕，來往凌波雲影滅①〔二〕。《神女賦》：發西湘之二妃②。凌波微步，羅襪生塵。紘催緊拍促將遍〔三〕，兩袖翻然做回雪〔四〕。杜：拂水低回舞袖翻。

【校】

①「來往」，《宋元詩》作「往來」。

②「發西湘」，丁刊本作「從南湘」。

【注】

〔一〕香茵：美豔的地墊。半鈎月：此處以彎月形容舞女之足。《輟耕録》卷十引《道山新聞》：「李後主宮嬪窅娘，纖麗善舞。後主作金蓮，高六尺……令窅娘以帛繞脚，令纖小屈上作新月狀，素襪舞雲中，回旋有凌雲之態。」

〔二〕凌波：比喻美人步履輕盈，如乘碧波而行。魏曹植《洛神賦》：「從南湘之二妃，攜漢濱之游女。……體迅飛鳧，飄忽若神。凌波微步，羅襪生塵。」

〔三〕「絃催」句：謂舞曲節奏緊張熱烈，急管繁絃，到了一遍將終時的精彩階段。唐劉禹錫《洛中送韓七中丞之吴興口號五首》其三：「今朝無意訴離杯，何況清絃急管催。」遍，唐宋時樂曲的結構單位。唐宋大曲由按照一定順序連結的若干小曲組成，又稱「大遍」。其中各小曲亦有稱「遍」者。

〔四〕翻然：飛舞貌。　回雪：形容舞姿輕盈優美，如雪花在風中飛舞回旋。魏曹植《洛神賦》：「髣髴兮若輕雲之蔽月，飄颻兮若流風之回雪。」唐杜甫《樂遊園歌》：「拂水低回舞袖翻，緣雲清切歌聲上。」宋蘇軾《興龍節集英殿宴教坊詞》：「飛步壽山，起香塵於羅襪；散花御路，泛回雪於錦茵。」

【集評】

「穩襯」，只形出「舞」字，妙在能輕。（《名媛詩歸》卷二十）

「促將遍」，看得靈細。（同上）

「兩袖」字，光景好。（同上）

滿字韻

柳腰不被春拘管〔一〕，白樂天詩：楊柳小蠻腰①。又古詩：東皇不拘管，肯爲使君留。鳳轉鸞回霞袖緩〔二〕。《麗情集》：鶯鶯，妾名。善舞，如鳳轉鸞回。又，魏殼詩：舞袖飄紅霞。舞徹《伊州》力不禁〔三〕，東坡詩：定教舞袖徹《伊》《涼》。注：唐以州名曲，如《伊》《涼》《甘》《梁》之類。筵前撲簌花飛滿〔四〕。《瑞雪對江梅賦》：須教相並簷前望，被飛絮、撲簌香腮。

【校】

①「腰」，黄跋本、徐藏本、藝芸本缺，今據鐵琴本、丁刊本補。

【注】

〔一〕柳腰：比喻女子纖柔的身腰如楊柳柔條。《本事詩》：「白（居易）尚書姬人樊素善歌，妓人小蠻善舞，嘗爲詩曰：『櫻桃樊素口，楊柳小蠻腰。』」拘管：管束。宋蘇軾《臨江仙》（九十日春都過了）詞：「東皇不拘束，肯爲使君留。」

〔二〕鳳轉鸞回：形容舞姿美妙，像鸞鳳回旋起舞。唐薛存誠《仙石靈臺賦》：「或鸞回而鳳轉，乍雲點而霜横。」霞袖：如彩霞般豔麗飛揚的舞袖。宋錢惟濟《夜讌》詩：「蹁躚霞袖舞，瀲灎羽觴飛。」隋魏澹《奉和夏初應詔》詩：「舞袖飄細縠，歌扇掩輕紗。」鄭元佐注誤作「魏殼」。

〔三〕伊州：唐代大曲，唐玄宗天寶間西涼節度使蓋嘉運進獻。宋蘇軾《趙郎中往莒縣逾月而歸以一壺遺之仍用前韻》詩：「定教舞袖徹《伊》《涼》，更想夜庖鳴甕盎。」蘇軾《東陽水樂亭》詩「歸來羯鼓打《涼州》」句，程縯注云：「《涼州》，曲名也。唐以州名曲，如《伊》《梁》《甘》《涼》之類。」

〔四〕撲簌：物體輕落貌。又作「撲蔌」。宋黄機《摸魚兒》詞：「惜春歸、送春惟有，亂紅撲蔌如雨。」

【集評】

「不被春拘管」，説柳腰嬌横。（《名媛詩歸》卷二十）

「緩」字敏秀。（同上）

「舞徹」二句：情興酣恣，淋漓奔放。（同上）

群字韻

占斷京華第一春〔一〕，清歌妙舞實超群〔二〕。東坡《舞》詩：清歌入雲霄，妙舞纖腰回。只愁到曉人星散①〔三〕，化作巫山一段雲〔四〕。《選》宋玉《高唐賦》：妾在巫山之陽。朝爲行雲，暮爲行雨。

【校】

①「人」，《宋元詩》作「晨」。

【注】

〔一〕占斷：全部占有，占盡。宋晏殊《更漏子》（蕣華濃）詞：「遏雲聲，回雪袖。占斷曉鶯春柳。」　京華：京城的美稱。因京城是文化、人才薈萃之地，故稱。唐杜甫《奉贈韋左丞丈二十二韻》詩：「騎驢三十載，旅食京華春。」

〔二〕清歌妙舞：清亮的歌聲，優美的舞蹈。宋蘇軾《登常山絶頂廣麗亭》詩：「清歌入雲霄，妙舞纖腰回。」　超群：超出衆人之上，出類拔萃。

〔三〕星散：分散，四散。

〔四〕巫山一段雲：《文選》卷十九引宋玉《高唐賦》：「妾在巫山之陽，高丘之阻。旦爲朝雲，暮爲行雨。朝朝暮暮，陽臺之下。」唐李白《清平調詞三首》其二：「一枝紅豔露凝香，雲雨巫山枉斷腸。」唐李群玉《同鄭相并歌姬小飲戲贈》詩：「裙拖六幅湘江水，鬢聳巫山一段雲。」

【集評】

「只愁」二句：餘情自爾。（《名媛詩歸》卷二十）

山字韻

燭花影裏粉姿閑①〔一〕，庾信詩：燭花摇影落金杯②。一點愁侵兩點山〔二〕。眉也。不怕帶它飛燕妒〔三〕，漢趙飛燕身輕善舞③。注：以其體輕故也。無言相逐省弓彎④〔四〕。

【校】

①「粉姿」，《名媛彙詩》《名媛詩歸》作「粉妝」。

②「杯」，黄跋本、徐藏本作「林」，今據藝芸本、鐵琴本、丁刊本改。

③「善」，黄跋本、徐藏本作「詩」，今據藝芸本、鐵琴本、丁刊本改。

④「相逐」，《宋元詩》《名媛彙詩》《名媛詩歸》作「逐拍」。

【注】

〔一〕燭花：燭芯燒焦形成的花狀物。宋陸凝之《夜遊宫》（東風捏就腰兒細）詞：「從來只慣掌中看，怎忍在、燭花影裏。」粉姿：女子美好的妝飾姿容。閑：嫻雅，優美。

〔二〕兩點山：此處借遠山眉代指女子之眉。參見本書《前集》卷九《悶書》詩注〔二〕「遠山」。唐白居易《井底引銀瓶》詩：「嬋娟兩鬢秋蟬翼，宛轉雙蛾遠山色。」宋賀鑄《訴衷情》（憑陵殘醉步花間）詞：「一聲《水調》，兩點春愁，先占眉山。」

〔三〕飛燕：指漢成帝皇后趙飛燕。《漢書》卷九十七《外戚傳》：「孝成趙皇后，本長安宮人。……學歌舞，號曰飛燕。」參見本組詩第一首《飛字韻》注〔三〕。宋柳永《木蘭花》（心娘自小能歌舞）詞：「解教天上念奴羞，不怕掌中飛燕妒。」

〔四〕弓彎：舞蹈時向後彎腰及地如弓形。《太平廣記》卷二百八十二引《異聞録》載，唐人邢鳳書寢，夢一美人來，授詩數十篇，首篇題爲《春陽曲》，其詞曰：「長安少女玩春陽，何處春陽不斷腸。舞袖弓彎渾忘却，羅帷空度九秋霜。」鳳請曰：「何謂弓彎？」答曰：「妾昔年父母使教妾此舞。」美人乃起，整衣張袖，舞數拍，爲弓彎狀以示鳳。

【集評】

「閑」字從歌舞中看出，微領。（《名媛詩歸》卷二十）

「一點」「兩點」，分疏得妙。（同上）

「帶他」，拖逗得妙。（同上）

「無言」句：情態俱出。（同上）

讀史①

筆頭去取萬千端〔一〕，司馬遷作《史》，其文直，其事核，不虛美，不隱惡，謂之直筆。後世遭它恣意瞞②〔二〕。魏收撰《北史》③，朱榮爲賊，其子以金絈收④，故減其惡，增其美。衆口喧然，號爲穢史。王霸謾分心與迹〔三〕，《中庸》：大王、王季，以王迹起焉。又，《荀・宥坐篇》：伯心生於莒。到成功處一般難。

【校】

①又見於《詩淵》四一九九頁。

②「恣」，《詩淵》作「姿」。

③「收」，黄跋本、徐藏本、藝芸本作「牧」，今據鐵琴本、丁刊本改。

④「絈」，丁刊本作「給」。

【注】

〔一〕「筆頭」句：《漢書》卷六十二《司馬遷傳》：「然自劉向、揚雄博極群書，皆稱遷有良史之材，服其善序事理，辨而不華，質而不俚，其文直，其事核，不虚美，不隱惡，故謂之實録。」

〔二〕「後世」句：《北齊書》卷三十七《魏收傳》：「詔撰《魏史》。……帝勅收曰：『好直筆。我終不作魏太武誅史官。』……修史諸人祖宗姻戚多被書録，飾以美言。收性頗急，不甚能平，夙有怨者，多没其善。每言：『何物小子，敢共魏收作色，舉之則使上天，按之當使入地。』……尒朱榮於魏爲賊，收以高氏出自尒朱，且納榮子金，故減其惡而增其善。……然猶以群口沸騰，敕《魏史》且勿施行，令群官博議。聽有家事者入署，不實者陳牒。於是衆口諠然，號爲「穢史」，投牒者相次，收無以抗之。」

〔三〕王霸：王道與霸道。《孟子·公孫丑》：「以力假仁者霸，霸必有大國。以德行仁者王，王不待大。」 謾：徒然。 迹：帝王之功業、功績。《禮記·中庸》：「武王末受命，周公成文、武之德，追王大王、王季，上祀先公以天子之禮。」鄭玄注：「追王大王、王季者，以王迹起焉。」《史記》卷十六《秦楚之際月表》：「然王迹之興，起於閭巷。」《荀子》卷二十《宥坐篇》：「昔晉公子重耳霸心生於曹，越王句踐霸心生於會稽，齊桓公小白霸心生於莒。故居不隱者思不遠，身不佚者志不廣。」

【集評】

宋朱淑真，錢塘民家女也。能詩詞。……嘗賦詠史詩云：「筆頭去取萬千端，後世由他恣意瞞。王伯謾分心與迹，到成功處一般難。」非婦人可造。當時趙明誠妻李氏號易安居士，詩詞尤獨步，縉紳咸推重之。……有詠史詩云：「兩漢本繼紹，新室如贅疣。所以嵇中散，至死薄殷周。」中散非湯武得國，引之以比王莽。如此等語，豈女子所能？以是方之，淑真似不及也。（《蟫精雋》卷十四）

圓子①〔一〕

輕圓絶勝雞頭肉〔二〕，東坡云：雞頭肉，乃芡珠也②。滑膩偏宜蟹眼湯〔三〕。東坡：蟹眼翻波湯已作。縱可風流無處説③，已輸湯餅試何郎〔四〕。何晏美姿貌白，魏文帝疑其傅粉④。夏月，遂賜熱湯餅⑤。既啖，大汗出，又朱衣自拭⑥，顔色皎然愈白。

【校】

①又見於《宋元詩・斷腸詩集》卷四、《名媛彙詩》卷十、《名媛詩歸》卷二十、《古今女史・詩集》卷五。

②「珠」，黄跋本、徐藏本作「蕀」，鐵琴本作「實」，丁刊本作「蕀」，今據藝芸本改。

③「可」，藝芸本作「有」。

④「疑」，黄跋本、徐藏本作「凝」，今據藝芸本、鐵琴本、丁刊本改。「粉」，黄跋本、徐藏本作「移」，今據藝芸本、鐵琴本、丁刊本改。

⑤「遂」，黄跋本、徐藏本作「這」，鐵琴本缺，今據藝芸本、丁刊本改。

⑥「又」，藝芸本作「以」。「拭」，黄跋本、徐藏本、丁刊本作「試」，今據藝芸本、鐵琴本改。

【注】

〔一〕圓子：湯圓，用糯米粉做成的食品，分包餡和實心二種。

〔二〕絶勝：遠遠超過。　雞頭肉：芡實的别名。芡實，水生植物芡的種子。宋蘇軾《薏苡》詩：「春爲芡珠圓，炊作菰米香。」趙次公注：「芡實如珠，今所謂雞頭也。」宋黄庭堅《次韻王定國揚州見寄》詩：「飛雪堆盤鱠魚腹，明珠論斗煮雞頭。」

〔三〕偏宜：特别適合。　蟹眼湯：形容水初沸時泛起的小氣泡。宋蔡襄《茶録》云：「候湯最難，未熟則沫浮，過熟則茶沈。前世謂之蟹眼者，過熟湯也。」宋蘇軾《次韻周穜惠石銚》詩：「蟹眼翻波湯已作，龍頭拒火柄猶寒。」

〔四〕「已輪」句：《世説新語》卷下：「何平叔美姿儀，面至白，魏明帝疑其傅粉。正夏月，與熱湯餅。既噉，大汗出，以朱衣自拭，色轉皎然。」宋黄庭堅《觀王主簿家酴醿》詩：「露濕何郎試湯餅，日烘荀令炷爐香。」湯餅，水煮的面食。何郎，何晏，字平叔，三國時魏駙馬。

【集評】

筆氣不能斂藏，則直而無含蓄，此類是也。（《名媛詩歸》卷二十）

朱淑真者，錢塘人。幼警慧，善讀書。……早年父母無識，嫁市井民家。其夫村惡，籧篨戚施，種種可厭。淑真抑鬱不得志，作詩多憂愁怨恨之思。……又題《圓子》云：「輕圓絶勝雞頭肉，滑膩偏宜蟹眼湯。縱有風流無處説，已輪湯餅試何郎。」蓋謂其夫之不才，匹配非偶也。（《西湖遊覽志餘》卷十六）

即事〔一〕

旋妝冷火試龍涎〔二〕，《定風波》詞：古鼎龍涎香猶噴。香遶屏山不動煙〔三〕。簾幕半垂燈燭暗〔四〕，酒闌時節未忺眠〔五〕。古詞：燭暗時酒醒，元來又是夢裏。

【注】

〔一〕即事：見本書《前集》卷一《春日即事》詩注〔一〕。

〔二〕旋：漫然，隨意。　龍涎：抹香鯨病胃的分泌物，是極名貴的香料。《陳氏香譜》卷一：「龍涎出大食國。其龍多蟠伏於洋中之大石，卧而吐涎，涎浮水面。……然龍涎本無香……能發衆香，故多用之以和香焉。」宋鄭剛中《廣人謂取素馨半開者囊置卧榻間終夜有香用之果然》詩：「髣髴夢回何所似，深灰慢火養龍涎。」

〔三〕屏山：指屏風。宋寇準《踏莎行》（春色將闌）詞：「畫堂人静雨濛濛，屏山半掩餘香嫋。」

〔四〕「簾幕」句：唐李商隱《夜意》詩：「簾垂幕半卷，枕冷被仍香。」

〔五〕「酒闌」句：宋柳永《十二時》（晚晴初）詞：「燭暗時酒醒，元來又是夢裏。」酒闌，謂酒筵將盡。宋李清照《好事近》（風定落花深）詞：「酒闌歌罷玉尊空，青缸暗明滅。」忺（xiān），高興，願意。宋李玉《賀新郎》（篆縷銷金鼎）詞：「簾外殘紅春已透，鎮無聊、殢酒厭厭病。雲鬢亂，未忺整。」

自責① 二首

女子弄文誠可罪〔一〕，那堪詠月更吟風。磨穿鐵硯非吾事〔二〕，《唐・桑維翰傳》：鐵硯以云人曰②:「硯弊則改姓也。」繡折金針却有功。

【校】

①又見於《宋元詩·斷腸詩集》卷四、《名媛彙詩》卷十、《名媛詩歸》卷二十(選録第二首)、《古今女史·詩集》卷五。詩題,《宋元詩》作「自責二首」,《名媛彙詩》作「書懷二首」,《名媛詩歸》《古今女史》作「書懷」。

②「云」,鐵琴本缺,丁刊本作「示」。

【注】

〔一〕「女子」句:宋陸游《渭南文集》卷三十五《夫人孫氏墓誌銘》:「夫人幼有淑質。故趙建康明誠之配李氏,以文辭名家,欲以其學傳夫人。時夫人始十餘歲,謝不可,曰:『才藻非女子事也。』」

〔二〕「磨穿」句:《新五代史》卷二十九《晉臣傳》:「桑維翰,字國僑,河南人也。……初舉進士,主司惡其姓,以爲桑、喪同音。人有勸其不必舉進士,可以從他求仕者。維翰慨然,乃著《日出扶桑賦》以見志。又鑄鐵硯以示人曰:『硯弊則改而他仕。』卒以進士及第。」宋陸游《寒夜讀書》詩:「韋編屢絶鐵硯穿,口誦手鈔那計年。」

【集評】

「磨穿」二句:可方《女訓》。(《古今女史·詩集》卷五)

悶無消遣只看詩〔一〕，杜：排悶强裁詩。又見詩中話别離。添得情懷轉蕭索〔二〕，始知伶悧不如癡①〔三〕。俗諺也。

【校】

①「伶悧」，《宋元詩》作「伶俐」。

【注】

〔一〕「悶無」句：唐杜甫《江亭》詩：「故林歸未得，排悶强裁詩。」消遣：消散閑愁，解悶。

〔二〕蕭索：淒涼，落寞。

〔三〕伶(líng)悧不如癡：古代俗諺。伶悧，即「伶俐」，機靈，聰明。宋許棐《贈術士張癡》詩：「伶俐不如癡，從來吾亦知。才吟詩好日，便是命窮時。」

【集評】

太率意，無秀氣矣。（《名媛詩歸》卷二十）

「悶無」二句：誠有之，被淑真摘出。（《古今女史・詩集》卷五）

浴罷

浴罷雲鬟亂不梳〔一〕，坡詩：晚來沐浴罷①。清癯無力氣方蘇〔二〕。古詞：爲誰瘦，爲誰癯。

坐來始覺神魂定②，尚怯涼風到坐隅〔三〕。

【校】

①「晚」，黄跋本、徐藏本作「晼」，鐵琴本缺，今據藝芸本、丁刊本改。

②「神魂」，黄跋本、徐藏本作「頭塊」，鐵琴本、丁刊本作「頭魂」，今據藝芸本改。

【注】

〔一〕「浴罷」句：宋蘇軾《宿臨安浄土寺》詩：「晚涼沐浴罷，衰髮稀可數。」雲鬟，盤卷如雲的髮髻，泛指烏黑秀美的頭髮。唐杜甫《月夜》詩：「香霧雲鬟濕，清輝玉臂寒。」

〔二〕清癯：清瘦。　蘇：蘇息，恢復。唐杜甫《熱三首》其一：「炎赫衣流汗，低垂氣不蘇。」

〔三〕怯：害怕。宋徐鉉《歐陽太監雨中視決堤因墮水明日見於省中因戲》詩：「衣濕仍愁雨，冠欹更怯風。」　坐隅：座位旁邊。

宴謝夫人堂①

竹引清風入酒卮②〔一〕，古詩：脩竹引清風③。森森涼氣暗侵肌〔二〕。冰巒四疊渾無暑④〔三〕，不似人間六月時。

【校】

①又見於《詩淵》三四五三頁、《宋元詩·斷腸詩集》卷四、《名媛彙詩》卷十、《名媛詩歸》卷二十。

②「引」，《名媛彙詩》《名媛詩歸》作「影」。「清」，丁刊本作「春」。

③「脩」，藝芸本作「條」。「竹」，黄跋本、徐藏本、鐵琴本缺，今據藝芸本、丁刊本補。

④「森森」至「冰巒」九字，黄跋本、徐藏本、鐵琴本缺，今據藝芸本、丁刊本、《詩淵》補。「冰」，《宋元詩》《名媛彙詩》《名媛詩歸》作「水」。

【注】

〔一〕「竹引」句：唐韋安石《梁王宅侍宴應制同用風字》詩：「早荷承湛露，脩竹引薰風。」南唐李中《思九江舊居三首》其二：「鶴翹碧蘚庭除冷，竹引清風枕簟涼。」宋真德秀《送吴定夫西歸》詩：「脩竹引清風，時爲掩柴關。」酒巵，盛酒的器皿。

〔二〕森森：寒冷貌。宋梅堯臣《暴雨》詩：「森森斗覺涼侵膚，毛根癛瘮粟匝軀。」

〔三〕「冰巒」句：宋周紫芝《鷓鴣天》（荷氣吹涼到枕邊）詞：「冰肌近著渾無暑，小扇頻摇最可憐。」

【集評】

「冰巒」句：此景可作佳詠。（《名媛詩歸》卷二十）

吊林和靖①〔一〕 二首

不見孤山處士星〔二〕，林逋居杭州西湖，號孤山處士，又見前《梅窗雜詩》注云云。西湖風月爲誰清〔三〕。杜：風月自清夜。當時寂寞冰霜下，謂湖山寂寥也②。兩句詩成萬古名〔四〕。

【校】

①又見於《宋元詩・斷腸詩集》卷四、《名媛彙詩》卷十（選録第一首）、《名媛詩歸》卷二十（選録第一首）。

②「寂寥」，藝芸本作「寂寞」。

【注】

〔一〕林和靖：北宋隱逸詩人林逋。參見本書《前集》卷六《木犀四首》其三注〔三〕。

〔二〕孤山：北宋詩人林逋隱居之處。在浙江杭州西湖中，孤峰獨聳，秀麗清幽。　處士星：即少微星。《太平御覽》卷七引《天官星占》：「北斗爲帝車，運於中央，臨制四方。北斗魁第一星少微，一名處士，星明大而黄澤，即賢士舉、忠臣用。」《晉書》卷九十四《隱逸列傳》：「初，月犯少微。少微一名處士星，占者以隱士當之。」

〔三〕風月：清風明月，泛指美好的景色。唐杜甫《日暮》詩：「風月自清夜，江山非故園。」宋張耒

《自海至楚途次寄馬全玉八首》其七：「去路山川嗟我遠，舊時風月爲誰清。」

〔四〕兩句詩：《歸田録》卷下：「處士林逋居於杭州西湖之孤山。……又《梅花》詩云：『疏影横斜水清淺，暗香浮動月黄昏。』評詩者謂前世詠梅者多矣，未有此句也。」

【集評】

「爲誰清」三字，悵然風月無主。（《名媛詩歸》卷二十）

「寂寞冰霜」，着一「下」字，如爲冰霜所覆，清冷蕭瀟，如嘗見之。（同上）

短篷載影夜歸時〔一〕，林逋常泛小艇遊西湖，晚方棹①。月白風清易得詩②〔二〕。坡詩：月白風清，如此良夜何？不識酌泉拈菊意〔三〕，《青箱雜記》：時人過林逋，因見一松蒼翠，莫不思之，盤旋良久，復之酌泉采菊所③。一庭寒翠藹空祠〔四〕。

【校】

①「晚方棹」，藝芸本作「晚方歸」，鐵琴本作「晚乃歸」，丁刊本作「晚常放棹」（丁刊本改易較多，全句作「林逋晚常放棹泛遊西湖云云」）。

②「易得」，藝芸本正文相同，校録異文「滿目」二字。

③「復之酌泉采菊所」，黄跋本、徐藏本、藝芸本作「復之酌泉采之所」，鐵琴本作「復酌泉采菊薦

之」，丁刊本作「復菊酌泉采菊」，今據鐵琴本、丁刊本改「采之」爲「采菊」。

【注】

〔一〕「短篷」句：宋沈括《夢溪筆談》卷十：「林逋隱居杭州孤山，常畜兩鶴，縱之則飛入雲霄，盤旋久之，復入籠中。逋常泛小艇遊西湖諸寺，有客至逋所居，則一童子出應門，延客坐，爲開籠縱鶴。良久，逋必棹小船而歸。蓋嘗以鶴飛爲驗也。」短篷，小船。

〔二〕月白風清：形容月夜的明朗幽静。宋蘇軾《後赤壁賦》：「有客無酒，有酒無肴，月白風清，如此良夜何？」宋歐陽修《采桑子》詞：「十年前是樽前客，月白風清。憂患凋零。老去光陰速可驚。」宋邵雍《代書寄南陽太守吕獻可諫議》詩：「不知月白風清夜，能憶伊川舊釣翁？」

〔三〕酌泉拈菊：此處化用蘇軾詩句，謂用寒泉、秋菊來祭祀隱士林逋，以喻其志行之高潔。宋蘇軾《書林逋詩後》詩：「不然配食水仙王，一盞寒泉薦秋菊。」

〔四〕藹：籠罩，布滿。

【集評】

和靖祠堂，舊在孤山故廬，後徙蘇堤三賢祠中。此蓋因子瞻詩語爲之也。詩云：「吴儂生長湖山曲，呼吸湖光飲山渌。……平生高節已難繼，將死微言猶可録。自言不作《封禪書》，更肯悲吟《白頭曲》？我笑吴人不好事，好作祠堂傍修竹。不然配食水仙王，一盞寒泉薦秋菊。」此詩景慕和靖甚切。但祠堂修竹，亦不失體，而遽以吴人不好事病之，頗牽强矣。其後朱淑真有《吊林和靖》詩云：「每逢清景夜歸時，月白風清易得詩。不識酌泉拈菊意，一庭寒翠藹空祠。」蓋亦祖述東坡之遺意也。（《西湖遊覽志餘》卷八）

答求譜①

雨好解開花百結〔一〕，見前注②。風恬扶起柳三眠③〔二〕。見前注。春醲醲處多傷感〔三〕，那得心情事管絃〔四〕。李白詩：絃管醉春風。

【校】

①又見於《詩淵》九三七頁、《宋元詩・斷腸詩集》卷四、《名媛彙詩》卷十、《名媛詩歸》卷二十。

②「見前注」，藝芸本作「丁香百結」。

③「扶」，鐵琴本作「共」，《名媛詩歸》作「挾」。

【注】

〔一〕百結：參見本書《前集》卷一《晴和》詩注〔三〕。此處指各種各樣含苞待放的花蕾。

〔二〕恬：平静，此處指輕柔。　三眠：見本書《前集》卷一《晴和》詩注〔四〕。

〔三〕醲醲：茶或酒等味道濃厚，濃烈。

〔四〕管絃：見本卷《會魏夫人席上……》其一《飛字韻》詩注〔二〕。

【集評】

「雨好」二句：興語已帶傷感。（《名媛詩歸》卷二十）

末句：答得淒然。（同上）

得家嫂書①

聲聲喜報鵲温柔〔一〕，鵲聲報喜也。忽接芳緘自便郵〔二〕。坡詩：開緘奕奕鋪銀鈎②。一尺溪藤擒錦帶〔三〕，坡詩：栗尾書溪藤。數行香墨健銀鈎〔四〕。杜詩：銀鈎灑翰連③。傾心吐盡重重恨，入眼翻成字字愁〔五〕。《長慶集》：花箋字字排心事④，蘭帳重重添淚痕。添得情懷無是處，非干病酒與悲秋〔六〕。《鳳凰臺上憶吹簫》詞：非干病酒，不是悲秋。

【校】

①又見於《宋元詩·斷腸詩集》卷三、《名媛彙詩》卷十五、《名媛詩歸》卷十九、《古今女史·詩集》卷八。

②「鈎」，黄跋本、徐藏本作「鈎」，丁刊本缺，今據藝芸本、鐵琴本改。

③「銀」，黄跋本、徐藏本作「錫」，今據藝芸本、鐵琴本、丁刊本改。

④「字字」，黄跋本、徐藏本、藝芸本作「字」，今據鐵琴本、丁刊本改。

【注】

〔一〕「聲聲」句：見本書《前集》卷五《月夜》詩「鵲喜」注。

〔二〕芳緘：對他人書信的美稱。緘，書信。宋蘇軾《答王定民》詩：「開緘奕奕滿銀鈎，書尾題詩語更遒。」　便郵：順便傳遞郵件的人。宋王邁《寄陳起予宗夏二首》其二：「相思一夜不成寐，早起題詩寄便郵。」

〔三〕溪藤：指剡溪藤紙。浙江剡溪以藤造紙，最爲知名。宋蘇軾《孫莘老求墨妙亭詩》詩：「書來乞詩要自寫，爲把栗尾書溪藤。」宋陳與義《次何文縝題顏持約畫水墨梅花韻二首》其一：「窗間光景晚來新，半幅溪藤萬里春。」　摛（chī）：舒展，鋪陳。

〔四〕銀鈎：比喻遒媚剛勁的書法。《晉書》卷六十引索靖《草書狀》：「蓋草書之爲狀也，婉若銀鈎，漂若驚鸞。」唐杜甫《陳拾遺故宅》詩：「到今素壁滑，灑翰銀鈎連。」

〔五〕「入眼」句：宋秦觀《減字木蘭花》（天涯舊恨）詞：「困倚危樓。過盡飛鴻字字愁。」

〔六〕「非干」句：宋李清照《鳳凰臺上憶吹簫》（香冷金猊）詞：「生怕離懷別苦，多少事、欲説還休。新來瘦，非干病酒，不是悲秋。」干，關涉，相關聯。病酒，因飲酒過量而生病。悲秋，面對蕭瑟秋景而傷感。語出戰國宋玉《九辯》：「悲哉！秋之爲氣也。蕭瑟兮，草木摇落而變衰。」唐杜甫《登高》詩：「萬里悲秋常作客，百年多病獨登臺。」

【集評】

「一尺」句：句翻得新。（《名媛詩歸》卷十九）

「健」字，氣甚老。（同上）